黑森林的白玫瑰

歐文・丹普西 ———— 著　李靜宜 ———— 譯

WHITE ROSE BLACK FOREST

Eoin Dempsey

給吾兒羅比

作者說明：本書係以真實事件為靈感，但故事情節與時間順序均經調整，以符小說敘事所需。

1

德國西南部黑森林山區，一九四三年十二月

這裡似乎是個很適合長眠的地方。一個她曾經熟知每一吋曠野，每一棵樹，每一個山谷的地方。這裡的每一塊岩石都有名字，以大人無法理解的暗號為名，標示孩子們秘密約晤的地點。這裡奔流的山澗在夏日豔陽下，閃耀如拋光晶亮的鋼鐵。這裡曾經是讓她覺得安心的地方。而今，就連這個地方也像被下了毒，毀壞了。這裡原有的美好與純淨都已被扼殺殆盡。

地上一層厚厚的雪毯，向四面八方延伸，放眼四望，怎麼也望不見盡頭。她閉上眼睛，暫停數秒。寒風呼嘯不止，積雪的枝椏搖晃著發出颯颯聲，她呼吸急促，心臟狂跳。夜空居高臨下俯望大地。她繼續往前走，每踩下一步，雪地就發出一聲嘎吱。要動手，真有所謂「合適」的地方嗎？只要想到可能有在雪地上玩耍的孩子發現她的屍體，她就受不了。或許應該回頭，至少再熬一天。她眼角湧出淚水，淌下她已凍得發麻的臉頰。她繼續往前走。

飄落的雪花越積越厚，她拉拉圍巾，掩住臉。說不定惡劣的天氣會要了她的命。那應該是更好的結局——讓她回到深愛的大自然的懷抱裡。那她為什麼還繼續往前走呢？像這樣在風雪中漫走，能有什麼好處？時候已經到了，她只要動手，就能終結所有的痛苦折磨。她手伸進口袋裡，

隔著手套，摸到她父親那把舊左輪槍光滑的金屬表面。

不，還不到時候。她繼續往前。她再也見不到那幢小木屋，以及和小木屋有關的一切。她永遠不會知道戰爭的結果，也看不到納粹垮台，或那個狂人為他的罪行接受審判。她想起漢斯，想起他那俊朗的面容，真誠的眼神，難以想像的勇氣。她甚至沒有機會再一次擁抱他，告訴他說，是他讓她相信，這個荒誕的世界裡仍然有愛存在。他們砍下他的頭，丟到他屍體旁邊的小箱子裡。他就這樣躺在妹妹和他最要好的朋友身邊。

雪下個不停，但她繼續往前走，爬上小山，茂密的森林就在她左手邊。她的眼睛適應了黑暗，突然瞥見前面好像有什麼東西，就在大約兩百碼外的雪地上。是個人，像團破布似的，蜷縮在潔淨無瑕的白雪上。周圍沒有腳印。那人一動也不動，但綁在身上的降落傘，迎風瑟瑟鼓飛，像隻饑餓的動物舔著雪。她本能地轉頭張望，儘管在這附近已經好幾天沒見過半個活人了。她小心翼翼靠向前去，心中根深柢固的偏執妄想，讓她把每個影子，每一股風都當成致命的威脅。但這裡什麼都沒有，當然更沒有人。

雪覆蓋在動也不動的身體上，躺在白茫茫的雪地，他整個人幾乎已經隱而無形了。這人的眼睛閉著，她拂開他臉上的雪，尋找脈搏。透過頸部的皮膚，她感覺到他的心跳。他雙唇之間呼出團團冰雪也似的白色氣息，但眼睛仍然沒睜開。她抽身後退，四下張望，迫切想找人幫忙。但她孤身一人，這裡沒有其他人。最近的一幢房子是她家——爸爸留給她的那棟小木屋——距此足足兩哩遠。最近的村子在五哩之外，或許還更遠——這麼遠的距離，就算他意識清楚，以現在的狀況，也絕對到不了。她拂開他胸口的雪，露出掛著上尉官階的德國空軍軍裝。他當然是他們的一員——那群禽獸毀了這個國家，殺害她曾經愛過的每一個人。她把他丟在這裡等死，又有誰會知道呢？她大可以就這樣拋下他不管。他們兩個人很快就會死。雪地裡的兩具屍體，不過是在多得驚人的死亡人口統計裡增加了微不足道的數字。她走了幾步，又停下來，還搞不清楚自己決定怎麼做之前，她就已經再次俯身靠近他。

她拍拍他的臉頰，叫著他。她翻開他的眼皮，但他除了輕輕呻吟一聲之外，沒有任何反應。這位德國空軍上尉身體枕在背後的背包上，頭往後仰，雙手攤開在兩側。他個子很高，起碼有六呎，體重說不定有她的兩倍重。要把他扛回她家根本就不可能，她心裡不禁擔憂起來。完全沒辦法啊。然而她還是努力想抬起他，不過，才抬起幾吋，她的腿就打滑摔倒，那人也又滑落在雪地上。他的背包至少有五十磅重，降落傘大約十磅。降落傘暫時留著無妨，但背包得取下。經過幾秒鐘的不斷嘗試修正之後，她解開了背包的揹帶，從他身上取下，他的身體失去支撐，輕輕砰一聲摔在雪地上。

她丟開背包，抬頭看看天空。雪下得更大了，但應該下不久的。她再次量他的脈搏。脈搏還是很強，可是還能撐多久？她心裡突然升起一股衝動，把手伸進他的外套口袋，掏出了他的身分證明。他名叫韋納·葛拉夫，柏林人。皮夾裡有張照片，她想照片裡的女人應該是他的妻子，還有兩個大約三歲和五歲的小女孩，笑咪咪的。他二十九歲——比她大三歲。她盯著韋納·葛拉夫，重重呼了一口氣。她所受的訓練，所做的工作，都是要隨時幫助別人。她過去是這樣的人，現在也可以再成為這樣的人——就算只有幾個鐘頭的時間。她把身分證明擺回他口袋裡，再次繞到他後面，手臂伸到他腋下，使盡全身的力氣。他上身移動了，但雙腿還陷在積雪裡。她把他的腿拖出來時，他發出一聲痛苦的哀叫，但眼睛仍然沒張開。她再次放下他，走到他身體前面查看他的腿。他的長褲撕裂了，她摸到折斷的骨頭貼在皮膚上，不禁一驚。他兩條腿從膝蓋以下都骨折了。很可能是腓骨，但肯定也連帶影響了脛骨。如果處理得宜，骨折的部位假以時日就能癒合，但走路暫時是不可能了。

讓他躺在這裡，靜靜在雪地裡死去，說不定是更好的安排。她打開他的背包，看見裡面有幾件換洗衣物，以及更多的文件。她拿出這些東西擺到一旁，然後在背包深處找到火柴、口糧、水、睡袋和兩把手槍。她不禁疑惑，德國空軍軍官幹嘛帶這些東西。兩把槍？也許他本來應該是要空降到義大利的敵軍陣線後方，可是那裡距此有幾百哩遠呢。時間緊迫，浪費時間可能會要了韋納・葛拉夫的命。她想起他的妻子和女兒，他為納粹效命雖然是十惡不赦之罪，但他的妻女是無辜的。

她身上什麼東西都沒帶，只有一把裝滿子彈的左輪槍。她原本以為今天晚上只需要這把槍就夠了。

她想起少女時代冰封的冬季，她在這片曠野上所度過的時光。幾百碼之外就是漫山延伸的森林，而這段短短的距離，就是韋納・葛拉夫生與死的交界。要是他掉在樹林裡，就算沒摔死，她也永遠不會發現他。她從他的背包裡拿出睡袋，打開來，蓋在他身上，然後俯身靠近他的臉。

「你最好值得我救。」她輕聲說，「我是為你太太和女兒才這麼做的。」

他們所在的這片曠野位於山頂的平坦高地，林木沿著山坡，一路延伸到山谷谷底。針葉林白雪茫茫，積雪深達十呎，甚至不止。她花了一兩分鐘才走到樹林，蹲下來，在雪地裡挖洞。新下的雪粉粉的，很鬆軟，所以很容易挖。沒有其他人出現。這個雪洞是他們能不能撐過今晚的關鍵。要結束自己的生命，可以等到救活他再說。

她回去查看他的情況。他還活著。她心中亮起一朵小小的火光，宛如黑暗洞穴裡，遠遠亮起的一根蠟燭。她再度回到洞邊，不去想怎麼把他拖過來，只專心挖洞，一次捧起滿滿的一手雪。過了二十分鐘，雪洞看來夠大了。她爬進去，用身體把雪洞內側壓得平滑，再拿外面撿來的長樹枝，在洞頂挖了通氣孔。

她走回韋納身邊，拿起背包和睡袋，帶到雪洞裡。這洞的長度剛夠他躺進去，高度足以讓他坐起來。應該行得通的。她又走回他身邊。時間想必已過午夜，相對比較安全的黎明還遙不可及。在暴風雪停止之前，她沒辦法把他拖得太遠，頂多只能到雪洞。她抓住繫在他肩上的降落傘尼龍繩，開始拖。身體一移動，他的臉就皺了起來，露出痛苦的表情。她再次抓住降落傘，卯足全力拉。她舉步維艱，但還是把他往前拖了六呎。確實可行。她心中燃起希望，陷在雪地裡的身體也湧起腎上腺素。她再次用力拖，一次又一次，花了整整二十分鐘。裹著厚重大衣和圍巾的她渾身冒汗，但他們終於到了雪洞邊緣。她心中湧起一股近似勝利的感覺，彷彿已經一輩子沒有過這樣的感覺了。她上一次有類似的感覺，大概是白玫瑰印出第一批傳單的時候吧，那時他們因自己為正義挺身而出激動不已，以為德國光明的未來就要在他們這一代手中夢想成真了。

韋納・葛拉夫還是昏迷不醒。什麼也喚不醒他，今天晚上不行。她這麼努力，就只是盼著能讓他再次睜開眼睛。他是什麼人都無所謂，因為他是人，一息尚存的人。她休息了幾秒鐘，才把他推向洞口的斜坡道，這是她一手挖出來的。他又呻吟一聲，她用力把他推進洞裡，他的腿骨發出可怕的喀喀聲。

暗黑的夜空不斷飄下雪花，狂風呼嘯，宛如貪婪的狼。她拿出他背包裡的火柴，劃亮一根，洞裡亮了起來。她之前並沒真正看清楚他的長相，在她眼裡他只是一副受傷的軀體，不算是真正的人。現在她看見了，他長相英俊，鬍子沒刮，一頭褐髮剪得短短的。她滅熄火柴，把睡袋蓋在他身上。她躺在他身邊，聽見他淺淺的呼吸，以及胸膛裡隱約的心跳聲。他們必須靠彼此的體溫取暖，才能熬過這一夜。她伸出手臂摟住他。自從漢斯十個月前死了之後，她就沒像這樣碰觸其他男人。筋疲力竭的她沉沉睡去。

尖叫聲驚擾了她，讓她從睡夢中驚醒。她花了好幾秒鐘的時間才想起自己身在何處，以及發生了什麼事。雪洞裡的漆黑讓她感覺遲鈍，後來她仰頭看著頭頂上的那個小洞。她看見月光了。他的頭撇向一邊，但身體還是暖的。他在做夢。她又躺回他身旁，頭枕在他的手臂上。但才剛閉上眼睛，就又聽見他的慘叫。

「不，拜託，不！拜託，住手！」

她的血液頓時凝結。因為他講的話——絕對沒錯——是英語！

2

她動也不動地躺著，因為驚嚇過度而動彈不得。他沒再說話，眼睛也還是閉得緊緊的。天還沒亮，她依舊躺在這男人身邊。他的胸膛隨呼吸起伏，感覺上呼吸更穩定了。她救了他一命，但結果會如何呢？她想說服自己相信他是韋納．葛拉夫，但怎麼可能？德國空軍軍官怎麼可能在睡夢中喊出英語？她雖然不太會講英語，但英語發音的平緩節奏，並不難辨識，她是聽得出來的。這個人究竟是誰？要是她向本地警局告發，他會有什麼下場？那等於是把他送進蓋世太保手裡。身穿德國空軍軍服的他如果是英國人或美國人，肯定會被當成間諜槍決。而她也會在協助蓋世太保進一步擴張恐怖暴行之前就死了。所以她該怎麼做？

她離開他身邊，蠕動著鑽出雪洞。冰寒的空氣像牙齒齧咬她裸露的臉，宛如冷冽的液體灌進她的肺部。雪停了。雲像條髒桌布般被扯掉，墨黑夜空露出一顆顆閃爍的星辰。風也變小了，樹枝發出輕輕的颯颯聲。除此之外，萬籟俱寂。要是她就這樣丟下他，會怎麼樣呢？他會從睡夢中醒來嗎？等他醒來，可以自己爬出雪洞嗎？她拉他穿過的野地，此時已一片平滑，沒有任何足跡，美麗非常。就算有人經過此地，也不會發現他們的存在。但是黎明就要來了。他們孤立於此，在這個人煙稀少、連人聲都罕能聽聞的野外。她估計，在冬日太陽從地平線升起，照亮森林之前，她至少還有三個鐘頭的時間。也就是說，再過三個鐘頭，他們就有可能被人看見。他們跋涉穿過雪地的時候，可能會碰上某個滑雪越過鄉野的人，到那時，怎麼做的決定權就不在她手上了。那人很可能會向蓋世太保告發，這是遇見陌生人時慣常的做法。和蓋世太保站在同一陣線向來比較容易——這樣做的人會得到獎賞，不這樣做則會入獄。不遵從蓋世太保的命令，需要非比尋常的勇氣。這就是他們這套制度的精妙之處——要做正義之事，必須付出幾乎無法想像的代價。不舉報你的鄰居是危險的，因為反社會行動是蓋世太保最注意的問題。這也就是說，他們的眼線到處都是；所謂的「德國眼神」——偷偷迅速一瞥，確定沒有任何人在看你——已成為日常生活的一部分。

她先前的計畫又悄悄浮上心頭。她本來認為自己的屍體應該會在隔天被發現，也期待能如願。她當然也可以走到森林深處，好幾個月之後才會有人發現已化為一堆白骨的她。但她眼前似乎別無選擇，只能放棄原本的計畫，對這男人伸出援手。要是她把他一個人留在這個洞裡，他肯定會沒命。要是她把他交給當局，他也會沒命。然後她還必須懷著愧疚活下去，一輩子後悔自己幫助蓋世太保和他們所代表的政權遂行暴政。要是她等到天亮，或許就沒有任何選擇可言了。因為可能會有人看見他們，強迫她把他交給蓋世太保，那麼他會被處死，而她說不定也會有同樣的下場。

大雪抹去了她跋涉至此的足跡。但無論有沒有積雪覆蓋，她對此地的山丘與草原都瞭若指掌。她開始往回走。走回到小木屋至少需要一個鐘頭，然後還要再花上一個鐘頭才能回到這裡。他是間諜，還是逃脫的戰俘？但他如果是戰俘，又怎麼會從飛機上跳傘到德國呢？說不定是因為飛機遭射擊，或發生機械故障，所以他必須跳傘。否則他有什麼理由來到這裡，來到這深山野地？佛萊堡距離這裡大約只有十哩遠。說不定他的飛機是因為暴風雪而偏離航道。轟炸越來越頻繁，就連這裡也不例外。想起轟炸，就想起父親，想起讓她口袋裡揣著父親手槍來到此地的痛楚。但是想到雪洞裡的那個男人，她只能強迫自己回到當下，邁開腳步往前走。

她走下發現男人的這座山丘，沿著來時路往回走，不一會兒，她就看不見雪洞，也看不見雪洞上方的林木。

「控制不了的事情就別擔心。」她大聲說。

能把心裡的想法大聲說出來真好，彷彿有人在她身邊，彷彿她不是隻身一人努力挽救這男人的性命。

「妳究竟是在幹嘛？」她說，「幹嘛惹上麻煩，救一個妳根本就不認識的人？」這句話像是從別人嘴裡說出來的。

遠遠看見小木屋時，她幾乎已經累到沒有力氣了。門沒鎖，一推就開。她本以為自己再也不會見到這棟小木屋，但昨天離開之前，她還是把屋裡打掃得乾乾淨淨，一塵不染，算是個禮物吧，送給找到小木屋的人。她在門口脫掉雪鞋，走進屋裡。脫掉手套，摸找擺在附近桌上的火柴。她點亮蠟燭，屋裡亮了起來，還來不及轉開目光，就瞥見鏡裡的自己。她一點都不想看見自己。壁爐裡，昨天的柴火餘燼已熄滅，柴薪燒光了，但這可以晚一點再處理。她快步穿過玄關，走到起居室，找到一瓶白蘭地，塞進大衣口袋裡。她手捧著頭，拚命思索待會兒帶他回到這裡的路上，可能還需要什麼東西。她自己一個人走回來，已經夠辛苦的了，現在不免要懷疑，要帶他回來是不是可能。她好想坐下來，閉上眼睛，就算只是一下下也好。

她給自己倒了一杯水，一口氣喝光。把杯子擺回廚房時，她順手拿起刀子放進口袋。她前一晚睡的臥房，房門微敞，床單已經剝下，整整齊齊疊好堆在床尾。這張床代表了她無法享受的餘裕，卻也是她此時此刻最為渴望的。一旦躺下來休息，雪洞裡的那個男人會有什麼下場，她心知肚明。所以她關上房門，再一次走出小木屋，踏進夜色裡。她前一個星期砍拾來的木柴還在遮雨篷下原封不動，只蒙上一層薄薄的雪。她看見她用來把木柴從森林拉回來的雪橇。這雪橇很結實，能承載得了那男人的重量。她把雪橇從房子側面拉出來，然後又走進屋裡。

五點鐘了，牆上的咕咕鐘出現了一尊兩吋高的人偶，拿起小鎚子敲了五聲。她弟弟傅萊迪很愛這座鐘。若不是這鐘曾經帶給他無比的快樂，她早就把這白痴到極點的咕咕鐘給砸爛了。他愛的東西，他碰過的每一樣東西，如今都像純金般珍貴。

「傅萊迪，」她說，那個小人偶又消失在咕咕鐘裡了。「你知道我在做什麼，對吧？我需要你在我身邊。我需要感覺到你在我身邊，沒有你，我辦不到。」

她已經好幾個月沒喊他的名字了，她沒辦法說出口，因為太痛苦了。最好是忘掉——遺忘過去，才能控制住痛苦折磨。但她此時此刻需要他，需要再次感受到愛的存在。她努力回想她所曾感受到的愛，從內心深處拉出來，彷彿從沙漠的水井裡汲起一桶珍貴的水。她緊握拳頭，深吸一口氣，打開大門。

風平息了。空氣靜止如死亡。她拉起綁在雪橇頭的繩子，開始跨越雪地。她的腳印清晰可見，會一直留在雪地上，直到下一場降雪。任何人都可以循著腳印追蹤她。夜色可以掩藏她的行蹤，但幾個鐘頭之後，任何一個清晨出門行經此地的人都看得見。她該怎麼解釋自己拉著雪橇載運倒臥雪地的德國空軍軍官？她苦苦思索，編織著萬一必須派上用場的謊言。但眼前最重要的是，一步一步向前邁進。

她這一路上都擔心他已經死掉了。要是蓋世太保在追捕他怎麼辦？要是他們早就看見他的降落傘，只是苦於暴風雪而無法立即逮捕他，怎麼辦？如果是這樣，他們此時肯定已經奔向那片曠野了。她想起偵訊的殘酷場面，想起監獄牢房，以及盤問她的那個蓋世太保冷酷的灰色眼睛。她現在滿腦子想到的都是如何避免被發現。

曠野空無一人，和她離開時一樣。她側耳傾聽，沒有任何聲響。寂靜的夜彷彿有話要說。林木靜止，積雪厚重。她等了兩分鐘，但發現自己是在浪費時間。到目前為止還沒有人看見他，但她如果不快一點行動，很快就會有人發現他了。她從藏身的樹木後面偷偷探頭，再次越過雪地，往雪洞走。洞口只剩下幾吋寬，她跪下來，挖開洞口的積雪。那男人還躺在她從他背包拿出來的睡袋上，胸口隨著呼吸微微起伏。他依舊昏迷未醒。

「哈囉，」她說，「你醒了嗎，先生？你聽得見我說話嗎？」

她的聲音彷彿在真空的夜色裡迴盪。男人還是一動也不動。她俯身，戳戳他的肩膀，仍然沒有動靜。太陽很快就會升起，現在就得採取行動。她拚命拉著降落傘的肩帶，讓帶子緊緊綁在他身上，然後雙腳穩穩踩進積雪裡，開始用力拉。他的身體一吋吋地被拉上坡道，出了洞口。她累癱了，倒在他身邊大口喘氣，心臟狂跳。他已離開雪洞，她現在要做的，就是把他弄到雪橇上，拖他走上兩哩路，回到小木屋。就只有這樣。

她躺在雪地上，瞪著夜空上一閃一閃的星星，筋疲力竭，幾乎克制不了想睡的渴望。此刻最美好的莫過於閉上眼睛，臣服於睡意。她花了很大的力氣才拉他離開雪洞，她肩膀和手臂灼痛，渾身痠疼。但她必須繼續前進。此刻停下來，就等於失敗。她絕不容自己失敗。雪橇有四呎長，而他身長六呎。如果不考慮他骨折的雙腿，她肯定不管三七二十一地拖著他走，讓他的雙腿露出雪橇外面，在雪地拖行。但她總不能拉著他的腳，讓他的頭拖在雪橇後面，對吧？她把雪橇拖到男人身邊，這是他僅有的機會。如果非讓他的腿貼在雪地上拖行不可，那也只好如此了。但她或許有辦法可以讓他舒服一點。

男人的背包還在雪洞裡，她回洞裡去拿出來。她之前看見背包深處有一捲繩子，這時掏了出來。繩子太長，但她身上有把從家裡帶來的刀。她把繩子裁下六段，每一段大約十八吋長。這得花上好幾分鐘，所以她從口袋掏出白蘭地，扳開男人的嘴巴，倒了點酒進去。起初他吐了出來，但她讓他的頭往後仰，終於可以灌進一點。她覺得很滿意，自己也喝了幾口，感覺到酒的熱氣一路往下竄到胃裡。

她花了兩三分鐘，撿來幾根夠結實的樹枝，每一根直徑都有三、四吋。她把樹枝丟在男人身邊，準備進行最困難的部分。她脫下手套，冰冷的寒意齧咬雙手，但她不顧疼痛，專注在正要進行的工作。

她一手放在男人的左踝上，另一手伸進他的長褲裡，摸索骨頭。骨折處在他膝蓋下方約兩吋的地方。最理想的狀態是她一發現他，就馬上把骨頭歸位，但當時她有更迫切的事情要做。在她的觸摸下，男人蹙起眉頭，但她沒放棄，把他皮膚底下的骨頭調整好，緩緩用力往下一拉。骨頭復位了，她拿起兩根樹枝，夾住他的腿，用剛才裁好的繩子綁起來。這條腿固定好了，無法動彈——只要繩子撐得住，就不會有問題。她再檢查一次，綁得非常之牢，符合她原本的期待。現在輪到右腿了，她再次把手探進他的長褲裡，摸找骨頭。這一腿的骨折似乎比較不嚴重。她把骨頭復位，綁上樹枝加以固定。

她就這樣靜靜站了好幾秒鐘。「你是什麼人？」她輕聲說。

她等了一會兒，彷彿他馬上就會坐起來，回答她的問題。但他雙唇之間並未吐出隻字片語，只有風再次吹起，發出呼呼的聲音。應該已經快七點鐘了，她不能再浪費時間。她揹起他的背包，把降落傘從他身上解開。這降落傘的使命已完成，但她不能把它留在這裡，因為可能會被人發現。這是很嚴重的事。有人因為更小的事情而被處決。就算蓋世太保並沒有在搜捕他，但有人在這裡找到降落傘，就會引來盤問，最後就會循線找到他。她可以冒險帶降落傘上路，因為萬一他們被逮，不管有沒有降落傘，她都無法給出合理的解釋，和他劃清界線。她把降落傘盡量摺小，變成一塊單手就可以捧住的尼龍布，擺在他身上。她拿起剩下的大約二十呎長的繩子，纏在雪橇上，把他整個人和胸口的降落傘都穩穩固定在雪橇上。她綁得很緊，但沒緊到讓他不能呼吸。一切已就緒。

她抓起綁在雪橇前端的繩結，用力拉。雪橇在平滑的雪地上移動，他們總算啟程了。最初的幾百碼非常輕鬆，因為是鋪滿積雪的草地。回小屋最近的路，是穿過部分樹林，跨過一條結冰的小溪。但背後拖著這個男人，根本不可能走這條捷徑。她必須走在步道上，而這也增加了碰見其他人的機率。她思索著可能碰到什麼人，也想到納粹讓德國人失去的互信。手槍還沉甸甸擺在大衣口袋裡，她剛才回小木屋的時候忘了拿出來。

每走完一段輕鬆的下坡路，就有另一段上坡路等著他們，而抵達漫漫長途的終點之前，還得爬上一道陡坡，才能抵達小屋。那時她肯定已經筋疲力竭，體力盡失。儘管肌肉開始痠痛乏力，她還是繼續前行。她感覺到力氣逐漸消失，呼吸變得更加沉重，也更加大聲。身體開始冒汗，但露在衣物之外的皮膚上，汗水結了冰。她知道這樣的狀況非常危險，因為可能會造成嚴重凍瘡。但她不能停下腳步，絕對不能停。太陽從地平線探出頭的時候，她還沒到目的地。看見日出，她沒有絲毫喜悅，沒有絲毫安慰。她離小屋還有將近一哩遠，夜幕隨時都會揭去。

腳步聲來自前方。起初很難辨別是從哪裡來的。她靜靜站著，心跳加速，豎起耳朵，適應周遭的寂靜。這時她清楚聽得出來，腳步聲是沿著步道從前方接近的。她轉頭看看躺在雪橇上的男人。很難說他們還有多少時間，但她想頂多一分鐘吧。步道在前方有個彎曲處，也就是說，等他們看見來人的時候，已經來不及了。她把雪橇拖離步道，躲到一排樹木後面。她盡力把他藏好，用一些散落的枯枝蓋在他身上。任何人都可能注意到他們駐足的地方。她用手掩住嘴巴，避免發出呼吸的聲音。

經過漫長的一分鐘，腳步聲越來越大聲。人影出現了。她認出來是誰，搖搖頭，差點就要笑出聲了。是貝克爾先生，她前男友丹尼．貝克爾的父親。他肯定會舉報他們，她一點都不懷疑，因為丹尼就是蓋世太保。舉發敵人，是貝克爾先生最樂意做的。他離他們大約六十呎遠，手持步行杖，輕鬆沿著步道慢慢走。她已經好幾年沒和他講話了，從她和丹尼分手之後就沒有過。他是個粗魯的男人，既無魅力，也沒什麼教養。他就住在附近，這裡很可能是他每天例行的散步路線。

貝克爾先生身材魁梧，年紀已六十好幾。她手摸著口袋裡的手槍。她準備怎麼保護這個幾小時之前才碰見、完全沒交談過的陌生人？她甚至不知道他的真實姓名。看著貝克爾先生，她彷彿也看見了吞噬她國家的那一個個惡魔。她轉頭看看雪橇上的男人，感覺到內心的希望一點一滴出現。他拯救了她，就像她救了他一樣。

貝克爾停在步道上，離他們的藏身之處約只有二十呎。他身體後仰，伸展背部，從口袋裡掏出一根菸，叼在雙唇之間，劃亮火柴點燃，深吸一口菸。從這裡，她可以清楚看見他的臉。他收回目光，又開始走，但這次放慢腳步，看著眼前的步道。他看看左邊，看看右邊，離她藏身的地方大約不到幾呎時，停下了腳步。她心臟狂跳，手指貼在手槍扳機上。她準備好了。她準備擊倒這個她認識大半輩子的人，就為了她幾個鐘頭之前才找到的男人。但她要把屍體藏在哪裡？她最好確保不要發生這樣的事。貝克爾先生搖搖頭，繼續走。他經過他們藏身的地方，往前走，似乎沒發現他們的存在。

她等了五分鐘，才探頭看著步道。剛才的千鈞一髮，讓她眼睛泛淚。她抓起雪橇的繩子，想辦法勉強抬起痠痛的手臂，開始把雪橇拉回步道。晴爽的藍空上，太陽燦燦閃耀，照亮了前一夜降下大雪的白茫茫大地，美麗非常。這一層層的白雪平滑無瑕，只有一行貝克爾留下的腳印。她再次拉著男人上路，一心只想要把他活著帶回小木屋。

今天早晨沒有其他人出門。她放開手槍，手伸出口袋，雙手一起用力拉雪橇。心裡所有的思緒都隨風飛散，她唯一的念頭就是帶他回到小木屋。除此之外別無他念；除此之外，這世界沒有其他存在的意義。邁出疼痛艱難的一步，又一步，最後的一個山坡終於出現在眼前。這一路上，除了因為貝克爾先生出現而不得不暫時停步之外，她一刻也沒休息。但她此刻坐下，讓呼吸恢復平順，準備好接受最後的考驗。她已經走了這麼遠，只剩下最後一段上坡路了，爬上去之後，她就能回到小木屋，一個有著食物、飲水、止痛藥，以及——更重要的——睡眠的地方。

她轉頭看他。「我們快到了，只剩下一小段路了。」

她雙腿的力氣幾乎已用盡，但她強忍疼痛和虛弱，直起身子，拉緊綁在雪橇上的繩子。她用力往前拉，大汗涔涔地一路拉回到小木屋門口。

她簡直喘不過氣來了，伸手推開大門，把雪橇拉進屋裡，在地板上留下一道雪跡和污印，這等晚一點再處理吧。

他在這裡，在小木屋裡。這簡直是個奇蹟。她把他拉進起居室，讓他躺在昨夜已熄滅的爐火前。還有足夠的柴薪可以生火，所以她花了幾分鐘重新燃起爐火。帽子和外套黏在身上，彷彿是她的第二層皮膚，很難脫下來。她走進廚房，灌了好幾杯水，才再回到他身邊。她把杯子送到他嘴邊，把水一小滴一小滴灌進他嘴巴裡，總算喝進了一些。他髒兮兮，渾身發臭，兩條腿都斷了，但還活著，這就夠了。她讓昏迷不醒但安全無虞的他躺在火爐前，自己回到臥房，換掉衣服，頭一碰到枕頭就沉沉睡著了。

3

時鐘滴滴答答。鐘聲響起。他眨眨眼睛，睜開來，發現自己躺著，渾身汗臭，被綁在一大片木板上。兩耳之間一片茫然，隔了好幾秒鐘，他才想起自己身在何方，又是為何在此。腿部的疼痛直往上竄，他很能忍痛，但這實在太痛了，他只能四下張望，想辦法分散注意力。壁爐在幾呎之外，柴火已經快燒完了，餘燼還閃著紅光。他隻身一人。是被捕了嗎？若是這樣，下場想必會很慘。但逮住他的那些人呢？在模模糊糊的意識中，他想起了自己的家人。父親、母親，以及妻子——應該是前妻。他隱隱約約想起離婚的事，過了好幾秒鐘才想起她寫給他的信，他彷彿回到那個場景，看見自己坐在訓練基地的床上讀那封信。他過往的生活瞬間在眼前出現，但馬上又墜入無底深淵。他拚命回想當前的事，想知道自己人在哪裡。他回想起有雙手貼在他身上的感覺，以及被拖著走——但那只是一種感覺，而不是具體可以掌握的回憶。他彷彿可以感覺到那一刻，甚至可以聞到那氣味，或觸摸得到那感覺，但就是看不見畫面。他想要從躺著的這塊不知什麼板子上起身，但沒辦法，他又跌回木板上。眼皮好像有千斤重，他只來得及瞥了房間一眼，就又閉上眼睛，回到堪可安慰的睡夢裡。

她醒來的時候，晝光已經消失，傍晚降臨了。她在床上坐起來，許久沒進食的肚子咕嚕叫。

手臂、肩膀和背部的肌肉硬得像龜殼。她把手伸到肩膀頂端，骨頭與肌肉連接處，用力按摩，希望能消除疼痛。起居室的門微微開著幾吋。她看見男人還躺在那裡。她一動也不動坐著，豎耳傾聽，但什麼聲音也沒聽見。除了屋外林間的風聲，沒有絲毫動靜。儘管很不想動，但她還是掀開被子下床，走向衣櫃，套上一件樣式簡單的灰色洋裝。冰冷的地板讓腳冷得刺痛，她迅速套上羊毛厚襪，再穿上拖鞋。

她一小步一小步慢慢走出去。家裡有個陌生人。她首先看見他的腿，以及她綁在他雙腿兩側的夾板。他沒動，眼睛也依舊閉著。

「哈囉，先生，」她輕聲說，「你醒了嗎？」

什麼反應都沒有。

她深吸一口氣，想讓狂跳的心臟緩和下來。她掌心冒汗。他褐色的頭髮滿是泥巴，雪水也還沒全乾；沒刮鬍子的臉刮傷了，黏著許多髒東西。看來他一直沒動。她摸摸他的脈搏，心跳很穩定。他應該已經沒有生命危險了。她從廚房端來一杯水，滴了一些到他嘴巴裡。還是和之前一樣，他喝進了一點，但接著就咳起來，把水吐出來。

她跪在他身邊，手伸到雪橇下面，解開綁在他身上的繩子。她想過要直接割開繩子，但決定不要，萬一他不肯合作，這些繩子還可以派得上用場。解開的繩子滑落到雪橇旁邊，她拿開降落傘，想解開他肩上的降落傘揹帶，但很難取得下來。究竟該拿這個降落傘怎麼辦，還是個未解的問題。藏匿降落傘是破壞分子的行為，會被抓去關，甚至還有更慘的下場。但若是燒掉，又會產生有毒的濃煙。眼前她只能把它摺得整整齊齊的，擺在後門附近。

他需要臥床休息。雖然雪橇把屋外的泥土帶了進來，只要一移動就會在地板上留下污跡，但目前還是挪動他最好的工具。她跪下來，把雪橇轉了個方向，朝向空房間。那是她和傅萊迪小時候夏天睡的房間，已經空置好幾年了。她把雪橇推進房間裡，這男人還是動也不動，任她擺布。門已經打開，床也鋪好，這房間非常整潔，一塵不染。她回想上一個睡在這房間裡的人是誰。應該是她自己，甚至是傅萊迪。她可以想見父親帶傅萊迪進房間來的情景，但那也已經是戰爭爆發之前好幾年的事了——是父親無力獨自照顧傅萊迪之前的事。她抹去回憶，就像抹去擋風玻璃上的污漬一樣，努力集中精神在手頭的工作上。她回到起居室，拿來他的背包。乾淨的便服整齊疊放在背包底部，但是沒有可以讓他穿著睡覺的衣服。她當然不能讓他只穿內衣待在她家裡，她父親的舊衣服或許合穿。不到幾分鐘，她就找到一套舊睡衣，和一件酒紅色的睡袍。她回到房間裡，把睡衣丟到床上，但懷裡摟著那件睡袍，用手指感覺那布料的光滑柔軟。這裡充滿昔日的回憶，她無所遁逃。

這人渾身泥土，髒兮兮的，非常需要好好洗個澡，這得趁他還昏迷不醒的時候，比較容易進行。她伸手摸摸她為固定他雙腿所做的臨時夾板，這也該換掉的。但把他送進醫院或去找醫生，都有風險，並不值得一試。她誰都信不過。

而他值得信任嗎？她在收音機播報的新聞裡聽過同盟國的報導，儘管納粹說美國人都是沒教養的雜種，英國人都是卑鄙小人，但她知道這些說法根本靠不住。然而，她從未見過同盟國的軍人。而且過去這些年看的無數新聞影片，聽說的無數故事，也讓她逐漸接受了納粹對盟軍的看法。儘管不信任政府，也知道新聞媒體都被當局控制，但要完全擺脫所見所聞是不可能的。她見過盟軍對德國人所做的事。他們轟炸住滿平民的城市，毫無憐憫。無論她對盟軍懷抱多大的期望，都很難把他們當成救星。

他的嘴唇抽動了一下，閉著的眼皮底下，眼球如彈珠轉動。她心一驚，往後退開，以為他就要張開眼睛了。她始終沒想過，萬一他醒來，她要對他說什麼。還好，他又恢復之前的平靜，困境暫時解除，但問題仍懸而未決。

芙蘭卡走進廚房。屋裡很冷。不管這男人是葛拉夫先生還是什麼人，都可以先等她生好火再來解決。她從爐子裡清出灰燼，用早在她出生之前就已來到她家服務的撥火棒，撈出燒成焦炭的木柴。她劃亮一根火柴，火光照亮了廚房。生火總是讓她很開心。她往後站，看著火爐裡的柴薪開始燒了起來。她滿意地走向櫥櫃。家裡食糧不多，只有一些擺了好久的湯罐頭。她之前購置的存糧差不多都吃完了。通往鎮上的路已經好幾天不通，她的車子一點都派不上用場。她走向藥櫃，找到一瓶阿斯匹靈，罐裡還有九顆藥丸，大概夠讓他撐十二個鐘頭。他需要更多、甚至更強的止痛藥，特別是萬一她還必須再次調整他腿部斷骨的話。她把藥罐擺進口袋，藥丸在瓶裡喀啦喀啦響，很像某種小孩玩具。

她從房間正中央的舊餐桌旁拉來一把木椅。這應該可以。她把椅子高舉過頭，用力砸在地上。但什麼結果也沒有，椅子完好無缺。她搖搖頭，兀自笑了起來。她走到水槽前，找出榔頭，以及好幾根大小不一的螺絲起子。幾分鐘之後，她就有了好幾根結實的木條，可以用來重新固定他的骨頭，讓他在得到正規治療之前，可以暫時撐一段時間。

她走進臥房，男人還是沒有動靜。她以前處理過更棘手的狀況，但那是在醫院裡。要是不打上石膏，他的腿骨怎麼可能癒合？取得石膏，由她親自動手處理，都還不是最大的問題。她最擔心的是，買這些材料可能引起的懷疑。要是夠小心，她或許可以悄悄買到石膏、食品，以及派得上用場的嗎啡。但要如何到鎮上去仍然無解。她決定暫時擱開這些問題。

她解開繩子，取下權充夾板的樹枝，擺到一旁準備當柴火燒。下一個步驟對這男人來說會很難受，不管他是清醒還是昏迷。首先必須脫掉他身上骯髒的褲子和靴子。她動手解開他的鞋帶，不時抬眼看他的臉，知道她的哪些動作會讓他蹙起眉頭。她解開鞋帶，輕輕施力，從他腳上脫掉靴子。他腿骨動了一下，哀叫一聲。看見他慘叫實在很怪，彷彿看見被丟在地上的木偶出聲大叫一樣。她停下動作，以為他會醒來，結果並沒有。脫掉靴子，她又伸手摸索他的骨頭。骨頭略微移位，但並不太嚴重，所以她又重新調整好，讓骨頭復歸原位。他的右靴砰一聲掉在薄薄的地毯上。她深呼吸，硬起心腸，開始處理另一條腿。她不想剪斷鞋帶，因為靴子是珍貴的資產。她又花了五分鐘才脫掉。有了處理第一條腿的經驗，這一次的任務更加順利。她慢慢脫下他的襪子，露出瘀青腫脹的腳，舉起從起居室拿來的剪刀，剪開他的長褲，不一會兒，他就只穿著內褲躺在雪橇上。

她用椅子拆下來的木條做成合適的夾板，把他的腿穩穩固定好。接著脫掉他的空軍制服外套，丟到房間牆角，襯衫也同樣輕鬆脫掉。他已經準備好，她可以把他移到床上了。她走到他頭部後方，把他從雪橇上拉起來。還好床很低，她先把他的身體拉到床上，再把他的四肢也移到乾淨的床單上。雖然他還滿身泥土，但終於躺到床上了。她站起來，有點得意，不可思議地看著這個陌生男人躺在她以前睡過的舊床，在她父親位於深山的這幢夏日小屋裡。

趁他昏迷不醒的時候替他洗澡最好。這並不是她第一次替病人洗澡，但這是她頭一次幫昏迷的陌生人洗澡，而且不是在醫院裡。這個工作最重要的是要把握時間，她最不想碰到的情況是，洗到一半，他突然醒來。那就太尷尬了。

「洗澡時間到了，親愛的。」她微笑說，「你今天過得好嗎？你一定不相信，我從醫院回家的時候，碰上什麼事了。」她刻意講得很小聲，免得真的吵醒他。萬一他醒來，那可不是開玩笑的。她把一缸熱水搬到床邊，然後用毛巾擰水滴在他臉上，讓結塊的乾土溶解成泥。她用力替他擦洗乾淨。「我發現一個人——一個男人——躺在雪地上。身上穿的是德國空軍的軍服，真的，不蓋你。」她已經好幾天沒和任何人講話了。能把心裡的話講出來，真好，就算對象是個昏迷不醒的陌生人也好。「不，親愛的，我是說真的。你也知道，在我們講話的這個時候，英勇的德國官兵正冒著生命危險，在俄羅斯前線為我們德國光榮的未來而奮鬥，善良的德國太太是不應該和丈夫隨便開玩笑的。」她一手貼在他已經洗乾淨的臉上。「什麼？你想聽收音機？嗯，身為好妻子，我會服從你的每一個命令。」她走到起居室，打開靠電池供電的收音機。一如既往，德國電台節目充斥新聞和宣傳。收音機是由政府配給的，也只能收聽政府批准的電台。然而，大部分人都知道如何改裝，以便收聽外國頻道。所以她把收音機轉到一家瑞士電台，收聽湯米多西[1]大樂團的最新流行歌曲。大樂團的搖擺樂旋律馬上在小屋裡迴盪。音樂讓毛巾還拿在手裡的她怔了一下。在其他地方，還有人在演奏這樣的音樂，還有人在聽音樂，跳舞，享受生活。她頓時覺得再次與自己早已放棄的那個世界重新取得聯繫。

她默默替這個男人擦洗，讓音樂在她身上流淌。

「都洗乾淨了。」她說。她把阿斯匹靈和一杯水擺在床頭櫃上，替他蓋好被子，熱水瓶塞在他腳邊。他究竟是什麼人？為什麼會在這裡？她該怎麼把他藏在家裡六個星期，等他骨折痊癒？他一旦醒來，會有什麼反應？

她站在門口，盯著他看了好幾分鐘，音樂依舊在屋內迴盪。最後，她終於不敵肚子的咕嚕叫。「明天，」她大聲說，「明天我會搞清楚你是誰。」她走出門外，拿下鑰匙，鎖上房門。

她肚子很餓，壓過了她想洗澡的渴望。所以她走進廚房，從櫃子裡拿出罐頭湯。要是再有些麵包就太棒了，但剩下的最後一點麵包，她昨天晚上配乳酪吃掉了。那原本應該是她此生的最後一餐。湯在爐子上熱，她在餐桌旁坐下，茫然瞪著前方，在心裡默默列出清單，想著如果要讓自己和臥房裡的那個男人撐過冬天，可能需要什麼東西。她得要想辦法到佛萊堡去弄食物、紗布、熟石膏、阿斯匹靈和嗎啡回來。到佛萊堡單程大約是十哩路，在正常的情況下，她會開車去，但天氣因素讓這個簡單的辦法行不通。她站起來，走到靠後門的櫃子。她以前穿鄉越野用的滑雪屐還擺在裡面，塞在舊大衣和這些年累積的雜物後面。她大概有十幾年沒用過滑雪屐了，上次用的時候應該才十幾歲吧。那時她母親還在世，他們每年冬天都到山上來。她拿起滑雪屐，掂掂重量。似乎也別無選擇。她把滑雪屐夾在腋下，帶回廚房。湯已熱好，她倒進碗裡，不到幾秒鐘就喝個精光。但進食反而喚醒了她饑餓的感覺。她又再熱一罐湯，暗自下決心，一定要到佛萊堡補貨。

第二碗湯讓她有點飽足，但身上汗臭依舊。想到要再燒一缸熱水洗澡，她覺得好累，但聞到身上的臭味，讓她不得不動手。她把水壺和兩個大湯鍋擺到爐上，坐下來等水燒熱。知道家裡有個陌生男人，儘管是無法動彈，又昏迷不醒的男人，她換衣服時還是關上房門。她換上浴袍，走進浴室，關上門。燭光讓浴室瀰漫一股鬆弛的氛圍，但水量不足卻讓氣氛大打折扣。她沒能像夢想中一樣，在滿缸熱水裡泡一個舒服的澡，只能坐在半滿的浴缸裡，潑水搓搓身體。

走出浴室，身上還滴著水，小木屋的寒氣迎面撲來。她忙抓起毛巾，用力擦，想要藉著摩擦讓身體熱起來。擦乾之後，她穿著浴袍走到鏡子前面。她已經好幾天沒照鏡子了。一頭長及肩膀的金髮亂糟糟，黏在脖子上；藍色的眼睛布滿血絲，周圍一圈大大的黑眼圈。她梳著頭髮，但一梳到打結的地方，就痛得皺起臉。

她想起貝克爾先生，想起他的兒子，那個魅力迷人的希特勒青年團❷成員。當年愛上他的時

---

❶ Tommy Dorsey，1905-1956，美國知名爵士樂手與作曲家。

❷ Hitler Youth，納粹於德國成立的青年組織，按年齡與性別分為德國少年團（十至十四歲）、希特勒青年團（十四至十八歲）、青少女聯盟（十至十四歲）、德國少女聯盟（十四至十八歲）。據統計，組織人數最多高達八百多萬，佔德國青年的百分之九十八。

候，她還是納粹女青年組織德國少女聯盟的成員。所有的人都知道她加入了。那是某種入門儀式，沒加入的青少年會被認為軟弱怯懦、傲慢自負，或逃避責任，甚至會成為眾所鄙夷的賤民。

她突然心生懷疑。她怎麼知道貝克爾沒看見他們？說不定他看見他們，也已經向蓋世太保舉報了。雖然不太可能，但是在人人盡皆不可信的時代，什麼事情都可能發生。

夜幕低垂，她在廚房和臥房點起蠟燭，也點亮起居室的油燈。她探頭看看那個男人，他還在睡。她回到自己的臥房，身體雖然很想睡，但她不能睡。還不能。蓋世太保隨時會來。他會曝光。就算把他藏進櫃子裡，也只能拖延個幾秒鐘不被發現。而他傷得太重，在這麼冷的冬夜，也不能把他藏到戶外去。她在腦海裡想像這一幕幕夢魘似的畫面——但每一幕都是曾經真實上演的場景。她回到他躺臥的房間。被她丟開的德軍制服還蜷成一團堆在牆角。儘管機率不高，但萬一他真是德國空軍，她還得要把衣服還給他。機率比較高的情況是，他是英國或美國人，倘若如此，他只有一個下場：也就是被以間諜罪處決。她得把他藏起來，但要藏在哪裡？

她跺腳，卻聽見地板下傳來空洞的聲音。她從廚房拿來工具箱，到他的房間裡，掀開薄鋪毯，露出一條條木板釘成的地板。要是她撬開地板木條，就可以弄個藏身的空間。但她得先移開床才行。她走到床邊，用力把床推到房間另一頭。男人還是安穩睡在床上沒醒。

她把榔頭的尖嘴插進地板木條尾端的間隙，用力撬。經過幾分鐘的努力，頑固的木條終於屈服。她戴著手套完成工作，把費力撬起來的這塊木板擺在牆邊，地上露出約兩呎的空間。裡面飄出臭味，空氣冰寒，但只要打掃一下，加上幾條毯子應該就行了。她繼續撬起旁邊的木條，思忖著究竟要弄出多大的空間才夠。撬掉的地板越少越好，因為一切必須看起來盡量如常。

床上的咳嗽聲讓專心工作的她嚇了一跳，榔頭掉進她挖出來的洞裡。她站起來，看見男人睜開眼睛。他坐起來，整張臉扭曲成可怕的表情。他閉緊眼睛，然後又睜開，轉頭看她。她嚇呆了，一動也不動地站著。他的眼神滿是痛楚與困惑。

「你是誰？你為什麼把我關在這裡？」他用字正腔圓的德語說。

4

很難確認這是哪裡的口音。她以前認識幾個柏林人，知道他們講話帶有一種纖細短促的腔調。這人的口音有點像柏林人，但又好像缺了點什麼。這很難解釋，簡直像是要對眼睛看不見的人描述舞蹈一樣。他坐在床上，眼睛流露懇求的神色。他開口問她問題已經是好幾秒鐘之前的事了，但那話語還宛如煙霧，懸浮在空中。她心頭浮現千百種思緒，但什麼也抓不住。她往前踏近一步，伸出雙臂，掌心朝上，彷彿替自己辯護。

「我是朋友。」她說。

他沒回答，似在等待更多解釋。

「我在雪地上發現你。你昏迷不醒。你現在如果覺得痛，那是因為你兩條腿都骨折了。」

男人摸著她用餐椅木條為他所做的夾板，又蹙起眉頭，露出痛苦的表情。

「我是芙蘭卡．戈柏。我把你帶回我家，這裡只有我們兩個人。最近的村莊遠在好幾哩之外。」

「我們究竟在哪裡？」

「我們在佛萊堡東方約十哩，黑森林山區。」

男人一手貼著額頭，但彷彿從迷惑裡醒轉過來，講話顯得清晰多了。

「你通知警方了？」他問。

「沒，我沒有。」

「你和蓋世太保或安全機構聯絡了嗎？」

「沒有，我沒有。我連電話都沒有。我發現你，所以就把你帶回來這裡。」她講得結結巴巴，垂在身體兩側的手也在發抖。她忙把手藏到背後。

男人瞇起眼睛，又再開口：「我是空軍上尉韋納．葛拉夫。」

「我看見你的制服了。」

「你為什麼把我帶回這裡來？」

「我是昨天晚上發現你的。我們在荒郊野外，離哪裡都很遠，沒有人可以提供醫療協助。我別無選擇。」

「謝謝你救我一命，戈柏小姐。你是替軍方工作嗎？」

「不，我是護士。嗯，應該說我以前是護士。」

他想移動腿，但臉痛苦地皺成一團。她再次跨步向前，站在床邊。

「躺下來吧，葛拉夫先生。」叫他這個名字感覺很荒謬，因為她明知這是假名。「我知道你非常不舒服。」她轉頭找阿斯匹靈。這藥只能暫時止痛，但只要可以稍加舒緩疼痛，就能讓他再次入睡。藥在床頭櫃上，但她為了撬開地板，早就把床頭櫃推開了。這時，他看見她挖掉的地板。

「這裡怎麼回事？你打算做什麼？」

「只是在整修，」芙蘭卡說，「你不需要擔心。」她拿出三顆藥丸，遞給他。他看了看，又抬眼看她的眼睛。

「這是阿斯匹靈。止痛的效果不是太強，但在我買到藥效更強的止痛藥之前，暫時可以派上用場。」她從他的眼神看得出來他很痛。儘管他極力掩飾，但她知道他很害怕，也很困惑。他伸出手，她把藥丸放進他掌心，遞給他一杯水。他吞下阿斯匹靈，一口氣喝掉整杯水。

「還要再喝杯水嗎？」

「麻煩你。」

她快步走向廚房，經過起居室的時候瞥見他那只丟在地板上的背包，裡面有槍。而她父親的槍在大門旁邊矮櫃的抽屜裡。她端水回來的時候，看見他正拚命想辦法下床，滿頭大汗，因費力而表情扭曲。

「別動，拜託。」她說，「躺下來。你不必擔心，我是朋友。」她把水遞給他。和之前一樣，他一口就灌完整杯水。她接回空杯。他還是坐在床上，雙手抱胸，等她開口。他表情專注，看似凝神傾聽她所說的每一個字。「躺下來吧。我們沒辦法送你到任何地方去。道路封閉了，而且你兩條腿都斷了。我們被困在這裡。我們必須相信彼此。」

「你是什麼人？」他摸著頸背問。

「我是本地人，在佛萊堡長大。這裡是我們家的夏日小屋。」

「你自己一個人在這裡？」

「除了我，只有你了。你在雪地裡幹嘛？我也找到你的降落傘。」

「我不能談這件事。這是絕對機密。要是我落入盟軍手裡，就會對戰爭造成極大的影響。」

「這個嘛，你人在祖國啊。你很安全。盟軍遠在好幾百哩外呢。」

男人點點頭，垂下眼睛盯著地板。

「你一定餓壞了，我幫你弄點吃的。」

「好，麻煩你。」

「我的榮幸，葛拉夫先生。」

她又回到廚房。她雙手抖顫，從櫃子裡拿出最後一罐湯。戲演到這裡，不知道該怎麼繼續下去。逼他承認自己偽裝身分可能很危險，但她必須讓他知道，他可以信任她。

「信任需要時間。」她輕聲說，「不可能今天晚上就辦到。」湯在爐上熱的時候，她回到他的房間。看見她走進來，他似乎一驚。

「都還好嗎？」

「還好，謝謝你。只是我的腿痛得厲害。」

「我瞭解，很抱歉我無能為力。我明天會想辦法弄到更多止痛藥。」他沒回答。「我留著你的靴子，但不得不剪掉你的長褲褲管。你的背包也在我這裡。我看見裡面有幾件衣服。」

他點點頭，似乎不確定該說什麼。「謝謝你照顧我。」愣了幾秒之後，他說。他的目光飄向窗戶，然後又回到她身上。

「我已經把你的腿骨調整復位，但是恐怕還需要打上石膏，才能讓骨頭癒合得好。」

「嗯，謝謝你，你覺得該怎麼做，就怎麼做吧。」

他眼神呆滯無神，又躺回床上。

「我馬上就回來。」她說。湯熱好了，她倒進碗裡，端到臥房。他躺在床上，瞪著天花板，一看到她把托盤放到面前，就坐起來。他狼吞虎嚥喝完湯，速度比她自己喝第一碗湯的時候更快。她收走托盤，真希望有麵包可以給他吃。「你需要休息了。」

「我還有幾個問題想問你。」

「可以以後再問。」

「你對別人提過我在這裡嗎？任何人？」

「早在發現你之前，我就已經好多天沒和任何人講過話了。就像我說的，這裡沒有電話，連信都送不到。就算有人知道我在這裡，寄信給我，我也得自己到鎮上去拿。但是沒有人知道我在這裡。我們與世隔絕。」她俯身。「我帶你回來，是因為你可以在這裡休養。」

「非常感激你，但我必須盡快上路。」

「你腿斷了，要過好幾個星期才可能走動。等路通了，我可以看看有沒有辦法帶你回鎮上。但在那之前，你只能和我待在這裡。我一定會讓你康復的。」

「非常感謝你，小姐。」他點頭致意。但從他的口吻聽起來，並沒有什麼真正的喜悅或理解可言，彷彿只是照著劇本唸。

「不必謝我，我不可能把你一個人丟在那裡凍死，對吧？你眼前最重要的，就是好好休息。」

就連她自己說的話，聽起來都很生硬不自然。他們兩個活像是在演對手戲的演員。男人點點頭，躺回床上，臉上盡是痛苦的表情。芙蘭卡用兩根手指掐滅床頭櫃上的蠟燭。她走出房間，關上門，演這齣戲讓她筋疲力盡。她鎖好門，相信男人一定聽見上鎖的聲音，但他沒出聲抗議。

起居室的爐火快熄了，所以她又添了些木柴，往後站開，看著火燄燃燒。她覺得自己像和隻受傷的野獸一起關在籠子裡，不確定該怎麼辦才好。她眼前之所以能安全無虞，唯一的原因是他雙腿骨折。在還不能下床之前，他無法傷害她，特別是他手上並沒有槍。最重要的是要讓他知道，她絕對不會傷害他；也要讓他知道，掌控大局的人是她。任何的欺凌都無法讓她屈服，無論是納粹或盟軍都不行。她會讓他留在這裡，躲避蓋世太保的追捕。這是她去和漢斯與其他人重逢之前，對納粹最後的反抗之舉。

她渾身痠痛，非常想睡。她回到自己的臥房。通常她房門都會開一條縫，讓起居室爐火的暖意能透進來。但今天晚上，她把門關上。

她走到窗前。這是個平靜澄澈的夜晚，星辰閃耀，宛如黑色天鵝絨上一個個小洞裡透出的光芒。看來明天會是個大晴天，她可以到城裡去。步道應該可以通行。若是在十年前，這會是一趟讓她頗樂在其中的小旅程。但那樣的快樂似乎已經屬於另一個世界。這些年來，她已傷痕累累。

芙蘭卡從櫃子裡拿出一個熱水瓶。光是看見熱水瓶，就讓她想起小時候——夜裡蜷縮在被窩裡，閉上眼睛，聽著媽媽的歌聲入睡。

她從沒打算在這裡待這麼久。這裡有太多縈迴不散的陰魂。只是事到如今，她也沒有別的選擇。離開小屋，就等於拋棄他，讓蓋世太保贏得勝利。她把熱水瓶拿到廚房，再次燒熱水，倒進瓶裡。瓶子握在手裡暖暖的，很舒服，像是重新喚起了她的生命力。她摟著熱水瓶，讓胸口暖了起來，然後才走回臥房。他真的是德國人嗎？他做夢的時候為什麼講英語？也許事情比她想的簡單，再過幾天，等馬路通了之後，她就可以載他到醫院。也許是她聽錯了。她並不懂英語，而且也只聽他講了幾個字。說不定他根本什麼都沒說。說不定他真的是德國空軍的韋納・葛拉夫上尉。芙蘭卡想到他的身分有可能不是她所想的那樣，他有可能是他們之中的一員，一顆心就直往下沉。他是德軍飛行員？她看過宣傳影片，說有外國人來加入偉大的德意志軍隊行列。看來不太可能。如果他是德軍，等他一好轉，她就馬上把他交給當局，然後就沒她的事了。

她吹熄床邊的油燈，房裡一片漆黑。不。他確實講了英語。她聽見了。她現在還聽得見，甚至可以用自己的嘴巴複述一遍。他不是德國空軍的韋納・葛拉夫上尉。他為什麼會躺在黑森林山區的雪地上？她發現他的時候，他頂多在那裡躺了幾分鐘，否則她找到的就會是一具死屍，而非活人。如果他是間諜或戰俘，幫助他的下場很可能是被處死。但這對她來說無所謂。納粹已經奪走了她的一切，她再也沒有什麼可以失去的，他們再也沒辦法從她身上奪走什麼了。

芙蘭卡躺在床上，毯子拉到下巴，露出一張臉。除了火爐之外，整幢小屋只有被窩是溫暖的。那男人只有一條毛毯，而且她在地板上挖了洞，風會灌進來的。她起床，拿起男人房門的鑰匙，穿上睡袍，又套上大衣，躡手躡腳走出去。屋裡非常安靜。她打開門鎖，一手握住門把開門，另一手輕敲房門。

「哈囉，」她輕聲說，「你還醒著嗎，葛拉夫先生？」

他躺在床上，但她看得見他睜著眼睛。有那麼一瞬間，她心生驚恐，怕他是死了，但他馬上就轉頭看她。

「我醒著，小姐。」

「你會不會冷？」

「我沒事，謝謝你。」

她並不相信。他的房間比她的房間冷，而且他的毛毯也沒她多。她剛才沒拉上窗簾，屋外的月光照了進來。在半昏半明的光線裡，他的容貌清晰可見。她拉起他的手。她並不是有意碰他，只是想知道他有多冷。他的目光轉向她。

「你凍壞了，」她說，「你幹嘛不問我多要幾條毛毯呢？」

「我不想增添你的麻煩。」

「什麼話！櫃子裡就有毛毯，幹嘛白白受罪。」她放開他的手，打開櫃子，拿出一條厚毛毯，蓋在他身上。「這樣會暖和一點。」她往後退開，但他還是盯著她看。「我明天會進城去。

馬路還沒通，可是我們需要吃的，而且我也不能這樣看著你活受罪。」她停下來等他回答，但他沒吭聲。「我沒辦法帶你一起去，但是我可以向本地的蓋世太保通報說你在我家，如果你希望我這麼做的話。」這會兒輪到她盯著他看了。

「不需要，小姐。不必驚動本地警察。就像我之前說的，我負責的是攸關戰爭的敏感任務，目前不該讓任何人知道我在這裡。」

「所以你不希望我向任何人報告說你在這裡？他們可以通報軍方，你的頂頭上司，派你上飛機的人。」

「真的沒有必要。只要路一通，我就會離開這裡。在那之前，我就接受你的好意，待在這裡。」

芙蘭卡心想，他究竟知不知道他的腿要花多少時間才能癒合，又或者，他只是假裝無知而已。但她已經確定一件事：他絕對不是個講英語的德軍飛行員。

「就照你的意思吧。」她轉身離開。

「小姐，你是怎麼把我帶到這裡的？」

「我用雪橇拖你來的。」

「你把昏迷的我拖到這裡？」在黑暗裡，他的眼睛睜得大大的。他雙手合握在胸前，像祈禱似的。「你真的太了不起了。我永遠欠你一份情。」

「你趕快睡覺吧。你還需要別的嗎？」

「也許要一個尿壺？以備不時之需。」

「沒問題。」她回答說，快步走進廚房。她找到一個可以權充的盆子，帶回去給他。他微笑接下，再次謝謝她。芙蘭卡關上房門，又用鑰匙把門鎖上。她決定不再叫他韋納．葛拉夫。說出這個名字，是對他們兩人的羞辱。

❖ ❖ ❖

芙蘭卡黎明即醒。這一夜是她許多個月以來，睡得最沉的一夜。家裡有這個男人在，似乎讓夜夜折磨她的回憶淡去了些。夜裡襲來的回憶最是難受，而自己一人睡在屋裡，更是莫大的折磨。她真的感覺到，有他在，可以得到一些寬慰。她為他做了很多，而他也給了她很多。她一睜開眼睛，就先想到他，心想：他是不是睡得著，腿是不是很痛？她想知道她給他綁上的夾板，是不是還好好地固定住他的腿骨。也很想知道，她什麼時候才能獲知他的真實身分。地板冷得像冰塊一樣，她找到拖鞋套上，走到窗前。拉開窗簾，眼前萬里無雲的冬日晴空，一片亮麗的鈷藍色。雪地潔白無瑕，和昨夜一樣。她心頭湧起疑惑，真的必須在今天進城嗎？能不能緩一緩呢？他們的存糧不足，而且她不能讓他就這樣痛不欲生地躺在床上，捱到道路開通。天曉得那要到什麼時候？在嚴格要求效率的納粹執政之前，通往此地的道路往往一封就是好幾個星期。決定了：她今天就要進城。她可以趕到佛萊堡，在城裡採買她所需要的東西。沒有人會注意她，她也不必躲著任何人。

芙蘭卡走到他的房門口，耳朵貼在門上。房間裡沒有任何動靜，所以她走回廚房。滑雪屐還靠在牆邊，就在她昨天晚上擺放的位置。穿滑雪屐滑過十哩路，想來有點荒唐，尤其是她已經好幾年沒滑了。不過，從這裡到通往佛萊堡的主要道路不到兩哩，她有信心可以滑得到。到了大馬路，她應該可以搭便車進城。她給起居室和廚房的火爐都添了木柴。等她回來的時候，爐火可能早就熄了，但是在這之前，至少可以讓屋裡暖和一些。

她離開佛萊堡才幾天，但感覺卻像過了好多年。她已經變成一個完全不同的人了。一個星期之前在城裡度過的日子都模糊了。她閉上眼睛，想要遺忘。

芙蘭卡打開男人房門的門鎖，先聽聽有沒有任何動靜，然後才推開門。房間裡很暗，窗簾拉上了，地板上的洞也還在。男人躺在床上睡覺，看來從昨天晚上就沒再動過。她心想要不要叫醒他，最後決定不要。她走回起居室，找出紙筆。

我進城去找我們昨天晚上談過的補給品，幾個鐘頭就會回來。請待在床上，等我回來。

芙蘭卡．戈柏

她心想，她或許應該署名「戈柏小姐」，但懶得再重寫一張。她走回他房間，他還在睡。他若是戰俘呢？接下來會怎樣？她有辦法把他藏在這裡，等到戰爭結束嗎？盟軍幾個月前登陸義大利，再加上史達林格勒的劫難❸，讓人看見德軍終將敗北的可能性。但戰爭不會這麼快結束。納粹的鐵蹄依舊踐踏歐洲的大部分地區，德國本身更不必說。她能把他藏上幾個月，甚至幾年嗎？

「一件一件慢慢來，小姐。」她輕聲對自己說，「先幫這人弄止痛藥，帶糧食回來，讓你們兩個可以活下去。接下來的事，以後再擔心吧。」

她把紙條和一杯水擺在床頭櫃上。阿斯匹靈藥罐已經空了，最後幾顆昨天晚上吃完了。疼痛正等待他醒來，全面出擊。她拿起空藥罐，閉上眼睛，深呼一口氣，但無能為力。芙蘭卡走出房間，鎖上門。

窗外燦爛的陽光騙不了她，她知道戶外溫度很低，所以穿上冬天的厚外套，戴上帽子和手套，揹起背包，拿著滑雪屐，走進晨光裡。她的太陽眼鏡幫她遮掉刺眼的陽光。她雙腳套進滑雪屐裡，非常合腳，彷彿回到往日時光。

地平線開闊無比，只有附近山丘上宛如地毯般的積雪林木遮斷部分視線。潔白無瑕的雪地能讓任何地方都增色不少，更何況是原本就美景如畫的此地。她上一次好好欣賞這片景色是什麼時候？難道蒙蔽心頭的烏雲也讓她對眼前的一切視而不見嗎？她加快速度，心中湧起一陣快感，這是她以為自己早就失去的感覺。小木屋遠去，消失在雪地裡。

❸德軍進攻蘇聯史達林格勒，戰事從一九四二年七月延續到一九四三年二月，仍功敗垂成。德蘇雙方傷亡慘重，據稱有七十一萬人喪生，此戰終結德軍在第二次世界大戰攻無不克的優勢，成為扭轉戰局的關鍵。

❖
❖
❖

地面彷彿朝他衝來，猛烈的氣流讓他所有的感官都失去作用。他伸手要拿降落傘，卻找不到。下方的地面忽然靜止，變成他爸媽家後面的田野。他在地面上，在柔軟的草地上翻滾，但一想移動，劇烈的疼痛就鋪天蓋地而來。大門關上的聲音讓他一驚而醒。他咬著下唇，握緊拳頭，忍受著如海嘯般席捲全身的痛楚。他拚命抵抗，用鼻子深吸一口氣，再度張開眼睛。已經過了好幾分鐘，他額頭涔涔大汗，看見床頭櫃上的字條。疑問一個個湧現，但飛快閃過，讓他無法思考。疼痛讓他心神不定，腦袋不清。這個人究竟是誰？是蓋世太保派來取得他的信任，讓他吐露真實任務的人？這女人說他們所在的地方離佛萊堡十哩，他拚命想要回想確切的位置，但這裡離他的目標太遠了。黑森林——他降落在黑森林？他們一定看見他的降落傘了。這女人是蓋世太保的密探。她怎麼可能獨力把他拖回這裡？根本就不可能嘛。一定有人幫她。她的說法無從查證。他腦海浮現她的容貌，漂亮得像一把珍珠柄的匕首。他檢查自己身上的傷口。他頭很痛，腿斷了，但除此之外，似乎都還好。她一定是去找人幫忙了。他們八成再過幾分鐘就會到。

他摸著綁在腿上的夾板，感覺很單薄，不足以把他禁錮在床上。但這也許是她的計謀。他身穿睡衣，背包不見了，原本穿的德軍制服被丟在房間牆角。他在床上坐起來，努力透過窗簾縫隙看外面。外面一片白茫茫，什麼也沒有。他需要擬定計畫。第一步：離開這裡。但怎麼做？床被推到房間一側，窗戶在房間的另一頭，離他大約八呎。但這個距離對此刻的他來說，遠得像一哩路。他又喝了一口水，準備進行最困難的部分。腿一移向床邊，疼痛就排山倒海而來，他這輩子從沒這麼痛過，痛到他必須用手掩住嘴巴，不讓自己發出慘叫。房間裡很冷，但他背上卻冒出汗來。氣喘吁吁的他只好又躺下。屋裡靜悄悄的。

咕咕鐘響了，時鐘敲響九下。這聲音帶他回到當下，讓他再一次卯足力氣坐起來。他緩緩移動，輕輕把腳從床邊放下，雙臂撐住身體的重量，抿著的嘴唇用力吐氣。

「控制疼痛。」他用德語說。他一定要講德語，只要稍不留神說溜嘴，就會要了他的命。保持偽裝身分。「你辦得到的。」他從床的側邊把這兩條沒用的腿放下來，低頭看著這個年輕女子撬開的地板。她到底在幹嘛？是想讓他更不容易靠近窗戶嗎？他四下打量房間。他和窗戶之間空無一物，沒有東西可以支撐他。說不定爬到門邊是比較好的選擇。

他把身體扭向房門的方向，垂下一手撐在地板上，然後下床。劇痛如烈燄焚燒，但他咬緊牙關，拚命用手掌撐住身體。他用雙臂往前爬，拖著一雙骨折的腿，爬到門邊，伸手握門把。門上了鎖，但他早就知道。他花了似乎漫長到沒有盡頭的兩分鐘，才拖著受傷的身體爬到被她丟到牆角的軍服旁邊。他手探進外套胸前口袋，找到他最後一次簡報之後塞進去的迴紋針，露出微笑。

鑰匙孔是在木門的一塊黯淡金屬板上。他試著從鎖孔往外看，但只看見燃燒的火光。撬鎖並不是他訓練課程的一部分，而是教官傳授給他的額外技能，但他學得很好。他撐起身體坐起來，一手握住門把，一手把迴紋針插進鎖孔，轉動機心。第一次沒成功，但幾秒鐘之後，他就聽見喀嗟一聲，鎖開了。轉動門把，房門就敞開來。

爐火燒得熾烈，旁邊一堆柴薪，上方的壁爐架擺著陶瓷小裝飾品和一架收音機。褪色的壁紙上有一塊顏色比較鮮明，原本顯然掛有一幅畫。但環顧室內，他發現被拿掉的畫不止一幅，而是好幾幅。壁爐旁邊一把搖椅，再過去是一張老舊破損的沙發。廚房入口在他左邊，閃動的火光讓他知道她在那裡也留了爐火。他的背包放在書架旁邊的牆角裡，他很納悶，她為什麼沒藏起來。也許是因為蓋世太保馬上就要來了，所以沒必要特地藏起來。屋裡非常安靜，除了火爐裡柴薪的嗶剝響之外，闃然無聲。

他靠著前臂爬到背包旁邊，撈出換洗衣物、地圖和手電筒。他的兩把手槍都不見了，但他沒浪費時間揣測她為什麼要拿走他的槍。他坐直起來，背靠牆，繼續掏背包。他的文件完好無缺：德國空軍薪水單、假單、旅行證件，都照規定蓋好章，簽名，副署。而在他正前方，不到三十呎處，就是大門。

❖ ❖ ❖

芙蘭卡花了足足三十分鐘才滑到谷底，抵達通往城裡的大馬路。這條路已經清理乾淨，讓車輛可以通行。道路兩邊的雪堆得高高的。

「納粹的效率。」她喃喃自言自語。

等了五分鐘，終於有輛卡車停下來讓她搭便車。一名德軍士兵停下車，揮手叫她上車。芙蘭卡有點心慌，但別無選擇。不上車，會顯得更可疑。她把滑雪屐夾在腋下，看著士兵幫她打開車門。

「日安，小姐。」這名士兵微笑說，「快上車吧，我要去佛萊堡。」

「太好了，謝謝你。」

她爬上前座，關上車門，努力對士兵擠出一個微笑。他很年輕，頂多二十二歲，甚至比她更年輕也說不定。

「你怎麼會在這樣的日子進城？」

「去買東西。我沒想到天氣會這樣。我們被雪困住了，生活必需品有點不夠了。」

他瞥著她看，時間長得讓她覺得有點不安。卡車歪向路沿，他方向盤一打，才又回到車道上，往前開。

她決定對他的開車技術不予置評。「我好多年沒滑雪了，謝謝你讓我搭便車。」

「我的榮幸，小姐。」

他一開口就沒完沒了，而她一路上也竭力逗樂他。這是她多年來培養出來的技巧，也是她很擅長的技藝。

她先看到環繞城市周圍白雪皚皚的山丘，接著是屋頂和尖塔，全都覆上一層雪白。遠遠望去，佛萊堡和歐洲其他的中世紀古城沒什麼兩樣。然而，就像德國其他地方一樣，佛萊堡在納粹的掌政之下已經變得和以前完全不同了。盟軍的空襲，對佛萊堡造成的損害不如漢堡、卡塞爾和科隆那麼嚴重。事實上，這裡只遭受小規模的轟炸，但也因為這樣，讓她更難接受父親的罹難。十月那場空襲究竟是所為何來？她很懷疑，轟炸機飛行員把炸彈丟到她父親正沉睡的那片公寓街區時，究竟知不知道他們會殺了誰？他們知道自己炸死的是平民百姓嗎？他們在乎嗎？她對這一點很懷疑。她感覺到整個人情緒緊繃。他們永遠不會知道自己從她身邊奪走了這個溫和善良的好人。

她接到信才知道父親的死訊，但典獄長不肯讓她去參加葬禮，因為「背叛德意志的人不准去致哀」。直到出獄之後，她才能到他的墓前，和他永別。

看見進城的道路有士兵把守檢查哨，她頓時集中注意力。這裡不像小木屋，她無法享有逃避的自由。納粹對德國人民的箝制顯而易見，自由行動與不受限制的旅行，都已成為往昔歲月的記憶。芙蘭卡必須交出當局所要求的文件，有時一天還得要好幾次。她默默坐著，等哨兵檢查文件。

「亞利安證件[4]？」他問。

芙蘭卡點點頭，從口袋掏出亞利安證件，證明她的亞利安血統。哨兵瞄了一眼，點點頭，交還給她。她用微笑掩飾自己心中的羞愧，再次想起以前漢斯經常拿亞利安人開玩笑。

「什麼是亞利安人？」他會問大家。

「像希特勒一樣滿頭金髮！」希特勒是黑髮。

「像戈培爾[5]一樣高！」有人會這麼說。戈培爾只有五呎五吋（一六五公分）高。

「像戈林[6]一樣，有副運動員的好身材！」戈林明明肥胖臃腫。這樣的玩笑話害很多人入獄，因為納粹沒什麼幽默感。笑話不管多好笑，只要嘲諷納粹，都會遭受懲罰，有入獄的危險，甚至更慘的下場。

哨兵揮手讓卡車通過關卡。芙蘭卡假稱自己有個在蘇聯前線作戰的男友，婉謝士兵找她晚上喝一杯的邀約。她在市中心下車，看見納粹旗幟在微風中飄揚。希特勒在坐牢期間所寫的一本書裡，曾說明旗幟圖案各組成部分所代表的意義，芙蘭卡和其他孩子在念書的時候就背得滾瓜爛熟，簡直像教會裡要背的教義問答，是攸關人生的基本規範似的。紅底代表的是納粹運動的社會理念，中央的白圈代表納粹目標的純潔，黑色的納粹標誌則代表亞利安民族的種族優越性。亞利安這個金髮的超人種族其實是虛構的，但納粹卻讓德國人相信他們屬於這個優越的種族。她自己是個標準的亞利安人——身材高挑矯健，金髮，一雙藍眼睛澄澈得讓她幾乎覺得羞愧。少女時

❹ Aryanpass，納粹認為亞利安人是優等民族，所以制定亞利安條款，要求德國公民必須擁有「亞利安證件」，包括父母、祖父母等直系親屬的出生證明、結婚證書、血統證明與家族譜系圖等，以維持德國亞利安血統的純正。

❺ Paul Joseph Goebbels，1897-1945，納粹德國時期的國民教育與宣傳部長，以鐵腕捍衛納粹政權，嚴格控制德國言論與出版自由。戈培爾陪在希特勒身邊直到最後一刻，希特勒自殺後，他隨即服毒自殺。

❻ Hermann Wilhelm Göring，1893-1946，納粹德國黨政軍領袖，曾任空軍總司令、蓋世太保首腦等要職，也曾為希特勒指定接班人。第二次大戰結束後，戈林在紐倫堡大審被判絞刑，但在行刑前一夜自殺身亡。

代，只要有人稱讚她的亞利安外表，她總是覺得很自豪。但現在，她卻痛恨不已。

佛萊堡教會就在前方幾百碼，陰涼處正舉行熱鬧的聖誕市集。這座中世紀的哥德式教堂是佛萊堡市中心的地標，也是少數幾座保存下來的天主教教堂。希特勒剛掌權時曾誓言保障宗教自由，但這座教堂的存在只具有表面的象徵意義，因為不僅從來不舉行彌撒，而且所有的神職人員早已被關進集中營。基督教教會雖然還開放，但幾年前，為控制教會活動，所有的教會都被合併為德意志國家教會，由納粹黨員出任德國基督教的最高領袖，他當然也是個亞利安人。教會成員自稱德意志基督徒，「胸前有納粹符號，心中有十字架。」納粹目前仍然允許人民慶祝聖誕，但未來是不是還會持續，沒人有把握。任何偏離納粹目標的信念都是一種威脅。

芙蘭卡低頭看著人行道，慢慢往前走，滑雪屐夾在腋下，背包揹在背上。幾個穿制服的軍人快步走過她身邊，大聲談笑。其中一個對她吹口哨，但她眼睛還是盯著卵石人行道上灰白的雪濘。她心想，不知道會不會碰到認識的人，要是碰到了，他們是不是都聽過她的事？會不會把她當叛徒，而避開她？她希望自己不要找到答案。

她推門走進藥房，門上的鈴鐺叮啷響。她低頭看地板，一路走到擺放麻醉劑的架子。她一眼就看見小瓶的海洛因，但她繼續找嗎啡。她買了夠幾天用的分量，以及施打時必須用到的針筒。她還拿了阿斯匹靈、熟石膏、紗布，和可以套在腿上的尼龍襪，把全部的物品一起拿到櫃檯。藥師是位中年男子，留著灰白的大鬍子，透過眼鏡，用懷疑的眼神看她。芙蘭卡注意到他的白色外套上有納粹徽章。

「是我弟弟，」她微笑說，「他昨天晚上搭雪橇摔斷了腿，而我們又被大雪困住了。」

「太慘了。」藥師說，「你要自己打石膏？」

「我是護士。我做得來。」

「他真是個幸運的男孩。」

「我不知道跌斷兩條腿的人算不算幸運，但我想你說得沒錯。」

藥師微笑，把裝滿東西的褐色袋子交給她。芙蘭卡道再見，走出藥房，盡量裝得輕鬆自在，但心裡其實很緊張，覺得自己快吐了。

風吹在她濕濕涼涼的皮膚上，感覺格外清新。天空已開始飄下小雪。只要再買點食品，就可以離開了。她想念小木屋的遺世獨立。這座美麗城市的大街小巷都已變調，被納粹無所不在的意識型態所扭曲，誰都不可能再過上像樣的生活，對女人來說尤其如此。女人不能擔任醫生、律師、公務員和法官。陪審團也只能由男人出任。不能把做決定的任務交給女人，因為女人太容易感情用事。女人也不能投票。但是投票又有何用？除了納粹的國家社會主義黨之外，其他政黨都是不合法的。德國女人不准化妝，不准染髮或燙髮。女孩從小就被灌輸三個K的觀念：Kinder（兒女）、Kirche（教會）、Küche（廚房）。她還記得她以前參加的德國少女聯盟，告誡她們別癡心妄想追求自我的生涯發展。好好留在家裡，生養未來能為德國效力的強壯兒子，才是她們最重要的任務。這是女人在現代德國所必須扮演的角色，她認識的許多女孩，從少女時代就接受了這個觀念。有些甚至獲頒「母親十字章」——生養五個以上健康的亞利安子女，就可以得到納粹頒授的這個獎章。和她一起參加德國少女聯盟的希達．史畢格，已經得到至高無上的榮譽：年僅二十七歲，就已經生了八個孩子，所以獲頒「母親十字金章」。

往昔生活的回憶，宛如蟬鳴，在芙蘭卡的腦袋裡鳴叫不止。她父親度過人生最後五年的那幢公寓，離這裡只有幾條街，但越是接近，她的腳步就越緩慢。她想起小木屋裡的那個男人，他是他們之中的一員，是犯下這個罪行的盟軍一員。她渴盼能遺忘這一切。

她走到雜貨店。德國人已經感受到戰爭帶來的惡果了。開戰初期，商店的貨品和戰前差不多一樣豐足，但一九四二年春天，開始實施配給制，許多日常商品成了奢侈品。新鮮麵包的香味讓她餓了許久的肚子咕嚕咕嚕叫。她拿起一條麵包、一些乳酪和肉乾。回家的路幾乎都是上坡路，所以她盡量避免帶罐頭湯之類較重的物品，雖然那些東西在小木屋裡可以保存得比較久。她善加利用自己的配給券，盡可能多拿一些食品。到櫃檯結帳的時候，她也用上一些從父親那裡繼承來的現金。她想起律師宣讀遺囑給她聽的情景。律師知道她曾經入獄，雖然沒說什麼，但她懷疑他知道她入獄的原因，因為她看見他批判的眼神。

芙蘭卡離開商店，回到街上，差不多已經下午兩點了。沒必要餓著肚子回小木屋，因為她預留足夠的配給券，讓自己可以好好吃頓午飯。她知道這條街上有個用餐的地方。這家咖啡館人聲嘈雜，煙霧瀰漫，好幾個軍人坐在牆角大聲談笑，喝啤酒。她挑了個盡量遠離他們的位子，點了酥炸牛小排、馬鈴薯和一杯咖啡歐蕾。五分鐘之後，菜餚上桌，猶如天賜的美食，讓她幾乎狼吞虎嚥下肚。鄰桌的男子起身離開，留下報紙沒帶走，她正好可以拿來用。她拿起報紙，遮住臉。

報紙滿是歌頌領袖的文章，再不然就是讚頌在俄羅斯前線為德國未來奮戰的英勇戰士。她只讀了幾秒鐘，就不再讀那些文字，茫然盯著報紙，純粹只為遮住自己的臉。她滿腦子想的都是回小木屋的路程，以及待在小木屋裡的那個男人。就在這時，她聽見面前有人叫她。

「芙蘭卡．戈柏？」

放下報紙的時候，她感覺胸口揪緊。她先看見黑色的蓋世太保制服，目光繼續往上，才看見那張她希望自己一輩子都不要再看見的臉——丹尼．貝克爾。

❖ ❖ ❖

他把地圖、指南針、換洗衣物和身分證件照原先擺放的順序，再放回背包裡。他此時坐著，靠在書架前面。大門離他約三十呎，但後門更近。透過門板下方的縫隙，他可以看見太陽在雪地反射的白光。他沒有足夠保暖的衣服可以出門，而且兩條骨折的腿也讓他不可能逃脫。儘管他頑固地不想承認，但事實擺在眼前：身上沒有武器的他，純粹是靠芙蘭卡．戈柏的善意才能活下來的，還好她心懷悲憫。他身上還穿著她幫他換上的睡衣，但謹慎小心也沒什麼不對。說不定她說的是實話，他們在深山野外。但也說不定不是。他爬過地板。走道上有砂礫，他撐在地板上的掌心摸到沙土碎粒。他用左手手肘撐起身體，伸長右手搆到門把，卯足力量用身體往外推開門。如汪洋大海般的白色雪地，讓他眼睛灼痛。冷風灌進他光裸的胸口，雙腿劇痛如刀割。門外是堆放柴薪的區域，幾呎之外，是白雪覆蓋的林木。其他的什麼都沒有，該死。他關上門。

他等了幾秒鐘，讓體力稍稍恢復，才又爬回起居室。爐火很溫暖，他就這樣在壁爐前面躺了一兩分鐘。就算他們離城鎮很近，他又能怎麼樣？拖著一雙骨折的腿，他又能去哪裡？就算他能活著進城，任何人碰上他，都會立刻送他到醫院。然後就完蛋了，他和他的任務都完蛋了。更可能的情況是，他會死在雪地裡。若非那女人帶他回到這裡來，他早就喪生雪地了，他心知肚明。說不定她說的是實話。說不定她真的是朋友。在這個舉國狂熱的地方，要被一個友善的人搭救，機會有多大？他在新聞影片上親眼看到，無數德國民眾對希特勒講出的每一句話鼓掌歡呼，敲鑼打鼓，揮舞旗幟。整個國家似乎都被洗腦，把納粹的信條當成是新的宗教般奉行不渝。否則他們怎麼會在強佔的領土上做出那樣的事？否則他們如何為野蠻如蓋世太保的組織辯護？他想起教官的提醒：「別相信任何人。」他說德國唯一的好人就是死人。當時他們這些新兵聽了都哈哈大笑，包括他自己。

後門外面的景觀沒能讓他進一步瞭解自己的處境。他得要想辦法確定才行，所以開始爬向前門。玄關的咕咕鐘敲響十聲，是十點了。他不顧雙腿的疼痛，手臂交替往前爬，爬到門邊，伸手抓住門把，先拉開約莫一英寸，然後身體往前用力，推開門。又是亮晃晃的一片雪白，但他看見一輛被雪覆蓋的福斯汽車。他用手掌撐起身體，盡量撐高。極目所見什麼都沒有，只有雪和樹，連路都看不見。沒有聲音，沒有一點點生命的跡象。可以肯定的是：這裡只有他們兩個人。

他關上大門，開始爬回起居室。他希望她回來的時候，看見他躺在床上，不想讓她懷疑他已經下床，窺探過整個房子。他停在玄關咕咕鐘下方的矮櫃前，腦中閃過一個念頭，於是拉開抽屜。抽屜拉開的時候，他聽見了金屬滑動的聲音，非常熟悉的聲音。他探手進去，拿出一把手槍。要是他們真的來了，他會做好準備。他至少可以要其他幾個人陪他一起走上黃泉路。

❖ ❖ ❖

「很高興碰到你。你看起來比以前更漂亮。我們多久沒見了，芙蘭卡？」貝克爾問。芙蘭卡瞪著他帽子上的骷髏頭，他摘下帽子，夾在腋下。

「謝謝你，好幾年了，貝克爾先生。有四年了吧？」

「從你搬去慕尼黑之後，我就沒見過你。我可以坐一會兒嗎？」他拉開她對面的椅子。

「當然可以。」她別無選擇。

「拜託，請叫我丹尼。別因為我現在的身分就這麼客套。我們是老朋友了，敘敘舊——我只是想敘敘舊。我可以抽菸嗎？」他遞了根菸給她。她已經好些年沒抽菸，但還是接下。白色的煙圈瀰漫在他倆之間。她往後靠，希望平復緊張的心情。「你怎麼會回佛萊堡來？」他問。

「來給我父親掃墓，順便聽律師宣讀遺囑。」

「噢，對，我在上次盟軍空襲的傷亡名單裡看見他的名字。很遺憾。那些禽獸完全不在乎屠殺了多少平民百姓。我希望有一天可以為你父親，為被盟軍殺害的無數德國人報仇。」

芙蘭卡感覺到自己渾身顫抖。「丹尼，我也是。」貝克爾似乎是相信了。

「對你的遭遇，我也覺得很難過。」他抽了一口菸。芙蘭卡不知道該說什麼，或該怎麼回答。「我聽說慕尼黑的事了。」她想問他怎麼會聽說的，但也知道他八成對佛萊堡每一個人的事情都瞭若指掌。「你被那些卑鄙的叛國賊牽連，真是太可憐了。」

她心一沉。漢斯比這個丹尼或納粹的任何一個人都高貴千百倍。她靜靜坐著，凝神控制平靜表面下的驚恐心緒。

「謝謝你，丹尼。」

「還好，法官知道女人是應該被保護的。就因為本性善良，所以你才更容易被那些人渣可怕的謊言和宣傳手法影響。你受這麼大的罪，我覺得很難過。」他又抽了一口菸，繼續說，「那肯定是很可怕的經驗。我知道有時候或許很難接受，但國家社會主義黨是為了全德國的百姓著想。」

芙蘭卡沒回答。看丹尼臉上懇切的表情，她知道他是真心的。「我很幸運，肯定是。」

「還好你沒像其他叛國賊一樣被處決，我很替你慶幸。你還有未來，可以當個好妻子、好母親，有一天可以生下兒子，為德國奉獻。」

丹尼抽完菸，在桌上的菸灰缸摁熄。芙蘭卡抽了三口菸。他傾身靠近，「我知道你已經學到教訓了。」

「當然。我以前很笨，被人牽著鼻子走。我應該要舉報他們的，但我太害怕了。」她深吸一口氣，希望能撫平說出這句話的痛苦。但沒有用。

一名年長的婦人走近他們桌邊，貝克爾站起來迎接她。

「貝克爾先生，很高興見到你。」她說。

「古齊太太，您看起來氣色很好。」

「我好感激你。」

「請不要客氣，那是我的榮幸。」

老太太拎起一個袋子。「我有些東西要送給你和你的家人。」

「噢，不行，我不能收。」

「收下吧，是給你兒子的。是給他們的——謝謝你為我家人所做的一切。」

貝克爾接過袋子。「謝謝您，我會讓孩子們知道，您聖誕節還惦記著他們。」

「祝福你，貝克爾先生。」她退後一步說，「希特勒萬歲！」

「希特勒萬歲！」貝克爾說，然後坐下。

「不好意思。」他說。

「那位是誰？」

「是我們家一位需要幫助的老朋友。我很高興能幫得上忙。當初那些叛國賊想操縱你的時候，真希望你能來找我幫忙。」

「如果當時你人在那裡，我當然就會去找你了。」

「聽你這麼說，我覺得安心多了。我知道法官做了正確的決定。你現在應該重新展開你的人生。你有沒有想過要怎麼回報德意志？我們一直都很需要護士，特別是每天有這麼多英勇的士兵在俄國前線受傷。」

「我是想過。可是我三個星期前才出獄，需要一點時間。也許等過完聖誕節吧。」

「我瞭解。你要在哪裡過聖誕？」

「慕尼黑。我住在那裡。我只是回來待幾天就走。」

「可是你還帶著滑雪屐？」他瞄著餐桌旁邊的地板。

她突然想到自己背包裡有嗎啡、紗布和石膏。要是他搜查她的隨身物品，她就完了。

「我父親的公寓在空襲的時候炸毀了，所以我暫時住在我們山居的夏日小屋。我只是沒想到會被大雪困住。」

「是啊，這幾天天氣真的很差。可是你說你要回慕尼黑過聖誕？現在離聖誕節只剩九天。」

「我打算回去。我不想一個人在小木屋過節。只要路一通，我馬上就回慕尼黑。」

「我還記得那棟小木屋。我們在那裡度過很愉快的時光。」

芙蘭卡想起和他在那幢小木屋裡共度的週末，不禁顫慄，但她想辦法克制自己。當時他們都還在念大學，他擔任本地希特勒青年軍的隊長。那彷彿是上輩子的事了。那時其他女生都很嫉妒她。如果是現在，她肯定樂於拱手相讓。她注意到他手上的婚戒。

「你結婚了？」

「是啊，已經四年了。你還記得赫嘉．達格沃嗎？」

「當然記得。」

「我們有兩個兒子，巴斯提昂和尤爾根。」

「恭喜！」

「他們兩個都是很健康的亞利安男孩，正是我們國家需要的。當然，等他們長大的時候，戰爭早就結束了。他們可以享受到我們努力創造的成果。」

芙蘭卡沒回答。她拚命想跑，想逃，心中的渴望強烈到難以克制，她卯足僅餘的氣力，才能讓自己靜靜坐著。

「你想看他們的照片嗎？」

「當然。」

貝克爾伸手到口袋裡掏出皮夾，拿出照片，臉上浮現自豪的微笑，眼睛裡的光芒是她所想像不到的。

「你說，他們是不是天底下最可愛的男生？」

「是啊。」

「我好愛他們。我這工作最大的缺點就是不能常常在家，但是他們永遠在我心裡。」

他把照片收回皮夾裡，又從口袋裡掏出一個鍍銀菸盒。芙蘭卡注意到菸盒上有個姓名縮寫，但並不是他的名字。他又要請她抽根菸，但她婉謝了。她已經好幾年沒抽菸了，剛才那根菸，讓她覺得像一潭死水上的浮垢那般噁心。貝克爾點菸，往後靠。小木屋裡的那個男人浮現在她腦海裡。

「你一直沒結婚，芙蘭卡？」

「沒，我沒結婚。」

「你現在幾歲，二十六？還有很多機會。你該不會想要一輩子當老姑婆吧？女人的生育年齡是有限的，青春慢慢消失，就不會再回來了，你知道的。」

「我知道自己幾歲，丹尼。」

「我沒別的意思，也不是有意冒犯。你現在比以前更漂亮。」

「沒關係的，丹尼。但還是謝謝你。」她說，無法再和他眼神接觸，再多一秒都不行。

「你從少女時代就很迷人。」他背靠在木頭椅背上，雙手交疊貼在腦後。「嗯，我還記得很清楚，每一個男生都嫉妒我，因為我擁有全佛萊堡最漂亮的女生。我覺得自己是世界上最幸運的男生。我們後來究竟怎麼回事？你從來沒對我解釋。你就這樣甩了我。」

因為我看清了你的真面目。我知道他們把你變成什麼樣的人。她很納悶，他是假裝無知，設圈套讓她跳，還是他真的不知道。他到現在還沒搞懂嗎？他們在一九三六年分手，她十九歲時。之後他想和她復合，而她雖然決定不再當他的女友，卻也不敢逼他太甚。當時他已經加入本地的蓋世太保，逐漸有了權力和影響力，她怕激怒他。

一九三八年的水晶之夜[7]，他加入暴徒的行列。那一夜，佛萊堡和全德各城鎮的街道都閃閃發亮，因為猶太人開設的商店櫥窗被砸，玻璃粉碎一地，而夜空也因為猶太教堂被縱火焚毀而烈燄衝天，一片赤紅。這場由政府鼓動的全國性反猶太暴動，造成數千人死亡，丹尼．貝克爾帶領一群暴虐的走狗把猶太裔商店主人拖到馬路上，拳打腳踢。那一夜讓她睜開眼睛，看見納粹真正想在德國達成的目標。她知道一切都變了。她離開佛萊堡到慕尼黑，主要的原因就是想遠離他。她為了離開他，拋下傅萊迪。

「那是很久以前的事了。德國有這麼遠大的未來，我們又何必沉湎於過去呢？」

他露出微笑，但眼神瞬間黯淡下來。他又抽了一口菸，說：「你有什麼事情藏在心裡嗎？何不說出來，我們可以拋開過去，但從現在開始成為朋友，不好嗎？如果你要住在佛萊堡——」

「我不打算住在佛萊堡。再過幾天，等路通了，我就要回慕尼黑了。」

貝克爾又抽了一口菸，女服務生正好走過來，他點了杯啤酒，芙蘭卡覺得心口揪緊。

「所以你心有所屬了？」

「不是這樣的。我們已經分手了，當年我們都還只是大孩子。」

「我大部分的同事——忠心耿耿的好人，為更好更安全的德國犧牲奉獻的人——都在那個年紀成家。有些人甚至更早就有了小孩。」

❼ Kristallnacht，一九三八年十一月九日至十日凌晨，納粹黨員與黨衛軍襲擊德國全境的猶太人，被認為是有系統屠殺猶太人的開端。當晚許多猶太人開設的商店被砸，玻璃粉碎一地，在月光下閃亮如水晶，因之得名。

「但我們並沒有。」

女服務生端來他的啤酒，說這是店家招待的。蓋世太保向來可以享受這種待遇。他沒謝謝她，只傾身再次盯著芙蘭卡。

「我在報告上讀到，你在慕尼黑和那個叛亂組織的頭頭搞在一起。他本來會是你兒女的父親？」

漢斯的名字如果從貝克爾口中說出來，就會是莫大的玷辱。她把手藏在桌子底下，緊握拳頭，緊到幾乎要流血。

「我那段人生已經結束了。」她拚命忍住淚水。她絕對不要在他面前落淚。她寧可死，也不在他面前落淚。

「你運氣很好。應該感謝蓋世太保逮住他和其他人。你也應該慶幸他們被處死了。這是政府所能給予你的最大恩惠。他們讓你自由，讓你擺脫了那些歹徒傳播的瘋狂理念，他們甚至還憐憫你，寬大為懷，饒了你一命。」

他說的每一個字都傷她至深。她感謝法官饒她一命？恰恰相反，她無數次希望法官判她死刑。

「一想到有那些人存在，我就覺得想吐。」他講到「人」這個字，彷彿是個詛咒似的。「但是知道他們馬上就被處以應有的重刑，讓無辜人民不再受他們的惡毒影響，就讓人精神振奮。」

「他們覺得自己做的是對德國人民最好的事。」她說，聲音低得連她自己都不太聽得見。

他搖搖頭，喝了一大口啤酒。「無知的笨蛋。他們是想帶我們回到大量失業、街頭失序的年代嗎？民主是我們國家所曾出現的最大災難。納粹讓我們可以擺脫凡爾賽合約，擺脫那些十一月罪人❽，讓我們再次躋身世界強國之列。」

芙蘭卡很想問他，要是他一心想完成這個理想，為什麼沒上前線打仗。蓋世太保是不必遵循任何法規運作的。他現在就可以把她帶回市中心的蓋世太保總部，然後她很可能就此人間蒸發。沒有人會提出疑問，她只不過是又一個消失無蹤的全民公敵。她的命運完全繫於這個人的一念之間，這個曾被她傷過心的男人。

「你說的沒錯，我當時是迷失了。能活下來，我真的很感激。那些人鼓動我去參加會議，他們讓我覺得那樣做才是愛國的行為。」

「根本就是顛倒黑白。還好你沒被他們完全迷惑。知道你有機會彌補錯誤，我很開心。」

「很高興能碰見你，丹尼，但我真的該走了。我得趕在天黑之前回小木屋去。」

他凝視對桌的她，好幾秒鐘之後才說：「是啊，夜裡走那段路太可怕了。我不能再耽擱你了。」

「確實，丹尼，我要告辭了。」她站起來說。

他沒動，坐在那裡盯著她看。「等等，通往那裡的路都被大雪封斷了，對吧？所以你才會帶滑雪屐。」

❽ November Criminals，意指承認戰敗，接受凡爾賽合約，終結第一次世界大戰的德國政治人物。

「是啊，所以我真的得走了……」

「你打算怎麼回去？你不可能滑雪滑上十哩吧。」

「我都安排好了。」

「要怎麼做？你不可能開車來，車子一定因為大雪，停在小木屋那邊。」

「是沒錯，但是──」

「那你打算怎麼回去？」

「有人等著要載我。」

「誰？你在這裡誰也不認識，而且有過坐牢的紀錄，你在這裡的名聲也不太好。」

「嗯，我打算──」

「打算搭便車？真是胡鬧，我載你。」

芙蘭卡感覺到心臟狂跳。「不行，我不能給你添麻煩。你這麼忙，這一來一回就要一個多鐘頭。」

「現在是我的午餐時間。我可以等回來之後再把工作趕完。」他的目光像要在她身上鑽出個洞似的。她想回答，但說什麼都不對。他站起來。「好啦，就這樣說定了。我車在外面，你準備好要走了嗎？」

「我去付帳。」

「錢擺在桌上就好。」

芙蘭卡放下幾張皺巴巴的鈔票。貝克爾沒再說什麼，率先走出咖啡館。一輛黑色的賓士汽車停在外面，他幫她拉開後座車門，讓她把滑雪屐與滑雪杖放進車裡。芙蘭卡坐到前座，背包抱在腿上。

閉緊嘴巴，他說什麼都不要反駁。

車行過城區，他們談起舊識和往日歲月。芙蘭卡很想知道他究竟是在刺探她，還是真的抱有幻想，以為他們還是老朋友。說不定兩者皆非，也說不定兩者皆是，又或者是有其他目的。在檢查哨，芙蘭卡還是必須交出證件，讓哨兵檢查。貝克爾懶洋洋地答禮，刻意強調他是他們上級的事實。她一直等到車子開出市區，上了高速公路，才提出她的問題。

「你的兩個兒子都很好吧？」

「很好，非常好。他們是我這輩子所擁有過最美好的事物。他們也是強壯的亞利安兒童。我以他們為榮。尤爾根才三歲，已經會唱〈德意志之歌〉。」

貝克爾談起兒子的時候，芙蘭卡保持沉默。這讓她可以喘口氣，但沒過多久，他就又開始宣揚納粹有多偉大，希特勒有多天才。每一分鐘都是無止境的折磨。他要放她下車的地方終於到了，彷彿沙漠裡的綠洲。

「我想你讓我在這裡下車就好，謝謝你，丹尼。你真是太好心了。心胸沒你這麼寬大的人，可能會因為我做過的事，一輩子都恨我。我犯了錯，但我決心從今以後改過自新，展開新的人生。」

貝克爾把車停在路邊，轉頭對她說：「我的工作就是隨時懷疑任何人，芙蘭卡，而且我也一貫如此。遇見你，我真的很興奮，但對我來說，你不僅僅是個老朋友。你是被判過刑的國家公敵，儘管我認為每一個亞利安人都應該有第二次機會，但你也必須證明你對德國的忠誠，和對領袖的愛。我希望我們永遠不會因為公務而接觸，但你也要知道，我會監視你。」

「就像我說的，我再過幾天就要回慕尼黑……」

「如果是這樣，祝你好運，希特勒萬歲！」

「希特勒萬歲！」芙蘭卡低聲說。她揹上背包，他下車幫她拿出滑雪屐，交給她。

「見到你真好，芙蘭卡。希望你能找到你想要的平靜。以後一定要慎選朋友。」

她點點頭，他回到車上。她靜靜站著等車離開。

她覺得自己被人施暴、辱罵、憎惡。小木屋不再讓她覺得安全，不再是能擺脫納粹政權的地方。她看不起納粹，比以前更加鄙夷。黃昏就要來了，她沒有時間呆站在路邊分析他們的對話。還好。她再次穿上滑雪屐，滑雪回小木屋。

當然，她說她要回慕尼黑，可以避免蓋世太保來騷擾她。但是如果他們在找那個男人怎麼辦？說不定有人看見他跳傘了。

因為揹了補給品，回山上的路比下山困難許多，她半路不得不停下來休息。遠遠看見小木屋時，晝光已消逝，天色漸暗，雪花緩緩飄下。臥房的窗戶是暗的。芙蘭卡心想，那人是不是睡著了？她為了他大老遠進城一趟，他是不是會終於相信她呢？韋納．葛拉夫的這齣戲還要演多久？

她明知道他謊稱自己的身分，她還能信任他嗎？到了大門口，她脫下滑雪屐，甩掉上面的雪，擺在牆邊。門咿呀一聲打開，火光映得起居室牆壁一片橘黃。她很納悶，難道是男人添了柴薪。她看見他，坐在壁爐旁邊的搖椅上，手裡拿著她父親的手槍，槍口瞄準她。

5

芙蘭卡的背包滑落肩頭，掉到地上。那人瞪著她，槍口瞄準她的胸口。在昏暗的光線裡，他眼睛抽搐，緊咬牙關，顯然在強忍劇痛。她暗暗咒罵自己，沒把槍藏好。不過，她也沒想到他竟然有辦法下床，更不要說到玄關的矮櫃拿出這把槍了。

「你怎麼從房間出來的？」

「可以問問題的人是我。」

她看見扣在扳機上的手指繃緊了。

「我買了你需要的止痛藥。你現在一定痛得要命。我也買了食物，夠我們吃幾天。」

「我要問你問題。我為什麼在這裡？你為什麼把我帶回這裡來？」

他不知感恩，讓她很惱火，感覺一肚子氣就要爆發了。他嚇壞了，是個在敵國境內的陌生人。謝天謝地，他沒在她一進門的時候就開槍。「純粹只是因為必須這麼做。醫院太遠，我沒辦法送你到醫院。」

「你有沒有告訴任何人說我在這裡？」

「沒有。」

「為什麼沒有？」

「因為你叫我不要說。你說就連本地當局也不能知道你在這裡，否則就會妨礙你的任務。」

他盯著她看，槍口也還是瞄準她。他甚至不知道接下來該怎麼辦。

「我告訴過你，我名叫芙蘭卡·戈柏，佛萊堡人。這裡是我爸媽的避暑小屋。他們都已經過世了。我爸是幾個月前在佛萊堡空襲裡遇難的。我媽過世八年了，因為癌症。」她本來也想提傅萊迪的事，但知道只要一提起弟弟，她肯定會崩潰。她現在就快崩潰了。「我之所以帶你回來，是因為你需要幫助。你很可能會死在那裡。我能找到你，簡直是奇蹟。方圓好幾哩之內，沒有半個人。」

「那你為什麼把我關在這裡？」他聲音顫抖，或許是因為疼痛，也或許還有別的因素。

她瞪著槍口。「因為我別無選擇。道路封閉了，我沒辦法送你到主要幹道。你兩條腿都斷了，根本不可能走路。」她指著背包。「我帶了石膏、紗布和其他用得著的東西回來。我可以幫你打石膏。要是你肯讓我幫你，我就可以動手，但你必須信任我。」

「我怎麼知道你不是盟軍的間諜，把我關在這裡，好贏得我的信任？」

「我不是盟軍的間諜。我只是個護士。我是佛萊堡的護士。」

那人的槍口略微下垂，但馬上又舉了起來。

「我要脫掉我的帽子和手套。」芙蘭卡說。

他點點頭，她脫掉帽子手套，丟到地上，然後掌心朝上，走近他一點，就像接近一條受驚的狗。

「你沒什麼好怕的。我沒替任何人工作，也沒有任何陰謀。」

「那你打算拿我怎麼辦？」

「我希望能看見你走著離開這裡。我不想知道你的任務是什麼，你也不必告訴我。我只需要你相信我，知道我不會害你。」

芙蘭卡極力掩飾，但聲音還是顫抖。她指著旁邊的椅子，他沒反對，所以她就坐下。

「你打算把我交給誰？」

他伸手掩住嘴巴，咳了起來，但瞄準芙蘭卡的槍並未放下。

「我沒打算把你交給任何人，除非你要我這麼做。」

「這裡沒有電話？幾哩之內都沒有其他人家？」

「就只有我們兩個人。你可以對我開槍，但這樣你也等於自殺。外面又開始下雪了，我們可能要在這裡待上好幾個星期。你不能出門，只能在這裡等死。所以你必須相信我，我不會害你。」

「你能帶我進城嗎？」

「不行，你到不了城裡的。我從小就每年到這裡來，對山路很熟，就連我自己都差點到不了。你一定要明白，我們兩個要困在這裡好一段時間。我們必須相信彼此。但我也得說，有槍指著我，我實在很難相信你。」

「你一開始就沒有權利沒收我的槍。」

「我只是以防萬一，沒別的意思。你又不需要槍。」

「這我怎麼知道？」

「因為我如果想要你死，當初把你丟在雪地裡不管就行了。我如果沒及時發現你，你頂多再撐幾個鐘頭就沒命了。」

她看見他的眼神稍微緩和下來，也許是因為想想有道理，也或許只是出於必要。

男人把槍口放低幾吋，閉上眼睛一會兒。「你說的這些，我怎麼知道是事實？」

「如果我是盟軍的間諜，我怎麼知道你會在德國的這個荒郊野外，跳傘降落在雪地裡？我就待在這深山裡，等著你從天上掉下來啊？你以為昏迷的時候有人找到你，然後把你拖到這裡，讓個女人設圈套給你跳？」

他閉上眼睛，但什麼都沒說。

「這裡除了蓋世太保之外，就沒有別人啦？蓋世太保才懶得精心策劃，懶得從受害人口中套出情報。如果我是蓋世太保，早就開始刑求你了。」

「我幹嘛怕蓋世太保？」

「是喔，那你幹嘛不讓我去向蓋世太保報告？」

男人睜開眼睛，張開嘴巴想說話，但她不給他機會說。

「我可以幫你，也想幫你。我今天想盡辦法到佛萊堡，就是為了你。我大可以到比較近的村子，但是那裡不會有你所需要的止痛劑。放下槍，讓我幫你吧，等路通了，我就載你去找本地的政府單位，然後你就可以在空軍醫院好好休養了。」

男人盯著地板，把槍擺在腿上。他聲音很微弱，彷彿沒了生息。「你為什麼要為我做這些？」

「因為我是護士。因為你需要幫助。」因為我需要再次感受到自己的價值，我需要做一些有用的事，一些好事。

「你不必載我去找政府單位，我可以照顧自己。」

「隨你吧，葛拉夫先生，我一點都不在乎。就把這裡當成是醫院的病房吧，我只是在這裡工作，等你走了，我的責任也就了了。這樣合理吧？」

「沒錯，是有道理，小姐。」他身體鬆卸下來，臉上血色盡失。

「我很歡迎你。你一定餓壞了，吃過東西了嗎？」

「我沒能爬到廚房。」

「那裡也沒什麼東西可吃就是了。」

芙蘭卡大大吐了一口氣。她還是不知道他是誰，但這可以等等再追究。眼前她必須回復護士的身分，這感覺真好。她從袋子裡拿出一小罐嗎啡。他默默看著她拿出針筒，裝滿透明的液體。

「這可以幫你熬過最痛的階段。我買的量夠你用三天，之後你就必須改吃阿斯匹靈了。你可能會覺得有點頭暈、無力，甚至想睡，我會準備一個桶子讓你吐，但接下來幾天，你都得好好待在床上。你沒有理由下床。」

「我瞭解。」

「你不是我的囚犯，」芙蘭卡說，一面用指尖輕輕拍打針筒。「我是朋友。時間長了，你就會瞭解。等路一通，你就可以離開，但如果你願意留在這裡等到雙腿復原，也沒有問題。」

「謝謝你。」

「現在我可以扶你回到床上了吧？」

「我是爬出來的，我可以再爬回去。」

「你是真的希望自己爬回床上去？你沒辦法把自己撐起來的。」

「我可以想辦法。」

「我有更好的建議。」芙蘭卡走到他背後，把搖椅往後一拉，他的雙腿騰空離地。他忍住疼痛，咬著自己的拳頭。她一手搭著他的肩膀。「對不起，我得先扶你上床，然後再幫你打止痛劑。」

「只是有點小痛，我沒事的。」

芙蘭卡手放開他的肩膀，推著搖椅走。他的槍還擺在腿上，她沒伸手去拿槍，也沒要求他把槍還她。推他走非常吃力，比她原本預期的還要費勁，所以很花時間。還好，從這裡到臥房只有二十呎，走走停停之後，他們終於回到床邊。他拚了命想站起來，用壯碩的手臂撐起全身，但她手伸到他的腋下，把他扶到床上。他拿起槍，塞到枕頭底下。隨他去吧，這樣也可以表示她信任他，讓他知道她不是敵人，芙蘭卡想。他躺在床上，儘管強忍疼痛，但臉上的表情卻掩飾不了。他冒汗，大口喘氣，她到廚房幫他倒了杯水，才開始幫他注射止痛劑。

「止痛劑要二十分鐘才會發揮作用，明天早上我會再幫你打一針。現在，趁噁心的感覺還沒出現，我先去幫你弄點吃的。」

男人點點頭。她對他微微一笑，就去廚房。回來的時候，端了一盤新鮮的麵包和乳酪。他幾秒鐘就吃光了，又倒回枕頭上。

這時已經七點多了。「我讓你休息。想辦法放鬆，好好睡一覺。我們明天再聊。」到時候就輪到我問問題了。

男人閉上眼睛，嗎啡帶來的愉悅感慢慢發生作用。他臉上出現一抹小小的微笑。

「晚安，小姐。」他輕聲說。

她幫他蓋上厚厚的幾層毛毯，熄掉油燈，走出房間，把門關上。他撬開過門鎖一次，如今再鎖門也沒有用。她必須信任他，因為她知道他不會交出她父親的那把手槍。

撐了一整天的她終於感覺到疲憊襲來，拖著沉重的步伐走進廚房，吃了點火腿和麵包。此刻她最想做的是上床睡覺，但她知道爐火不可能燒一整夜不熄，而柴薪也快不夠用了。所以她草草吃完晚餐，又打起精神，穿戴大衣、帽子、手套，到後門去劈柴，讓壁爐有足夠的柴火可以整夜燃燒不熄。她明天得劈更多柴才行。這事只能靠她一個人做。所有的事情都是。

躺在床上，她滿腦子都是丹尼．貝克爾。在終於沉沉睡著之前，她最不想看見的，就是他那雙冰藍的眼睛。

❖ ❖ ❖

她醒來時，屋子很冷。火早就熄了，小木屋裡冷得像冰河。山一般堆疊在她身上的毛毯是唯一的避難所，但她知道，這只是暫時的逃避而已。因為肚子餓，也因為急著想查看那男人的狀況，她還是伸出腳，踏在地板上。大衣就掛在床邊，她套在睡衣外面，才走出臥房。另一個房間沒有半點動靜，於是她用肝泥腸、麵包和乳酪給自己弄了一頓早餐。昨夜又下了大雪，她的車幾乎已經被雪掩蓋得完全看不見了。她的足跡也不見了，道路又要多封閉好幾天，男人也多出幾天的工夫可以養傷，讓腿痛得不再那麼厲害。戶外越積越深的雪，也讓貝克爾不能來訪，他們因而可以暫時安心。也許等雪融了，道路暢通的時候，他會假設她已經回慕尼黑了。這是她一廂情願的期待。蓋世太保從來不會「假設」任何情況。她必須盡快在地板下挖好藏身的空間。

芙蘭卡用手指輕輕推開男人的房門。他還在睡，睡得很熟，而且打呼。

「睡吧，不管你是誰。」她輕聲說，「能睡著最好。」她又在門口站了一兩分鐘，聽他呼吸的聲音，希望能再聽見他講英語，進一步印證她的想法。但他什麼也沒說，不管英語或德語都沒有。她離開房間，現在最迫切的是讓屋裡暖和起來。

後門廊的雪深達三呎。她拉出雪橇，手拿斧頭，走進樹林裡。小時候，父親就教過她怎麼做這些工作。他從來沒因為她是女孩而少愛她一點，但也不因此而多寵她一些。他教她怎麼砍拾木柴，乾燥，生火。他教她怎麼開槍，怎麼設陷阱，怎麼剝皮宰殺。他也教她讀歌德、赫塞和湯瑪斯曼的作品，以及如今已經成禁書的雷馬克小說《西線無戰事》。她花了兩個鐘頭砍拾木柴，這兩個鐘頭都在想她父親。他死於盟軍的空襲，而現在卻有一名盟軍軍人睡在他的小木屋裡。她不想把睡在空房間裡的那個陌生人，和丟下炸彈的盟軍混為一談。她知道發動侵略的是納粹，但對平民展開地毯式轟炸又算得上什麼正義之舉呢？喪生的無辜民眾已高達數萬人，但轟炸行動卻越來越密集。然而，敵人的敵人就是朋友。儘管盟軍做了這些事，但他們也有不得不做的道理，更何況幫助這個男人，於她而言，也等於是對納粹的報復。

芙蘭卡把木柴十字交疊，堆在後門，讓木柴可以盡快乾燥。乾燥的時間一定要越短越好，因為這冬天的天氣和戰爭一樣，在開始好轉之前，肯定還會有段時間變得更惡劣。

回到他的房間時，已經接近上午十一點了。她進門的時候，他的眼睛眨啊眨的睜開，眼神黯淡，顯然疼痛難耐。

「你還好嗎？」

「沒事，但我想，我應該多打一點止痛劑。我睡了一整夜，但我怕藥效要開始消退了。」

「沒問題。」她走到床邊時，針筒已拿在手上。他從厚厚一大疊毯子裡伸出手臂。他一句話也沒說，眉頭不皺一下地看著她把針頭戳進他的手臂。

之後，她給他一頓清淡的午餐，等他吃完才開口。

「我要幫你的腿打石膏，這樣你的腿會復原得比較好。而且你已經打了嗎啡，應該不至於太痛。」

他眼睛快閉起來了，但點點頭。

「我要先幫你把兩條腿洗乾淨，然後再穿上襪套。」

他點點頭當成是回答，眼睛已經完全閉上。

芙蘭卡在廚房水槽底下找到一個舊臉盆，燒了水，弄出一盆有泡沫的肥皂水。她拆下之前綁在他腿上的木條，留下來準備在夜裡當柴燒。芙蘭卡洗淨他雙腿的下半部，知道他很可能需要好好泡個澡，但只能稍後讓他自己洗了。她在這裡幫他洗澡太不得體了。她幫他的腿穿上襪套，包住腳踝到膝蓋，接著裹上紗布。攪拌熟石膏的時候，她不停講話，一方面是要讓他覺得心安，另一方面是希望這冰冷沉寂的屋子裡能有一些聲音。

「我在慕尼黑當了三年護士，在大學醫院。斷腿的病人我見多了。戰爭打得越久，傷兵的傷勢就越嚴重。我看見越來越多年輕人，人生才剛開始，眼前還有大好前程，結果就缺了腿，少了手，沒了眼睛。而且不只是軍人，還包括婦女和孩童，被盟軍的空襲炸死在床上，或燒成焦炭。成千上萬人。我們的太平間沒有足夠的空間可以擺放屍體，所以只好把他們放在走廊，一個疊一個堆起來。」

她有幾分鐘沒說話，忙著把紗布浸泡到石膏漿裡，再拿起來裹到一條腿上。

「你在這裡當過護士嗎？」

「沒有。我大學畢業就去慕尼黑了。一逮到機會，我就逃離佛萊堡。」

「你為什麼要離開？」

他的語氣嚇了她一跳。他已睜開眼睛，瞄著她。

「我當時很年輕，剛和男朋友分手，想要有個新的開始。我丟下對家人的責任，一走了之。我以為慕尼黑的人或許會不一樣。」

「有不一樣嗎？」

「是有點不一樣，但差別不大。」

她給一條腿塗完石膏漿，等著讓石膏成形。接著又處理另一條腿。

「明明是我在雪地裡發現了你，為什麼都是你在盤問我？」

男人沒回答。

「你怎麼會在深山裡跳傘，是飛機出事了嗎？可是我沒聽見任何聲響啊。除非是飛機失事，否則你怎麼會在那裡跳傘？」

他沉吟幾秒才開口回答，嗓音微弱，斷斷續續的。「對不起，戈柏小姐，我不能透露我到這裡來的原因。因為可能危害我的任務，也會讓前線的英勇戰士身陷險境。」

芙蘭卡的目光回到這人的腿上，咬著下唇。「那就講點你自己的事吧。你家在哪裡？」

「我住在柏林的卡爾斯霍斯特。你對柏林熟嗎？」

「不太熟。我年紀比較輕的時候，跟著德國少女聯盟的參訪團去過幾次。我們到處觀光，去了菩提樹大道、國會、皇宮。」

「參訪國家最重要的城市，你們年輕女孩一定很興奮。」

她把紗布浸到石膏漿裡。另一條腿的石膏已經開始變硬了，她摸摸石膏模表面，不錯。

「你相信我嗎？」

「當然相信，你是忠誠的德國公民。」

「那你昨天晚上幹嘛拿槍指著我？」

「我不確定我人在哪裡。我受的訓練就是不要相信任何人，因為輕易相信別人太危險。現在我知道我錯了。我知道你是個很好的人。你願意為德國軍人付出這麼多，讓我很感佩。在我們奮力迎向最終勝利的此刻，你顯然深刻體認到每一個軍人的價值。」

男人滔滔不絕的宣傳詞藻讓芙蘭卡差點大笑，但她勉強忍住。他究竟在想什麼啊？

「我進城的時候，你為什麼不讓我和任何人聯絡？比方你的太太和女兒？她們知道你還活著嗎？」

「這會妨礙我的任務。所以我必須請求你，別告訴任何人說你見到我，更不能提到我住在這裡。」

芙蘭卡跨過地板上的洞，走到窗邊，拉開窗簾。屋外的雪花大朵大朵飄落。「又下雪了。道路要封閉好幾天，甚至幾個星期，你要在這裡待上很久。你必須信任我，我是你唯一的朋友。」

她拿起臉盆，丟進醫療用品，乒乒乓乓走出房間，用力甩上門。

❖ ❖ ❖

一天過了，又一天。男人大半時間都因為嗎啡的作用而精神恍惚，他倆很少交談。第三天，他從恍惚中醒來，疼痛減輕了。這天早晨，她為他注射了剩下的最後一點嗎啡。下午兩點鐘，他房門關著，她想像他聽見她正在收聽的電台節目——絕對不是經過納粹審查的節目。他若是個忠心耿耿的德國軍人，為何不反對呢？她做的是違法的事，是足以被判入獄的罪行。她坐在搖椅上，手裡捧著書，卻沒在讀。她確實想相信他就是他自稱的那個人沒錯，但他在睡夢中講出的那句英語還是揮之不去，她當時聽得清清楚楚。如果他是德國空軍，即便是從事秘密任務的間諜，也一定會要求她進城時聯繫某人。就算他說的是實話，怕蓋世太保破壞他真正的任務，也總有某個人要通知吧。一定有某個人等待得知他是生是死。她把書放在腿上，挫折地揉揉眼睛，往壁爐裡添了些柴，怔怔盯著火燄吞噬木柴。她沒別的事可做，只能瞪著火發呆。

她推開房門的時候，他醒著，眼睛盯著天花板。

「我必須告訴你，我究竟是什麼人。如果你之前說的是事實，那麼你會很討厭我，接下來一兩個星期，我們不得不待在一起的時間，肯定會很難熬。但是我必須告訴你實情，這樣你或許才會對我敞開心懷。」

「小姐，我們沒有必要聊天。我們對彼此的瞭解越少越好。你為我所做的一切，我非常感念，但我不能因此危及我的任務。」

「什麼任務？德國空軍在冰天雪地的黑森林山區能有什麼任務？我認為你是陰錯陽差才來到這裡的。我也相信，你打算一可以走動，就盡快逃離這裡。只要不危及我的安全，你想怎麼做，都是你自己的事。」

男人好像被她這番話嚇到了。「我不會做任何傷害你的事。我知道——」

「你第一次醒來的時候，我正在挖地板，你知道為什麼嗎？」男人沒回答，只看著她。「我把地板撬起來，是為了把你藏進去。等蓋世太保來的時候——他們終究會來的——你就不會躺在這張床上。」

「小姐——」

「蓋世太保肯定會來。」她又說，「我碰見了我以前的男朋友，他現在是蓋世太保的上尉。我沒告訴他說你在這裡，但他一定會來，尤其是如果他們已經在搜尋你的話。」她俯身挨近，雙手貼在毛毯上。「我會告訴你我是什麼人，聽完我的故事之後，如果你還堅持說你是德國空軍，那麼我就繼續照顧你幾天，等天氣轉晴，你可以跛著腳走路，就送你離開。或者你也可以選擇信任我，那我就可以幫助你。」

男人沒回答。他臉色慘白，端起她擺在床頭櫃的那杯水，低頭看著地板上的洞。屋裡一片靜寂。

「請說吧。」他說。

6

一九三三年，新總理的就任似乎無關緊要，也不值一提。國內問題很多，但得以改善的似乎很少。人民生活依舊艱困。全球性的經濟不景氣每況愈下，對德國的衝擊尤其嚴重。據新聞報導，有超過一千五百萬人，也就是德國百分之二十的人口，只能維持勉強糊口的生活水準。大家都認為這位新上任的總理希特勒，是突然發跡的政治新貴，荒謬可笑。他領導的國家社會主義黨得票率不到百分之三十七，但是總統提名他為總理。被政敵譏稱為「奧地利小下士[9]」的希特勒，不管從哪個角度來看應該都撐不久。一等造成政權分裂的內鬨平息，他和他那些穿褐色襯衫的烏合之眾就沒戲唱了。況且，希特勒雖然在演講裡宣揚他將重建撕裂的國家，將為德國在世界大戰的挫敗報仇，也將對猶太人下手，但他根本不可能做得到。他的發言人在新聞稿裡聲稱：「你們必須明白，在德國所發生的變化並非普通的變化。國會與民主的時代過去了，新的時代來臨了！」但無人理會。

就在那個星期，芙蘭卡第一次聽到「淋巴瘤」和「轉移」這兩個詞彙，也第一次看父親哭。傅萊迪並不理解，依然對媽媽露出燦爛的微笑，媽媽緊緊把他摟進懷裡。她要他們堅強起來，他們已經經歷這麼多的事，未來只會更平安美好。她一定會擊敗癌症，他們一家人也會永遠在一起。他們的人生才剛開始，她甚至還不到四十歲。不管醫生怎麼說，只要有信心，她就能熬得過去，就像以前一樣，就像生下傅萊迪的那個時候，以及繼之而來的一切。

癌細胞擴散。

不到幾個星期，希特勒就鞏固了他的權力。言論、出版、集會的自由都不復存在，德國的自由民主實驗就此結束。德國人民竟然只私下抱怨幾聲，就把絕對的權力交付給希特勒和納粹。人民不覺得自己被這個新政權所壓迫，因為他們對設計不良、功能不彰的民主體制已失去信心。孩子們開始戴納粹臂章去上學，伸直手臂高喊「希特勒萬歲」的打招呼方式，蔚為流行，也成為對這個政黨效忠的象徵。

承諾要帶領德國重新登上世界強權舞台的納粹，掀起全國的狂熱。芙蘭卡感覺到了。她認識的每一個年輕人幾乎都感覺到了。德國人彷彿就要迎來不可思議的偉大時代。對國家社會主義黨的支持從四面八方湧至。芙蘭卡甚至在報紙上看見，有個名為德國全國猶太人協會的組織也公開支持納粹新政權。

芙蘭卡立即看見了德國的變化。全德各地的大城小鎮都出現新的統治階級，他們也決心讓大家正視他們的存在。他們身上全套裝備，釦眼有黨徽，口袋裡揣著黨證，衣袖上有納粹標章，以前不為社會所重視的這批人，開始彰顯自己的存在。在城裡開雜貨店的約瑟夫．多尼特茲開始穿衝鋒隊軍服到店裡工作。才過幾個星期，沒經過任何程序或麻煩的選舉，他就接掌了市政府。芙

❾ 希特勒出生於隸屬於奧匈帝國一部分的奧地利，後移居德國，第一次大戰期間，自願入伍，擔任士兵。

蘭卡父親的一位老朋友丟了工作，由一個眾所周知的酒鬼接任，只因為這個酒鬼碰巧是黨員。有黨證的僱員對管理階層大呼小叫，而管理階層只能畢恭畢敬洗耳恭聽。國家社會主義黨革命從社會與政治生活的每一個層面往上滲透，社會敗類爬到最頂端。

芙蘭卡母親的毅力，讓她撐過醫生所預測的生命期限。對莎拉來說，「還有六個月可活」，意思就是「我要撐到明年，讓你吞下你自己的預言」。她希望餘生能在戶外度過，希望每天生活在無邊無際向四周延展的美好大自然裡。芙蘭卡的父親湯瑪斯向他叔叔赫曼買了這棟山區小木屋。這裡原本是赫曼來獵赤鹿和野豬時住的地方。芙蘭卡和媽媽把屋子徹底刷洗清理，湯瑪斯則花了一番工夫，讓這個地方在天氣比較熱的月份也適合居住。一九三三年的夏天，他們大部分時間都住在這裡，盡情享受全家團聚的時光。芙蘭卡和朋友一起從山區健行回來，看見家人坐在戶外，那畫面總是讓她覺得好溫馨。溫暖宜人的夏夜，西下的夕陽為天空與林木染上橙紅色彩，爐上烹煮的菜餚香味，加上她父親菸斗的氣味，讓她覺得他們已經找到屬於他們的小天堂。這個美好的夏季結束時，莎拉發下豪語，說明年還要再來。傅萊迪開心地擁抱她。芙蘭卡和父親沉默不語，似乎只有傅萊迪相信這是可以實現的承諾。但時間會證明他是對的。

學校變了。納粹決心成為青年的政黨，擁有並控制德國年輕人的忠貞是他們的目標。暑假結束，芙蘭卡回到佛萊堡之後，國家社會主義黨革命已經無所不在了。每一間教室都掛著納粹旗幟，如同神一般崇高的阿道夫．希特勒的肖像，一夕之間取代了十字架，高掛牆上。被認為有顛覆成分的書籍，從學校圖書館裡搬出來，堆得高高的，在校園裡燒毀。芙蘭卡問過圖書館員，搬出來燒掉的是什麼書，他們說，任何書，不管是虛構或非虛構的書，只要表達自由理念，或提到人民——而不是黨——可以主宰自己的命運，都被本地黨員挑出來焚毀。很快就有新書填補了書架空出的位置，每一本書都在歌頌國家社會主義黨如何帶領德國逃離威瑪共和的煉獄。這些新書文字幼稚簡單，但沒有任何老師敢有怨言。所有的老師都加入國家社會主義教師聯盟。為了想保住工作，也因為迫於地方政府的壓力，他們開始宣揚納粹的理念。芙蘭卡最喜歡的老師史狄格先生是少數抗議新教學內容的老師之一，他堅持要繼續用新政府掌權之前的方法教學生。他撐了兩個星期，後來芙蘭卡和幾個同學一起去找他時，他那幢位於城郊的老房已人去樓空了。他們再也沒見過他。事後妮娜·海斯大肆吹噓，說她向本地一位納粹高階幹部舉發史狄格老師，因此獲頒紅色肩章，表揚她對國家社會主義政權的效忠。此後，她天天戴著紅肩章上學，直到畢業。

人人都不甘落居人後，芙蘭卡自己也不由自主地投入這波新興的亞利安人熱潮。納粹開始用「亞利安」這個名詞形容理想的德國人。芙蘭卡的外形正符合他們對這優異人種的定義。政府告訴你說你的金髮碧眼非常完美，說你是理想的德國人，聽到這樣的話總是令人開心。芙蘭卡並不太瞭解其他的種族，但國家社會主義政權堅稱，她和她的朋友擁有優異的血統，比其他種族更優秀，天生註定要主宰全世界。這樣的感覺很好，讓她覺得自己是某種遠大志業的一部分。

加入德國少女聯盟的決定一點都不困難，因為她所有的朋友都加入了。當時她已經快滿十七歲，加入聯盟其實有點超齡，但知道自己有成為小隊長的可能性，仍然讓她義無反顧。她不想被排除在圈外，況且，這也不是袖手旁觀的時刻。這是勇而無懼採取行動的時刻。所以她不顧爸媽的反對，加入聯盟。她爸媽似乎對納粹非常不放心。芙蘭卡．戈柏是出色的少年典範，是希特勒預言將協助德國統治全世界的傑出年輕人，她才不會讓任何老派的想法阻擋她前進的道路。她決心為德國人民盡自己的一分心力。

芙蘭卡很愛惜她的制服：白襯衫，鬆鬆的黑領帶用納粹徽章固定，搭深藍裙子。少女聯盟隸屬於希特勒青年團，聯盟裡的女生和青年團的男生接受同樣的訓練。她們出操演練，練習體操，長途健行，經常在星空下露營，唱歌頌揚納粹，渴望有朝一日能生下強壯的兒子，為未來的戰爭提供戰力。女生之間也發展出緊密的姐妹情誼，共同的目標和專注的努力讓她們團結一致。被接受，被重視，高人一等，這樣的感覺非常之好。

丹尼是本地希特勒青年團隊長，負責帶隊操練，常常帶領身穿繡有納粹徽章運動衫的青年團員跑步穿過市區，高唱著：「破除老舊，消滅軟弱。」沒錯，他們是頂尖的德國青少年，身材纖細，筋骨柔軟，動作快得像獵犬，意志堅定得像克魯伯鋼鐵，完全符合希特勒的期待。丹尼是他們之中最優秀的，以嚴格但公正的態度指揮年輕的團員。所有的女生都紅著臉討論他，每逢他闊步走過，就竊竊私語。他和芙蘭卡像磁鐵般彼此吸引，這引力強大且美好，因為他倆都懷抱新德意志的想望。丹尼的父親在國家社會主義革命之前曾失業，但如今是市議會的重要人物。芙蘭卡每次見到他，都看見他胸前別著納粹徽章，再不然就是在上臂綁著納粹臂帶。兒子是他成真的夢想，代表著亞利安民族嶄新且更加美好的生活。

丹尼執行任務時非常堅定嚴肅，唯獨對她，似乎保留了一絲溫柔。他野心勃勃，志向遠大，認真嚴肅，意志堅定。在那段熱情洋溢的時期，他是個完美的男朋友。她發現自己越陷越深。就在學校課程結束之後，放假之前，她第一次帶他回家見爸媽。丹尼很有禮貌，也很恭敬，穿上希特勒青年團隊長制服來吃晚飯，芙蘭卡父親來開門時，他還做了納粹的敬禮動作。芙蘭卡母親走上前來，擠出微笑接受他的問候。他們走到餐桌旁，芙蘭卡坐在他旁邊，傅萊迪坐在餐桌盡頭的老位子上。丹尼對他點點頭。丹尼落落大方面對她爸媽，談起他打算加入新成立的菁英警隊蓋世太保，也談到必須防範間諜和逃避責任的人，努力保護革命的成果。這是芙蘭卡第一次聽到「國家公敵」這個名詞。她爸媽維持禮貌的態度，但芙蘭卡看見他們吃飯時不時瞇起眼睛互瞥一眼，知道他們並不以為然。她知道等他離開之後，他們會怎麼說。

芙蘭卡的爸爸帶傅萊迪上床，媽媽等到他下樓來，才要芙蘭卡坐下。她蒼白的手搭在芙蘭卡腿上。這段時間以來，她整天疲憊不堪，體內看不見的敵人慢慢吞噬了她的美貌。布滿血絲的眼睛真誠懇切，但非常平靜。

「你和丹尼的交往有多認真？我知道你們來往好一陣子了。」

「我愛他，媽媽。你認識爸爸的時候，比我現在大不了多少。」

湯瑪斯坐下，揉揉眼睛。「我那時二十二歲，你媽十九歲。你現在才十七歲，而且還在念書。我們很擔心，丹尼是不是會影響你的課業。你很投入德國少女聯盟的活動，幾乎所有的課餘時間都花在這上面。」

「我很愛我的團隊。我是團隊的一分子。你們不瞭解這個國家正在發生什麼變化。你們還沉浸在德皇和威瑪的舊世界裡，德國一敗塗地，都是那些白痴害的。」

「舊世界？」莎拉說，「是誰教你這些東西的？」

芙蘭卡心裡湧起憐憫的情緒，很想安撫媽媽，但她壓抑情感，因為這樣做是不愛國的。這正是說服爸媽的機會，讓他們瞭解，每一個德國人都有義務協助國家社會主義革命。

「我們很擔心你。」她媽媽說。

「擔心什麼？我在聯盟裡有志同道合的女生。就連我們老師都讚美這個新運動。每個人都很積極，除了你們之外。」

「那麼，就把你們這個偉大的革命說來給我們聽聽吧。」湯瑪斯壓低嗓音說。

「你們只要看看報上的統計數據就知道了。希特勒終結了經濟蕭條。失業率降到納粹主政之前沒有人能想像得到的程度。德國工人的生產力也提高了。這肯定是值得喝采的成就吧？」

「是沒錯，」她爸爸說，「但你必須想想，這一切是怎麼達成的？工業之輪又開始轉動，是因為有戰爭工業帶動。希特勒正要帶我們走上戰爭之路。你所提到的這些統計數據，並不包括女性在內，也不包括猶太人——這兩個族群都被排除在勞動力之外。」

「希特勒讓德國再次強大起來。」

「是為了人民，還是為了納粹自己？等戰爭一來，一切都完了。」

「全世界都很推崇納粹。我們的團長英吉給我們看過一篇報導，上一次大戰期間擔任英國首相的大衛・勞合・喬治說希特勒是偉大的領袖。他好希望英國有像希特勒這樣的政治人物。」

「他簡直是個笨蛋。」莎拉說。

「納粹肯定比他厲害，我想。」她爸爸說，「他們是把德國人民當獵物的狼。而且我很擔心，芙蘭卡。我擔心他們給你帶來的影響。而和丹尼這樣的男孩交往，只會有更嚴重的影響。」

「我已經找到自己在革命裡的立足點，爸爸。國家社會主義黨的政策是為了增進全體德國人的福祉，包括你在內。」

「那麼女性呢？」莎拉問，「很多工作都不准女性做。還有猶太人呢？他們被排除在德國社會之外。」

「我不清楚猶太人的情況，但他們會在我們的新社會裡找到自己安身的地方。」

「你沒聽希特勒的演講嗎？你追隨的這個人，高傲的要大家仇恨猶太人。還有你弟弟呢？在這個完美的亞利安新世界裡，他有立足之地嗎？」

「這我不清楚，」芙蘭卡站起來。「我想我們今天晚上談政治問題已經談夠了。」

她離開爸媽身邊，追隨國家社會主義道路的決心只變得更加堅定。她絕對不會讓他們的老派想法阻攔她。這是她的時代，不是他們的。

隔天，丹尼強壯的雙臂擁她入懷，問她覺得昨天的晚餐情況如何。

「很好，」她說，「我爸媽覺得你是出色的年輕人，是我理想的對象。你是國家社會主義亞利安年輕人的典範！」

政府鼓勵芙蘭卡，以及周圍的每一個人，舉報自己爸媽的言論與想法。反動思想必須從源頭連根拔起。她知道對丹尼所說的每一句話，他都會立即向本地當局反映。從此以後，他們只能和丹尼的爸媽一起吃飯。

莎拉證明除了傅萊迪之外，其他人的看法都是錯的。她確實活著看到一九三四年的夏天。芙蘭卡少女聯盟的活動雖然很忙，但還是盡量抽空上山，到小木屋探望家人。傅萊迪身形長大了，心智卻依舊像個小孩，這是他們早有心理準備的情況。他個性體貼心靈純潔，見到他的每一個人都很愛他。他完全不受周遭的邪惡所影響，甚至遠遠超脫這一切。莎拉的健康情況越來越差，但他和莎拉的感情卻越來越緊密。他們還是對莎拉所許諾的奇蹟懷抱希望，但隨著時間過去，可能性似乎越來越低。芙蘭卡非常想念去年夏天那如詩如畫的生活。少女聯盟總是有事要忙，有太多年輕女孩需要像她這樣有經驗且熱心負責的人來指導。她知道爸媽很能理解，雖然他們明白表示不認同。

那年夏末，芙蘭卡被任命為隊長。媽媽那天不舒服，沒來參加她的授章典禮，但丹尼在場，率先鼓掌，英挺出眾。

他們的生活儘管美好，儘管燦爛，但她媽媽人生的最後幾個月卻飽受折磨。只是，在病痛中，她仍然維持無比優雅的姿態。他們熬過最後一個共度的聖誕節，接著，新年來了，他們不得不面對殘酷的事實。莎拉想待在家裡。姨媽們帶著一大堆孩子來探望，然後又回慕尼黑。她媽媽求生意志堅定，始終不放棄希望，至於最後一刻到來的時候，彷彿是個意外。芙蘭卡心中也懷著期待——不，她是真心相信——醫生的說法是錯的，奇蹟必定會發生。

那個寒意逼人的一月早晨，莎拉在家人的陪伴下走完最後一程。芙蘭卡還記得爺爺對她說，此後照顧傅萊迪就是她的責任了。爺爺說傅萊迪不會瞭解媽媽過世的意思，但她知道爺爺錯了。傅萊迪坐在床邊，頭靠在媽媽胸前，沒哭也沒動。他知道媽媽需要的是什麼，也毫不自私地付出。其他人都不知道該說什麼，該想什麼，該做什麼。只有他真正理解。

莎拉要求和芙蘭卡單獨談話，讓其他人離開房間。晨光透過窗戶射進來，黯淡的光線照得媽媽蒼白的皮膚更加慘白。她的頭髮都灰白了，眼神裡的火光只剩餘燼。芙蘭卡握起她的手，皮膚非常冰冷。但芙蘭卡忍住不哭。

「我漂亮的女兒啊，」她說，捏著芙蘭卡的手意外有力。「我以你為榮，因為你這麼成熟，這麼堅強，我也知道你以後會是個很好的母親。你會成為出色的護士。你是什麼樣的人，你的心靈裡有什麼，都只有你自己知道，千萬不要讓別人支配你。記住，你是我的女兒，我漂亮聰明的女兒，你永遠都是。我會永遠陪著你，永遠不會離開你。」

芙蘭卡抹乾眼淚，看見媽媽的臉。

「別讓國家社會主義黨的觀念改變你，也別讓仇恨扭曲你的心靈。一定要記住你是什麼樣的人。」

葬禮在五天之後舉行，芙蘭卡帶領的聯盟團隊全體出席，本地的希特勒青年團團員也幾乎全部參加。芙蘭卡穿上她的德國少女聯盟制服，葬禮後，丹尼抱著哭泣的她，媽媽的遺言在她耳畔迴盪。

❖ ❖ ❖

接下來的中學歲月顯得模模糊糊，暑假空虛，沒有一絲快樂可言。一家人雖然想重現前幾個夏天在小木屋度過的時光，但芙蘭卡卻覺得埋頭在她所領導的聯盟活動裡更加舒心。媽媽過世，爸爸必須向工廠請假，照顧傅萊迪，他並不期待芙蘭卡放下所有的責任，擔起照顧弟弟的工作。她盡量幫忙，但因為馬上就要上大學，她並不希望家裡過度依賴她。她有自己的生活要過，有自己的目標要追求。爸爸向來鼓勵她獨立自主，所以也允許她逃避對家人、對弟弟的責任。大學在一九三五年九月開學，她成為大學生，而丹尼也亦步亦趨陪在她身邊。他這時開始接受蓋世太保的訓練。

家庭生活支離破碎，芙蘭卡覺得待在家裡非常痛苦。媽媽過世的回憶在家裡如影隨形，讓她拚命想躲開。芙蘭卡知道，媽媽是傅萊迪最大的支持力量，無論她和爸爸怎麼努力，都無法取代媽媽。傅萊迪還是原本那個愉快可人的男孩，是黑暗裡的一道光，但他的身體狀況卻越來越不行。

一九三五年十月，她爸爸幫傅萊迪訂購了一部輪椅，說是暫時的代步工具，但他們都知道，他很可能再也無法走路了。對這部新的代步工具，傅萊迪開心接受，彷彿是個新玩具。芙蘭卡常推著他穿過市區，他在街上碰到誰都揮手打招呼。幾乎每個人都會對他微笑，除了黨員之外。抬頭挺胸、繫著臂圈、衣領別著徽章昂首闊步的黨員，看見他愉快的態度，似乎格外惱火。芙蘭卡越來越討厭他們的目光。

那年深秋，爸爸找她談。他們剛吃完晚餐，收掉桌上的碗盤。晚餐也和以往不一樣了。芙蘭卡的爸爸堅持要照著媽媽生前做的菜準備晚餐，但他沒烹飪天分，也老是省略工序。她則負責唸書給傅萊迪聽，他好愛聽那些童話故事。每一本書都被翻得破破爛爛的，但那些故事他還是一聽再聽，從不厭倦。爸爸打開收音機，轉到瑞士電台，他們播報的新聞聽起來好像比較正確。他在兒女身旁坐下。

「謝謝你沒舉報我聽外國電台。」

芙蘭卡臉紅起來。「噢，爸爸，我絕對不會舉報你的。」

「我知道他們對你施壓，要你向他們報告我在做什麼，而且丹尼已經準備展開蓋世太保的生涯……我明白你的壓力。」

芙蘭卡靜靜坐著，回想丹尼一個星期之前說的話。「德國人民就是你的家人，」他當時說，「他們才是你應該效忠的對象。」

芙蘭卡知道他希望她舉報一些事情，給他一些情資去向新主子交差，但她一句話都沒說。她知道光是聽外國電台節目、讀新法律所禁止的書籍，或批評當局的舉措，就足以讓爸爸坐牢。要治罪的名目太多了。她認識的好幾個女生都舉發自己的父母。吉兒達·施密特的爸爸因為批評希特勒被關了好幾個星期，到現在還受蓋世太保監控。吉兒達舉報自己的父親，說他罵希特勒是個危險的好戰分子。

「元首希望每個人都能支持他英勇的宏圖大業。」芙蘭卡說，聽見教官的話從她自己嘴巴裡講出來。「他決定揪出國家公敵，讓他們接受再教育，以正確的方式為德國服務。」

「這可不像你會講的話。」她爸爸說。

「什麼意思？」

「這像是丹尼，或那些趾高氣揚穿過大街的納粹會講的話。要記住你是什麼樣的人，芙蘭卡。」

「我當然記得，爸爸。」

「我要給你看個東西。」他把《人民觀察報》攤開在她前面的桌上。頭條新聞是政府要制定偉大的新法律，肅清猶太人對德國的威脅。「納粹說猶太人不能成為德國公民。他們剝奪了猶太人的公民權，也不准他們和德國人通婚。這就是你全心投入的英勇革命。」

她愣了幾秒鐘才回答：「我相信元首知道怎麼做對德國最好。我前幾天才問過本地的聯盟領導人，他們要我放心，說我們最好放眼大局，把細節留給元首去規劃。」

「他們的說法讓你滿意？」

芙蘭卡沒回答。她又拿起一本書，準備唸給弟弟聽。

她還來不及唸，爸爸就打斷她。「我還有別的東西要給你看。」他又拿出另一份報紙。「這是《前鋒報》，和《人民觀察報》一樣都是納粹控制發行的，只是這一份更加不掩飾他們的企圖。」

芙蘭卡拿起報紙。她在報攤看過這家報紙，但從沒拿起來細看。頭版有一張鉛筆畫，是以漫畫手法勾勒的猶太男子，長長的鬈髮垂在黑色西裝上，刀刃般銳利的牙齒淌下一絲絲口水。他的爪子抓著彎刀，俯身靠近沉睡在床上的亞利安漂亮女孩。標題寫的是：「猶太人是我們的災難」。芙蘭卡感覺到眼睛湧上淚水。她轉頭看傅萊迪，但他正忙著玩他找到的玩具火車。

「這是在開玩笑，」她說，「荒謬的玩笑。」

「這報紙的發行量有好幾十萬份。希特勒讚美過好幾次他們的報導正確可靠。」

「我不知道該怎麼說。這個體系並不完美，但是……」

她不知道該怎麼說下去。

「我們從小教育你，要重視正義，始終要你……」

「記得自己是什麼樣的人。」

「沒錯。我覺得你這麼熱心支持這個政權，是因為你想要改變世界，就和你同輩的其他孩子一樣。但是你必須瞭解，你支持的是什麼樣的政府。」

「我並不贊成打壓猶太人的政策，但是我相信元首對他們一定有合理的計畫。」

「合理？你指的是剝奪他們的公民權嗎？你聽過一個叫達豪的地方嗎，芙蘭卡？」

她搖搖頭。

「我以前也沒聽過。那是個小城市，離慕尼黑十五哩，距你媽媽的老家不遠。我上個星期和一個從那裡來的人在公司開會。他告訴我，納粹在那裡蓋了一座營區。」

「什麼營區？」

「是與德國人民為敵的可怕地方。和我開會的這個人，在一九三三年的時候，為營區供應部分建材，他後來又去過幾次。納粹已經對自己的人民發動戰爭，而這個營區就是這場戰爭的第一線。達豪是用來關政敵的。社會主義者、共產主義者、被納粹認定為非法組織的組織領導人、和平主義者，以及持不同意見的神職人員與傳教士。那裡關了上萬個人。他們做苦工，被活活餓死。營區圍著鐵絲網，由戴著骷髏頭徽章頭盔的納粹黨衛軍把守。」

「不可能。元首知道嗎？」芙蘭卡心中湧起一股厭惡的感覺，但還是不禁思忖，丹尼和其他領導人會怎麼解釋這個情況。

「他怎麼可能不知道？這個國家的每一個政策，都是希特勒先生決定的。他隨時可以關閉營區，只要他想。但我猜，還會有更多營區出現。」

「從達豪來的這個人是誰？他為什麼要散播這麼惡毒的謠言？」

「這不是謠言。張開眼睛吧，芙蘭卡，看看你所效忠的是誰啊。」

芙蘭卡閉上眼睛。她覺得自己的頭就要爆炸了。一站起來，熱淚就淌下臉頰。「我不敢相信，你竟然當著傅萊迪的面，散布這麼可怕的謠言。傅萊迪根本沒辦法辨別這是不是事實。我們對他有責任，爸爸。我們不該這麼做。」

她大步走出廚房，上樓回房間，但懷疑宛如毒素，在她心裡擴散開來。

大學是納粹宣傳系統的延伸，吞噬了芙蘭卡和她高中的同學們。知識分子的地位等同於猶太人，得到的待遇也沒有兩樣。全德國有好幾百名教授因為太過自由派，或作風太近似猶太人而被解職，其中包括國內最頂尖的學者和好幾位諾貝爾獎得主。「文化」變成骯髒的字眼，大學成為宣傳部的分支機構。除了納粹支持的集會和宣揚政權豐功偉業的演講之外，學校裡沒有任何學生活動。芙蘭卡的課程主要集中在人類生理學方面，因此可以避開種族優生學、民族與種族等課程地雷。

芙蘭卡退出德國少女聯盟。其他的小隊長質疑她的決定，但她說服他們相信，她要上學，又要照顧弟弟，實在是沒有時間參與活動。她不管在學校或在家，都有很多功課和工作要做沒錯，但她退出還有別的原因。她沒辦法忘記達豪集中營。集中營的存在，可以解釋很多事情。例如她家那條街的鄰居羅森堡先生哪裡去了？史瓦茲先生一家人，還有她的中學老師史狄格先生哪裡去了？他們都是被蓋世太保帶去偵訊，就再也沒有回來，但好像也沒有人關心他們的下落。芙蘭卡知道，光是提起他們的名字，都可能會被抓去關，所以她只把這些問題和混亂疑惑埋藏在心裡。她可以信任爸爸，但其他人不行——尤其是丹尼。

在法學院教授的指導下，丹尼對納粹的志業益發投入。蓋世太保是最一流的警察，無論是任職晉升、薪資級別或服務年限，都和警察無異，只不過普通警察和其他許多工作一樣，如今權力已式微。丹尼沉浸於納粹的教條之中，和他相處越來越困難。他談起無所不在的敵人，提及共產黨員和猶太人，每一個人都是他懷疑的對象。仇恨讓他失去了歡樂的能力，也讓人無法愛他。她以往對他付出的愛，已然凋萎死亡。一九三六年二月，芙蘭卡和丹尼一起吃晚飯，他堅持要買單。他向來都堅持要請客，但芙蘭卡並未因此而對自己即將要做的事有任何愧疚。

「你今天晚上很安靜。」他說。

「我心裡有事。」

「什麼事？因為你媽媽？或者又是你弟弟？」

「是我們的事，丹尼。」她瞥見他臉上出現一抹不常出現的詫異神色，但他並沒說什麼。

「我覺得我們成長背景很不一樣，現在也走上不同的人生道路。」

「你在說什麼？」

他們本來在走路，這時停了下來。她感覺到過往的行人對他們投以好奇的目光，但她知道她必須一口氣講完。她硬起心腸，準備講出已經在她心裡潛伏好幾個月的話。「我覺得我們應該分開一段時間，我不確定我想——」

「你要和我分手？什麼？你不能這麼做。」

「我覺得你是個很有毅力、很英勇的年輕人，有這麼多機會……」

「別胡說了，我們不會分手的。我們再過幾年就結婚，在這裡成家立業，生養子女。這是我們共同的決定。」

「我已經不想這麼做了。」

「好吧，」他咆哮說，「你想怎樣就怎樣吧。過幾天你爬回來求我，別以為我還會理你。你這個賤人！」他說完轉頭就走。

幾星期之後，丹尼接到德國勞工組織的信，徵召他到巴伐利亞的一座農場工作六個月，沒有薪水，純粹是為德意志奉獻。又過幾個星期之後，他開始寫信給芙蘭卡。芙蘭卡的爸爸暗自欣喜他們兩人終於分手，起初還從中攔截丹尼寄來的信，但後來決定不再干涉。她已經是大人了，可以自己處理。芙蘭卡從爸爸手中接過他藏起來的信，拿回房間，撕開信封丟在地上，抽出丹尼寫的信。他說他很抱歉，因為當時心情太壞。她沒回信，但他的信繼續寄來。丹尼在一座大農場工作，和幾十個人住在同一間宿舍裡。他在信裡談起為德國奉獻的感覺有多好，也提到他和其他年齡相仿的十九歲青年建立起來的革命感情。出於好奇，她讀完他寫來的每一封信，然後才燒掉。從他的信看來，他並沒有放棄她，儘管她已經不愛他了。

國家社會主義黨掌政之後，她父親的閱讀習慣並未改變。塞在他書架上那些積滿灰塵的舊書，很多都已經被禁了。閱讀這些書可能會被蓋世太保抓去審問，甚至在牢裡關上幾天。她提醒他說那些反動文學已經被禁，但他每次都只是聳聳肩，說他會把那些書丟掉。過了好幾個星期，那些書還在。芙蘭卡決定自己動手，清理到一半的時候，爸爸下班回家了。

「你在幹嘛？」他問。

「我在做你早就該做的事。」芙蘭卡解釋說，「要是你被抓去關，或是丟了工作，我們可就慘了。這不過就是幾本舊書。」

「這不只是書而已。」他從她手裡抽回那些書。「你看見沒？海因里希・海涅[10]？」

「我知道海涅。讀過德國文學的人都知道海涅。」

「但是國家社會主義黨的領導人禁掉他的作品。他那些出色無比的歌曲被官方宣告為禁歌，當成不存在。我還記得你年紀很小的時候，坐在我腿上，和我一起讀他的《歌集》。」

芙蘭卡點頭。她還記得書頁上熠熠生輝的一行行文字，從他父親的嘴唇裡變成聲音，傳到她耳朵裡。

他翻著書。「你打算點火燒掉，就像納粹那樣嗎？」他找到他想找的那一頁，指著一行字，盯著她看。

「不，爸爸，我打算收到你床底下。」

「一個偉大的詩人一夕之間就不再是偉大的詩人，只因為他出身不對，只因為他是個猶太人，你不覺得這樣很荒謬嗎？這人都已經過世快八十年了。」

「這當然很荒謬，但他們在意的是他的政治觀點。我只是想保護你，爸爸。」

「讀讀這一行。唸出來。」

她看見他指著的那一行。「他們焚書，最終，他們也會焚人。」

「也許他們早就開始這麼做了。」她爸爸說。他把書交還給她，默默走出房間。

那天晚上，傅萊迪睡覺之後，她坐在床邊，爸爸把其他書拿來給她。

「這些書現在非常珍貴。你很幸運，可以讀到許多已經被禁止的文字。但這些書為什麼被禁？因為納粹知道他們真正的敵人是可以獨立思考的人，是敢於質疑他們的行事作風，敢於挺身對抗不公不義，真正熱愛德國的人。我並不是要你去傳揚海涅的思想，但是要把他的想法牢記於心，善加利用。思考他這些文字背後的意義，而且記住，他並不認識希特勒或國家社會主義黨。他瞭解人性，也瞭解德國的民族性，正因為這樣，他的文章到現在都還非常重要。而這也是納粹所害怕的。」

兩個星期之後，希特勒大軍開進萊茵非軍事區。位於法國邊境的這片德國領土，在第一次大戰之後的凡爾賽合約裡被劃為非軍事區，希特勒此舉明目張膽違反國際法。當天晚上，芙蘭卡坐在床上，讀海涅在將近一百年前所寫下的文字。這位詩人說，德國一旦違反道德法治，北歐吟遊詩人所流傳的古戰士野蠻暴行，將如熊熊烈燄，重新在這片土地燃起。而這股怒火，德國的轟天怒吼，驚天動地的程度，遠非這世界所曾見聞。

芙蘭卡躺在床上，知道這烈燄已經點燃了。

---

⑩ Heinrich Heine，1797-1856，德國浪漫主義詩人，也是新聞工作者。許多詩作都被譜成曲，流傳甚廣，但因係猶太人，在納粹時期作品遭禁。

❖ ❖ ❖

自此而後，芙蘭卡就盡量不讓國家社會主義黨干擾她的生活。她埋首在課業之中，很少注意無所不在的旗幟，以及張貼在走廊上宣揚政權榮光的海報。總是有納粹所無法觸及的角落。那也就是音樂、藝術、藏在她床底下的書，以及環繞在她四周的美麗山林。她每個週末和朋友健行，但她們紅著臉、無限憧憬地談起「帥氣的阿道夫」時，她就走開。大家都知道，只要阿道夫．希特勒出現，所有的女人都為之傾倒。但他魅力何在，芙蘭卡怎麼想都不明白。有些男生也留起小鬍子，以向元首致敬，但就算是最狂熱支持政府的人，偶爾也會照鏡子吧。留起小鬍子，向這個煽惑眾人的政客致敬的風潮，很快就消退了。

納粹的意識型態與偏見滲透了人際關係的每一個層面，到最後，不只朋友無法信任，就連家人也會為國家大義而告發彼此。舊社會一點一滴地瓦解了。即使是最忠心支持政權的人，也無時無刻不在納粹放大鏡的監視之下。在佛萊堡，就像在德國各地的大城小鎮一樣，每一社區、每一條街都有國家社會主義黨安置的特工。他們被稱為「街坊監察員」。芙蘭卡家那條街的「街坊監察員」是個退休園丁杜肯先生。他在一九二〇年代就入黨，當時國家社會主義黨還只是一小撮烏合之眾，整天叫嚷著反猶太人，要求議處簽署終戰協議、結束第一次世界大戰的「十一月罪犯」。杜肯先生是個獲有當局授權，並領有薪水的鄰居，手中握有大得嚇人的權力，可以肆無忌憚窺伺街坊生活，打探各種消息。他樂在其中。如今他是個舉足輕重的人，鄰居都敬重且畏懼他。他的工作是報告他親眼所見的不當言行，以及他所聽說的任何風言閒語。鄰居在慶祝的場合不掛納粹旗幟，或不熱情參與慶祝活動，都會被他舉報。芙蘭卡知道自己腦袋裡的想法足以被冠上反動罪名，所以在街上碰見杜肯先生，總是微笑以對。數十個街坊監察員在市區與近郊活動。夏日小屋是唯一可以逃脫監視的地方。

丹尼從農場為國奉獻回來之後，對德意志大業更加熱衷，對芙蘭卡的追求亦復如此。他一心想把她追回來，但所有的努力都只讓她氣惱。只是她也替追求她的其他男生擔心。她知道丹尼現在擁有權力，不希望那些只是想邀她出去喝杯啤酒或吃頓飯，毫無戒心的可憐男孩惹上麻煩。丹尼有一回對她說，蓋世太保是當今德國真正大權在握的組織。他的用意是想讓她敬佩，但顯然適得其反。蓋世太保的陰影籠罩德國人民生活，全國各地有數以萬計的特務，街頭巷尾還有街坊監察員的隨時舉報。丹尼的權力與日俱增，再過不了多久，他只要一聲令下，就可以毀掉其他人的生活。對政府當局的批判分析，就算只是表達對政策的不贊同，就足以被逮捕、下獄、刑求，甚至喪命。芙蘭卡很不解，自己以前怎麼會被他吸引？她下定決心，不讓他再碰她。

她有時很想知道，若是沒被納粹污染，他會是什麼樣的人？要是能投身於正當的志業，他會有什麼成就？這是個悲劇，是在全德上演的數百萬齣悲劇之一。

一九三八年夏天，她大部分的時間都和家人住在小木屋。這是他們唯一可以暢所欲言的地方。除了這裡之外，沒有任何地方是安全的。從外表看來，湯瑪斯・戈柏是個忠貞不二的國民，儘管沒以任何方式對納粹效忠，但理當對黨捐獻的金錢或付出的敬意，他向來也都忠實履行。反抗毫無意義，只會導致更嚴密的監視，甚至入獄。他對自己的家人負有責任，徒勞無功的反叛行為只會惡化他們的處境。他有些朋友偷偷咬耳朵表達同樣的觀點。並不是每個人都認同納粹的做法，但沒有人會大聲說出來。不贊同國家社會主義黨行徑的人，默默過自己的日子，就像湯瑪斯和芙蘭卡一樣。政府認為追求獨立自主的是危險分子，所以儘管他們想辦法不和政府扯上關係，但也知道一不小心漏了口風，會有什麼下場。希特勒本人就曾說：「每一個人都應該知道，反抗國家的下場就是死。」任何人都無能為力，所有的不滿也都只能藏在心裡。芙蘭卡學會內心尖叫時，外表還保持冷靜泰然。但她漸漸無法滿足於此。她和爸爸關起大門所講的大話，都只是空話而已。她對爸爸說，他們應該想辦法促成改變時，他哈哈大笑。

「不可能啊，」他說，「納粹有多謹慎小心，你又不是不知道。他們或許沒受什麼教育，思想落伍，但是天生就是懂宣傳，會打壓。他們所設計的這個體系，具有完美的不健全功能性。每個人都是間諜。天底下沒有半個人可以信任。」

「那我們能做什麼事呢？一定有什麼是我們可以做的，不管多麼微小。」

「抗議是不會有好結果的。我們的言論自由已經和德皇一樣歸天了。公開對元首的決定表達反對意見，就被當成叛國賊，在這樣的環境裡，我們哪有可能做什麼呢？上個星期，有個人因為拒絕把猶太兒童趕出學校，就被判入獄兩年。兩年耶！」

看見女兒垮下臉，他又說：「你願意起而奮戰，我覺得很驕傲，芙蘭卡。但目前最好還是就這樣吧。國家社會主義黨不可能永遠不倒。他們就要帶我們走向戰爭了。這就像太陽在早晨升起，或夜晚必定會來臨一樣，是無可避免的。要打倒他們是非常費力的事，但他們終究會敗亡。等他們失敗的那天，勝利就屬於還活著的我們。只要我們保持真心，不讓他們傷害我們的心靈，那我們就能贏得勝利。」

「但是代價是什麼呢，爸爸？」芙蘭卡搖搖頭，「成天擔心害怕，我已經累了。」

「我們會撐過去的，我們一家人。我保證。你媽媽每天都看顧著我們。」

芙蘭卡確實很想同意他的說法，但在她的生命裡，她已經感覺不到媽媽的存在了。記憶慢慢從她指縫之間流失。

❖　❖　❖

納粹在水晶之夜放出攻擊犬的那一刻，他們的文明表相也開始崩落。他們以十七歲猶太少年謀殺一名德國外交官為藉口，放任暴徒恣意發洩長久壓抑的怒火。宣傳部組織了一連串的抗議活動，宛如惡疾在全國各地擴散開來。芙蘭卡從她家屋頂看著暴徒和衝鋒隊員攻擊猶太人開設的商店，心中越來越驚恐。本地的每一個納粹黨員幾乎都加入丟擲磚塊與燃燒彈的行列，威脅猶太人，甚至動手殺人。她看見丹尼手臂戴著臂章，指揮暴徒衝進葛林堡麵包店。葛林堡先生被拖到街上，拳打腳踢到身體再也無法動彈。

隔天，報紙說這是憤怒人民的正義復仇。記者幸災樂禍，說猶太人多年來欺凌德國人，有這個下場是罪有應得。對於那些不認同暴徒英勇行為的人，報紙社論也提出警告。他們說這些自由言論感情用事，軟弱無能，應當為人民唾棄。記者也提醒民眾，只要看見有人表現出反對的態度，都應該向有關當局報告，同時也應該譴責那些不知道自己正生活在光輝時代的德國人。

兩天後，政府為水晶之夜的損失，向德國猶太人求償十億馬克。

數以萬計的猶太人被送進集中營。集中營是神秘的監獄，德國人不敢明說，只敢在竊竊私語時，稱之為「KZ」。芙蘭卡的父親又提起他以前聽說的第一個集中營，也就是在達豪的那個營區，如今看來似是毋庸置疑的事實。納粹露出猙獰的本性，但並沒有失去人民的支持。納粹青年軍一面高歌，一面跑步穿過市區。德國少女聯盟的成員仍然忙著縫製納粹旗幟，提起萬惡之首的「帥氣阿道夫」就咯咯笑。國家社會主義黨的走狗依然趾高氣揚地在城裡走來走去，頭抬得高高的，納粹徽章在陽光裡閃閃發光。全國各地的數百萬人仍然一見面就舉手對元首致敬。德國人似乎還沉醉在納粹的魔力裡，無法自拔。

❖ ❖ ❖

儘管德國每天上演不公不義與心驚膽跳的劇碼，但日子還是要過下去。芙蘭卡受完護士訓練，找到一份遠在慕尼黑的工作。有人從學校畢業，有人忙著找工作，有人想方設法要到別的城市去。面對納粹政權，戈柏家努力讓生活正常運作，但就連這樣卑微的心願也很難實現。

傅萊迪的情況越來越糟。

一九三九年夏末，他們對他提起住院的事。這是再也無法迴避的話題。夕陽西下，為寬廣無垠的地平線染上超脫塵俗的暮光，周遭的林木樹葉宛如黃金般金澄澄。傅萊迪坐在輪椅上。他現在和湯瑪斯差不多一樣高，但手腳纖細彎曲，雙腿無法行走。他拿著玩具火車，在大腿上滑著玩，一面發出咻咻的聲音。但每隔幾分鐘，就忍不住咳上幾聲。

「傅萊迪？」

「爸爸，怎麼了？你為什麼在哭？」

「因為我好愛你，傅萊迪。」他轉頭看芙蘭卡。「我們兩個都很愛你。」

「你是我們在這世界上最愛的人。」她說。

「我也愛你們。」他說。

芙蘭卡摟住他，感覺到他那細得像樹枝的手臂抓著她，他輕輕親吻她的臉頰。她想說幾句話，但怎麼也說不出來。她不敢相信，他們竟然要把傅萊迪送進醫院。要是媽媽還在世，這樣的事情絕對不會發生。

「你還好嗎？」湯瑪斯說。

「我很好。」傅萊迪微笑說。

「你的手臂——不痛嗎？」

「不痛，我沒事。」

傅萊迪總是很開心。他的生活裡永遠只有開心，世事無法傷害他愉悅的心靈。他整天笑容滿面，儘管身體有病痛，儘管要住院治療，儘管要忍受其他人幾乎不可能忍受的痛苦。他的微笑始終都在，未曾消失。因為經常上醫院，醫院裡的每個人都認識他。護士很寵愛他。那些衣領別著納粹徽章的醫生，也有些從未公開露出鄙視的眼神，或表現出不想治療這個被政府認為是「白痴」且「不配活在世上」的病人。

芙蘭卡蹲在他身邊。雖然暮色已濃，但陽光仍然帶著暖意。他彷彿感覺到有什麼事情要發生了。他的直覺向來比她還敏銳。她正要開口，他卻搶先一步。

「芙蘭卡，我愛你。你好漂亮。你是最棒的姊姊。」

「我們有事要告訴你。」她勉強擠出一句話來。

湯瑪斯也蹲下來。

「你的病情變得嚴重了。」她說，「爸爸沒有這麼多時間可以照顧你。」

「對不起，爸爸。」

「噢，不，傅萊迪，永遠不要覺得抱歉，這不是你的錯。你是天底下最棒的男生，每一個爸爸都想要像你這樣的兒子。能擁有你，我們很幸運。你是我們的天使。」

「你喜歡護士，對吧？」芙蘭卡說。

「是啊，她們對我很好。」

「你知道我也要當護士，就像她們一樣？」

「知道。」

「我現在有一個很好的機會，慕尼黑的一家醫院請我去當護士。你知道慕尼黑吧，媽媽的娘家？」

「是啊，我還記得我們在那裡買的棒棒糖。」

湯瑪斯哈哈大笑。「沒錯，我們兩年前去過。我們買了棒棒糖，坐在公園裡吃。」

「嗯，我要去那裡工作。」

「可是坐火車要坐好久喔。」

「沒錯，離這裡很遠。所以我必須住在那裡。」

「你一定會是全醫院最棒的護士。你可以幫助好多人。」

「我也希望。」接下來的話很難說出口。

湯瑪斯開口：「我們醫院的護士和醫生很希望你去和他們一起住，住在一棟特別的房子裡，他們才能把你照顧得更好。」

「爸爸沒辦法再自己一個人照顧你。」

「你們會來看我嗎？」傅萊迪說，「你們不會把我一個人丟在那裡吧？」

「噢，不會的，絕對不會。我每天都會去看你，芙蘭卡只要有時間回來，也會去看你。」

「一切都還是和以前一樣。」芙蘭卡說，「我們還是像以前一樣愛你。我們還是會在一起。

再過不久，我們就可以再住在一起，永遠在一起。」

事後，芙蘭卡無數次想起自己所講的這些話。傅萊迪接受了，不管她說什麼，傅萊迪都會接受，面帶微笑，敞開胸懷接受。但是時間與環境的緊迫，讓她不得不騙他，她一點都不想說謊，特別是對他說謊。一個星期之後，傅萊迪住進療養院。他們把他交給護士，轉身離去。芙蘭卡在九月三日搬到慕尼黑，也就是英國與法國對德國宣戰的那一天。在慕尼黑火車站下車時，她父親的預言成真了，古代北歐戰士的怒火再一次在歐洲大陸燃起熊熊烈燄。

7

疼痛從颶風等級降低為強風。他早晨睜開眼睛，第一個感覺也還是痛。他伸長手拿起阿斯匹靈藥瓶，倒出兩顆白色的小藥丸到嘴巴裡，然後灌進一口水。水好冰，冰到讓他詫異水面怎麼沒結一層冰。他仔細端詳藥瓶。這會是納粹強迫招供用的某種吐實藥嗎？無所謂了。聽命於她，是他眼前唯一的選擇。他需要她，沒有別的辦法。

雪花落在窗玻璃上，鑲出一張宛如冰雪織成的蛛網。門是開的，但客廳裡沒有任何聲音。他本想要出聲喊叫，問她怎麼了，或要她生火，但並沒這麼做。他把毯子拉到臉上，只露出一雙眼睛。回想她昨夜講的故事，他彷彿還看得見她那憂傷的眼神。如果她是蓋世太保，那肯定是個出色的演員。他伸手揉揉眼睛，趕走睡意。他很快就得決定，是不是要告訴她真相。他的兩條腿讓他無法行動，只要道路上的積雪還沒清乾淨，他就只能困在這裡，說不定得耗上幾個星期。他躺在床上還能做什麼？原本的目標遠在好幾哩之外。他什麼也使不上力，最後八成會被刑求至死。

他躺回枕頭上，感覺冰涼涼的，是手槍的金屬部分。她救了他一命。撇開別的不說，這至少是事實。殺了她，等於是謀殺。但戰時的謀殺算什麼呢？他殺過其他人，親眼看見那些人知道自己吸進的是最後一口氣時，眼睛裡的驚恐。轉頭不看自己所做的事並不難，忘記自己終結了那些人的生命，用戰爭的迷霧來掩蓋他所做的事，一點都不難，儘管如此，他還是常常想起那些人。

大部分的日子都會想起。他們是敵人。他們也可能會殺了他。他們之所以沒殺了他，唯一的理由是因為他動作比他們快，身體比他們強壯，技能也比他們優秀。他還記得有一次他手槍卡住了，只好用刀子插進對手的胸口，掌心感覺到那鮮血的溫熱。他還記得拔出刀子時聽見的聲音。他知道他一輩子甩不開當時驚恐的感覺。現在擺脫不了，以後也永遠擺脫不了。

客廳的聲響讓他回到現實。壁爐裡放進柴薪，劈哩啪啦響，因為沒完全乾燥的木柴很難點燃。如果她說的是實話呢？但是，恰好被一個不信納粹教條的人救起，這機率有多高？

他所受的訓練是一視同仁。納粹必須趕盡殺絕。他的任務至高無上，任何阻礙他的人或事，都必須消滅。沒有什麼比他的任務更重要。包括他自己，當然也包括芙蘭卡．戈柏。他想起她的臉龐，和那雙真誠的漂亮眼睛。他不能讓她的美貌影響他；他必須保持堅定。他聽見腳步聲朝他的房門走來。

「早安，」芙蘭卡說，「今天覺得怎麼樣？」

「好多了，謝謝你。」

前一夜透露那麼多事情，似乎讓她有點難為情。

「你想吃早餐嗎？」

「好啊，麻煩你。」

芙蘭卡走出去，他聽見她在廚房忙了幾分鐘，才端了肉、乳酪，以及一杯熱咖啡回來。她沒留下來看著他吃，而是等他吃完再回來收走盤子。他有點希望她能再次坐下來，把還沒說完的故事講完。傅萊迪現在怎麼了？她真的有這樣一個弟弟嗎？他越來越難相信這只是為了贏取他的信任而編造出來的故事。她一句話也沒說，就離開房間了。

幾秒鐘之後，他又聽見她的腳步聲。她快步走進他房間，手裡拿著工具箱。她看也沒看他一眼，就走過床邊，坐在地板的大洞旁邊。他看見她拿出一根榔頭，開始撬開旁邊的另一塊木條。

「你在幹什麼，小姐？」

「我看起來像在幹嘛？在撬地板啊。」

她沒看他，就只是繼續動手。他等她拉起木條，才再次開口。他沒用的躺在床上，看她打理所有的工作，感覺很不對勁。

「你幹嘛撬地板？」

她站起來，大吐一口氣，伸伸腰。她再次跪下來，看著自己挖出來的洞，似乎是在衡量寬度。這洞大約三呎寬，六呎長。芙蘭卡站起來，走出房間，依舊看也沒看他一眼。幾分鐘之後，她腋下夾著幾條毯子回來，跪在洞旁，攤開毯子，鋪在地板下方的空間裡。她再次起身，彷彿要說什麼，但沒說，只走向夾在床和牆壁之間的狹小牆角。他的背包和制服都在這裡。她把制服摺好，擺進洞裡。

「小姐，我是真心想知道，你究竟在做什麼。那是我的制服耶。」

「是嗎？」她把背包壓在制服上，拿起擺在牆邊的地板木條，重新放回地板的開口上。

「戈柏小姐？」

她繼續把另兩條木板擺回洞上，然後站起來，用力踩了踩，讓木條可以平貼在地板上。她用手摸摸地板表面，確定沒有凸起來，然後又退開來，手托著下巴，看著自己工作的成果。木條尾端的刮痕會啟人疑竇。她走出房間，他聽見她在櫃子裡翻找了幾分鐘，才又拿著一罐木板亮光漆回來。老木屋的地板保養得很好，地板上的亮光漆光滑平整，大約是五年前才漆過的吧。芙蘭卡跪下來，沾一點亮光漆，塗在木條尾端，抹去刮痕。僅僅兩分鐘，就完全看不出來地板有被撬過的痕跡了。

「這是為了預防蓋世太保來查訪。要是他們在這裡找到你，我們兩個都死定了，我否認也沒有用，就算你說和我沒關係，他們也不會饒我一命的。現在積雪還這麼深，他們不會來，但等雪融了，他們就會開始搜尋你的下落。一定有人看見你跳傘，或聽見你搭的那架飛機的聲音。你這齣荒唐的戲演得越久，我們兩個的性命就越危險。要是你不肯開始信任我，我們兩個就都死定了。」

她走出房間。

他獨自躺在床上，度過一整個陰鬱的下午。窗戶射進來的光線很微弱，門關著。他不時聽見外面的動靜，但沒看見她。沒有答案，只有更多的問題。困在這張床上，他什麼也沒辦法做。如今雙腿不再痛得難以忍受，但恐怕還要過好幾個星期才有辦法走路。他可以信任這個女人嗎？納粹讓眾多德國人不假思索就服從的信念，她真的拒絕接受嗎？又或者像她這樣的人，其實比他想像中來得多？要是他真的相信她，她打算怎麼做？他內心的壓力越來越大。獨自在床上多躺一天，他就離失敗更近一天，這是他無法接受的。他咒罵自己的腿，咒罵納粹，想辦法入睡。他想要躲進睡眠裡，逃脫任務可能失敗的痛苦念頭。他用力咬著拳頭，咬到幾乎要流血，卻怎麼也睡不著。他無處可逃。

咕咕鐘響了，七點鐘。才過幾秒，門就開了。他坐起來，她把一個托盤擺在他膝上。他沒碰晚餐，雖然他餓得要命。

「小姐？芙蘭卡？」

窗外寒風呼嘯。

「你有家人的照片嗎？傅萊迪的照片？」

「有啊。有幾張。」

「我可以看看嗎？我在起居室沒看見。」

「以前起居室裡是有的。但在帶你回來的幾天之前，我全收起來了。」

「還在嗎？」

「還在。」

她走出房門，一分鐘之後回來，手裡拿了兩張邊角都捲了起來的照片。她雙手捧著，交給他，彷彿捧著在外面找到的受傷小鳥似的。他用兩根手指夾住照片。第一張是他們一家四口站在門階上的合照，他想那應該是她家。芙蘭卡比現在年輕，大概十六歲左右吧，留著一頭金色鬈髮，身穿白色洋裝，手挽著父親。她父親身材矮壯，長相英俊，褐色鬍子，笑咪咪的眼睛。她媽媽一頭金髮披散在肩上，笑得很燦爛，儘管是在褪色的老照片裡，都看得出來她眼神閃著亮光。

她手攬著傅萊迪，傅萊迪貼在她身上。他差不多八歲，看起來很虛弱，露在T恤和短褲外面的臂腿都骨瘦如柴。但他仰頭用甜蜜的眼神看著媽媽。他翻看照片背面，寫著日期——一九三三年六月。芙蘭卡又遞給他另一張照片，是一九三五年溫暖的夏日，在小木屋外面拍的，但照片上只有三個人。傅萊迪坐在父親腿上，還是露出微笑，但似乎只是為了照相才笑。湯瑪斯看著兒子，一臉疼愛的表情。芙蘭卡坐在父親旁邊，表情嚴肅，很不像她這個年紀的女孩。他把照片交還給她。

「謝謝你借我看。」

她點點頭，帶著照片走出房間。她再回來時，他已經快吃完她送來的肉和蔬菜了。她拎進來一把椅子，坐在床邊，等他吃完。

「謝謝你昨天晚上告訴我那些事情。」他吃完之後說，喝了一口水，等待她回答。

「我很長一段時間沒提起我的家人了，因為很怕揭開這還沒完全癒合的傷口。」

克制一下吧，別逼她，等時候到了，她自然會告訴你。他把空盤子放在她端來的托盤上，點點頭。她端走托盤，一句話也沒說就走了。

幾個鐘頭之後，他坐在床上聽著屋外寒風呼嘯，吹得窗子喀啦響。外面已漆黑一片。她走進來點亮床邊的油燈，在床邊坐下，他沉默著，等她主動開口。

「我想把沒說完的故事說給你聽。我心裡一直糾結，不知道該怎麼說，或該說什麼，也不知道你的身分究竟是不是我想的那樣。但後來想想，不管怎麼做，我其實都沒有損失。如果我誤認了你的身分，把真相告訴你，我這條小命就沒了，但那又如何。我不想瞞你，再也不想了。我什麼都不在乎。你可以殺了我。你們這方殺了我爸爸，而另一方則殺了我所愛的每一個人。」

忘了自己為何身在此地，一點都不難。最好是靜靜聽她揭開真相，如果她已經下定決心要這麼做的話。他有足夠的食糧可以撐上一週，要是她離開，他也還可以靠自己活下去。他沒有義務拯救這個德國女人擺脫她過往的夢魘。這不是感情用事的時候。

他躺回床上，聽她開始說。窗外的風平息了，夜色墨黑。桌上的油燈讓屋裡沐浴在金色的光線裡。她茫然盯著前方，彷彿往昔就在她周遭，只要一伸手，就能摸得到。

❖ ❖ ❖

柏林是首都，也是希特勒住的地方，但他從來就不喜歡這個城市。慕尼黑才是希特勒心之所繫的地方。他經常提起他對慕尼黑無盡的愛。他剛到這裡時身無分文，靠著畫風景明信片在街頭販售為生。一九二三年，國家社會主義黨在慕尼黑的公民啤酒館發動革命，雖未成功，但當時殉難的人，如今都安息在裝修華麗的墓室裡，有身穿黑色制服、表情冷酷的黨衛軍嚴加守護⑪。他

⑪ 國家社會主義黨一九二三年在慕尼黑啤酒館發動政變，希望推翻威瑪共和，史稱「啤酒館政變」，但未成功，造成十六位支持者身亡，希特勒與部分黨人被捕。三天後，希特勒被判「叛國罪」入獄。他在獄中完成自傳《我的奮鬥》，行動雖失敗，卻大幅提高他的知名度與黨內地位。納粹執政後，在慕尼黑修築華美墓室，安葬當年政變殉身的同志。

的追隨者倍增，來到慕尼黑僅僅幾年之後，他已贏得「慕尼黑之王」的稱號。這是希特勒終生難忘的。慕尼黑永遠屬於他。

一九四一年的慕尼黑，因為納粹的掌權而光彩黯淡，魅力大減。這裡無所不在的納粹旗幟甚至比佛萊堡還多。和全德各地一樣，納粹惡棍掌控全城，箝制自由。但是這個燦爛城市的美好與生命力，納粹無法全盤抹煞。芙蘭卡經常去欣賞藝術作品，或參加音樂會，尋找心靈的寄託。音樂是她最大的解脫之道，而音樂本身就是一種抗議。音樂給了她一方安頓之所，是納粹所無法觸及，無法影響的。她以這個精微的抗議方式找到心靈的平靜。對藝術的熱愛，其實就是一種不宣而戰的反納粹行動。希特勒鄙視知識分子和對美學的追求。表現出對這些事物的愛好，會被當成是懦弱的象徵，缺乏國家社會主義所需要的剛強悍勇。音樂廳宛如庇護所，音樂如珍饈美饌般悠揚上場時，芙蘭卡會感覺到自己和在場所有的人合而為一。

她工作的醫院既快樂又可怕，既駭人又美好。病床住滿從前線歸來的軍人，他們的傷口讓她瞥見了在戰前從未想見的恐怖煉獄。她四周盡是肢體殘廢的年輕男孩，他們的未來已被槍彈炸藥摧毀殆盡。他們或是沒了眼睛與雙腿，或是面容燒毀如炭渣，命脈之血一滴滴流失在大理石地板上。多麼浪費啊。她坐在這些男孩身邊，他們唯一的希望就是她能握著他們的手，露出微笑。他們給她看妻子女友的照片，她們總是捧著花，淚眼汪汪來探病。走過一張張病床，陪在他們身邊，帶給她很大的快樂，那是她以為自己再也不可能擁有的快樂。這些軍人在她心中點燃了一朵亮光。有時候他們會談起偉大的德意志，說他們最大的希望就是看見最終勝利的到來。儘管牙斷了，嘴唇傷了，他們還是驕傲地談起戰場上的英勇榮光。面對這個摧毀他們光明未來的政權，他們的忠貞未曾絲毫動搖。沒有幾個人明白他們是在謊言中浪費了生命。更少有人醒悟，未來的歷史將會如何詆毀他們。直到最後，他們仍然由衷相信自己做的是正確的事。她不忍心戳破他們的想法。那樣做太殘酷了。

❖ ❖ ❖

漢斯．索爾身穿德意志國防軍的灰色制服，但散發著當時很罕見的活力。他比她小一歲，一頭暗金色頭髮，喜愛電影，也有張足與明星媲美的英俊臉孔。只要見他經過，其他護士都會互相碰肘，抬頭注目。他是還在大學念書的醫科學生，碰到人並不行納粹式敬禮，而是握手。他第一次見到芙蘭卡，三十秒鐘之後就開口邀她出去。隔天晚上，他們一起去聽音樂會。貝多芬第五號交響曲磅礴響起時，他拉起她的手。她知道他與眾不同。她知道他喜歡她。那天晚上月光照亮城市，音樂會結束之後，他倆坐在公園裡，迎著暖暖的夏日和風，啜飲紅酒。他們幾乎忘了其他的一切。漢斯惹得她大笑，讓她覺得一切都非常美好。他的眼睛在銀色月光裡閃閃發亮。他們忘了專制政權和恐怖暴行。往昔的痛苦都消散了，她知道新的一幕揭開了。

他老家在烏爾姆。那是距慕尼黑一百哩的小城，芙蘭卡記得自己小時候去過一次。他常提起他的家人。他父親曾從政，也經營企業，但激烈批評納粹，所以被蓋世太保以煽惑言論的罪名逮捕。他也常談到自己的手足，特別是妹妹蘇菲，她比他晚一年到慕尼黑來念大學。他曾經加入希特勒青年軍，也應該是革命運動裡的一顆閃亮新星。但他不戴納粹胸章，避而不談政府，有人提起就忙著改變話題。他聊的是曾在波蘭前線作戰的軍隊同袍轉述的故事。他談起公民自由的熱情激昂，讓她毫不懷疑他所擁戴的是什麼。和他在一起非常自由自在。她可以和他討論藝術和政治，而且他也贊同她的看法，認為國家社會主義政權的陰謀最終會導致德國的崩亡。他們的交往公開之後，有些護士不肯再和她講話。

一九四一年夏末，漢斯邀她去參加朋友的聚會。他說這場聚會表面上是討論哲學，實際上是宣洩大家對政治的不滿。聚會並不是在酒館舉行，而是在某人家裡的書房。一杯杯咖啡和啤酒擺在堆滿書籍和文件的桌上。漢斯介紹她認識他的朋友威利和克里斯多夫，大家一起圍坐在桌子旁邊。出席的都是學生，年紀也都比她輕，除了屋子的主人之外。屋主是施默瑞博士，他的兒子亞歷斯坐在他旁邊。在簡短的介紹之後，漢斯開始發言。

「我們都聽過前線傳來的故事。我和芙蘭卡每天都在醫院目睹因為這場不知所為何來的戰爭而受害的德國人。」大家都把目光轉到芙蘭卡身上，然後又轉回去看漢斯。「昨天才有一位我很信任的朋友告訴我，說他親眼看到波蘭人和俄國人被趕進東部戰線的集中營，不是被處死，就是被當成奴工，做苦工做到死。」

「女孩們則被集中起來，」威利說，「送到妓院，強迫她們為黨衛軍的新主子服務。這已經不是壓迫人民而已，這是大規模的強暴與謀殺。這是人類史上前所未聞的恐怖行為，而且是以我們德國人的名義所做的暴行。」

克里斯多夫站起來。「這個政權對待自己的國民已經夠惡劣的了，對佔領區的人民，還要更加惡劣。問題是，我們採取行動了嗎？我們可以袖手旁觀，眼睜睜看著這一切發生嗎？我們坐在這裡談論我們的理想，要是被外面的人知道了，我們就全都要被抓去關。」他轉頭看芙蘭卡，芙蘭卡馬上感覺到所有的目光都投注在她身上。「芙蘭卡，漢斯告訴過我們，納粹對你弟弟做了什麼。他們的行為，讓你承受極大的痛苦。」

所有的人都等著她開口，但話語卡在她喉嚨出不來。對於傅萊迪的遭遇，她只約略對漢斯提及，並沒有真正說出事件背後的深層傷痛。而此刻，她也還沒準備好要和這群陌生人分享心聲，儘管他們和她有共同的想法。

「我還沒準備好要談這件事，但我要說的是，納粹已經摧毀，或試圖摧毀我們這個偉大國家善良真實的一切。你說我們應該採取行動嗎？我的回答是當然應該。這是我們的道德義務。」

「但是我們能做什麼？」威利說，「身為忠誠的德國人，我們如果有採取行動的道德義務，那我們該做什麼呢？軍方的勢力遠遠凌駕我們。我們不是刺客，也不是煽動暴亂的人。我們和納粹不一樣，我們不是軍事獨裁者，也不是惡棍。」

「我們要善加利用我們的力量。」漢斯說，「我們要在報紙上傳播理念，把我們所知道的真相廣為宣傳。納粹急著想展現自己的威力，說他們的帝國可以千秋永續，但他們怕的是人民，他們用終極手段箝制任何反對言論的人民。因為他們害怕真相。如果我們能在群眾之間傳播真相，告訴他們，納粹是如何以他們的名義遂行恐怖行動，我們必將贏得勝利。留在我們城市裡的猶太人，身上都戴著金色星星，但其他猶太人哪裡去了？我們如今已經知道。我們知道，但大部分的人還不知道，或假裝不知道。如果我們可以強迫德國人民面對真相，我們就有機會帶來真正且持久的改變。我們必須成為德國的良心。我們必須替猶太人、替同性戀、替教士，以及其他被視為國家公敵而下落不明的人發聲。我們必須讓我們的同胞和全世界的人知道，也有德國人痛恨納粹的所作所為，也有德國人希望終結納粹的暴行。」這樣的政治討論進行了好幾個鐘頭，直到大家筋疲力盡。芙蘭卡回家，但她在會上所聽到的論點，依然在耳邊迴盪，持續好多天，蓋過了原本主宰她每日生活的納粹宣傳言論。

❖ ❖ ❖

一步步將言論轉化為行動需要時間。在納粹國家，任務所需的必備品，例如打字機、紙張和複印機器，都很難在不引起他人懷疑的情況下取得。漢斯找到一個可以安置這些裝備的地方，於是他們開始擬定大綱，準備印傳單。他們先提出基本的一些立論，然後在定期舉行的會議上一再修訂改進。

他們自稱「白玫瑰」，第一批傳單預定在幾個月後，也就是一九四二年的夏天開始寄發。白玫瑰對於成員的加入與會議的舉行，都沒有設定規則或限制。他們沒有會員名單，加入的時候也不必保證守密，或手按在聖經上發誓。大家都知道漢斯是這個組織的領袖，因此行動的方向也都由他決定。新成員能否加入，通常由現有的成員審查，但他們大多是憑感覺決定。萬一有蓋世太保的奸細混進來，他們就會全體被逮捕下獄，甚至慘遭處決。納粹國家的桎梏重重套在他們身上，但他們還是開心歡笑，因為他們正當青春。

白玫瑰的行動並不以大學為目標，雖然他們大多都還在大學就讀。他們這個團體宛如汪洋中的小島，獨立於效忠納粹的活動之外。他們拒絕參加大學的活動，因為那些活動都是由國家社會主義黨贊助或批准的。

❖ ❖ ❖

空閒的時間，芙蘭卡都和漢斯在一起。他們在一起，並非全然為了白玫瑰的活動，更多的是為了他們自己的生活，他們自己的愛情。儘管德國逐步陷入水深火熱的境地，青春與戀愛依舊有存在的時間與空間。

一九四二年四月，就在第一批傳單寄出前不久，芙蘭卡和漢斯手牽手漫步河邊。雙雙對對的人從他們身邊經過。有些是少男少女，有些是兒女跑在前面的已婚夫婦，每個人看起來和芙蘭卡與漢斯都沒有什麼不同。他們看見一對老夫婦坐在長椅上欣賞夕陽，皺紋滿面的臉露出心滿意足的表情。

「你想，我們五十年後也會坐在這裡嗎？」她半開玩笑地說，雖然這句話背後藏著深意。

「當然會，」他回答說，「我想像不出來我還會和誰坐在一起。」她還來不及回答，他就又說：「我有點嫉妒其他的情侶。他們彷彿看不見周圍的邪惡恐怖。如果能讓自己這樣視而不見，也是一種幸福，我想。」

「你絕對不會視而不見的，漢斯，你不是這種人。我之所以這麼愛你，也正因為你不是這樣的人。」

「這只是原因之一吧，主要是因為我長得帥，對吧？」

「我才不會這樣想呢，這樣太膚淺了。」

「你不必假裝，我早就知道了。」

「我們單獨在一起的時候，你好像變了一個人似的。」她說，「更輕鬆，更開心。」

「你看見的才是真正的我，芙蘭卡。我真心希望自己永遠是這樣的人。」他四下張望，確定沒有人聽見他說的話，才繼續說：「等國家社會主義政權永遠消失，我就會一輩子都像你現在所看見的這樣。這是我所希望的，過著平靜簡單的生活，做我自己，和你在一起。」

她相信他。她相信他所說的每一個字。

❖ ❖ ❖

傳單上大約有八百個字。芙蘭卡仔細研讀每個字，就像饑餓的人吃乾抹淨盤子上的食物一樣。芙蘭卡的目光停駐在第三句：「當我們揭去臉上的面紗，讓陽光照見人類史上前所未見的恐怖罪行時，誰能想像我們與我們的子孫將承受何等羞辱？」一公開信呼籲所有承繼德國基督教傳統的人「積極起而反抗——無論你身在何地，都起而反抗，在為時未晚之前，讓這部高舉無神論的戰爭機器難以為繼」。傳單的結尾是一首歌詠自由的詩，並請眾人廣為傳閱，盡可能複製散發。傳單最上方的標題是：「白玫瑰傳單」。

芙蘭卡要負責寄送一千份傳單。她搭火車回佛萊堡，行李箱裡裝著這些煽動文宣。光是攜帶這些傳單，就足以讓她被處死。回家的路上她通常很開心，但這回心中卻只有緊張。還好車程一路順暢無礙。一回到佛萊堡，她就按照她所帶回來的地址名單寄送傳單。從慕尼黑寄送其實也可以，但是郵件從佛萊堡、柏林、漢堡、科隆和維也納寄出，當局就很難鎖定白玫瑰的根據地是在哪裡。幾天之後，芙蘭卡得意地回到慕尼黑。沒人被捕。他們印製了另一批傳單，接著又印兩批。他們遵循同樣的模式，也採取同樣的防範措施。數以萬計的白玫瑰傳單寄送到全德各地。當局一開始並未體認到這些文宣的影響力，但沒過多久，大學校園內外就開始有人竊竊私語，談起白玫瑰傳單上的文章。白玫瑰成員所期待的討論終於展開了。打字印製的傳單四處流傳，所到之處都留下激動與不安的情緒。傳單內容讓讀到的人大為震驚。有些人覺得厭惡，有些人驚訝不已或難以置信。影響力像漣漪一般，從慕尼黑逐漸擴展到全國。很多人向蓋世太保舉報——畢竟，碰到這樣的事情，最好馬上舉報，沒必要把檢舉煽動文宣的功勞拱手讓人。蓋世太保開始搜查製作這些傳單的人，但白玫瑰的成員依舊安然無恙。漢斯堅定認為，他們的任務才剛開始而已。

芙蘭卡第一次見到漢斯的妹妹蘇菲，是一九四二年五月，她到大學註冊之後。蘇菲到慕尼黑念大學，和哥哥住在一起。起初有點尷尬，因為芙蘭卡和漢斯已經習慣卿卿我我的兩人世界，有蘇菲在，難免偶爾覺得受到干擾。蘇菲個性雖然有點嚴肅，但很貼心，也很討人喜歡。漢斯從未提起加入白玫瑰的事，因為覺得最好別讓妹妹知道他加入非法活動，但沒過多久，她就意外發現藏在公寓裡的傳單。她要求他讓她加入。芙蘭卡幫她說服漢斯，因為她很佩服蘇菲的勇氣，以及願意為自己所認同的事情挺身而出的堅定思慮。這都是很有感染力的作為。

想拒絕蘇菲的要求是沒有用的，漢斯抗拒了幾天之後就屈服了。不到幾個星期，蘇菲在組織裡就成為可以和漢斯平起平坐的領導人物。夏季即將結束時，漢斯、亞歷斯和威利被派往俄羅斯前線，組織運作就由蘇菲統籌。

芙蘭卡繼續在醫院工作，除了最親近的知心好友之外，沒有人知道她秘密從事背叛納粹的工作。疑慮與懷疑影響了她和同事與朋友之間的關係。他們所說的每一句話，所做的每一個動作，她都會思索再三。沒有人可以相信。處在孤立狀態下的芙蘭卡，更加因為漢斯不在身邊而感覺到空虛。她寫給他的信通常都用上許多暗號，也不輕易流露情感。她在信裡把白玫瑰的行動稱為「建築工程」，有很多事情要告訴他。白玫瑰新傳單的撰寫印行暫時擱置，等他們回來再說，但其他工作還是暗中進行。他們在漢堡成立分部，協助寄送傳單。但在信的結尾部分，她會留下一段，只寫她自己的心聲，只寫和他倆有關的事。無論如何，她都希望他知道，她每一分每一秒都思念他，每天都數著日子等待他歸來。她知道寫給前線戰士的信，有哪些部分納粹是不會審查的。

她父親那年夏天沒到小木屋去。對他來說，那裡已經變成難以忍受的傷心之地。他到慕尼黑來過聖誕。他形容憔悴，宛如一條被國家社會主義黨擊垮的蒼白幽魂。他被工廠降級，原本的工作由一個年紀只有他一半的納粹黨員所取代。他考慮提早退休。父女在火車站月台相見。他沒刮鬍子，皮膚鬆垮，身上有威士忌的酒味。他們一起去吃晚飯，但沒敢多談，因為怕有人會舉報他們。他們在城裡散了長長的步，經過如今越來越多見的空襲炸毀建築，到處都是興建中的防空避難所。他們談起往日，談起在小木屋度過的黃金歲月，以及她的母親。他們的談話僅止於此，連傅萊迪的名字都沒提起，因為太過痛苦了。他們失去的如此之多，傷痛如此之深，再也無法言說。

一月的那個週日深夜，她送父親上火車。擁抱他的時候，她的淚又流下來。

「你會好好的吧？」她放開他的時候問。

「當然。」他說，但眼睛卻洩露了實情。

「你要不要考慮搬到這裡來？」

「不了，謝謝你。我要留在佛萊堡。我的工作在那裡，你媽媽和弟弟也在那裡。我幾乎每一天都去墓園看她。我只希望我也能到什麼地方去看傅萊迪。那些禽獸究竟怎麼處理他的遺體，我們永遠不會知道。」

她父親在月台崩潰了，淚如雨下。她說她要回佛萊堡陪他住一陣子，也再次問他要不要留下來，但他拒絕了。他們坐在長凳上等火車，摟著彼此，直到火車進站，她揮手道別。

漢斯從俄國前線回來之後，更堅決要廣為傳播白玫瑰的理念。在前線當醫務兵的時候，他親眼見到許多人性淪喪的德國官兵，騎士風範與悲憫之心蕩然無存。原本嚴格遵守榮譽守則的職業軍官，如今也像黨衛軍和德意志國防軍一樣，屈服於納粹的種族教條之下。執政當局宣稱東部戰線自我防衛式的十字軍戰爭，為的是對抗共產黨威脅，但是漢斯告訴她，戰爭的目的，其實是為了擴大生活空間，履行希特勒對德國人民的承諾。而戰爭真正的敵人，其實是猶太人。漢斯和數十名親眼目睹大屠殺的軍人談過，他們看見成千上萬的猶太平民排成一排，圍站在萬人坑旁，而那裡，就是他們的葬身之地。前線的所見所聞，改變了他整個人。他回來的第一個晚上，躺在床上不住發抖，最後芙蘭卡不得不抱住他。

報紙上充斥著德國官兵在東部陣線打敗共產黨人的英勇故事。漫畫用諷刺的手法把俄國人描繪成禽獸，說他們是沒有教養的次人類，不值得活在世上。俄國人的地位僅僅高於猶太人，因為猶太人是天底下最野蠻，也最低等的人種。雄壯威武的亞利安士兵輕而易舉就能擊潰俄國人。然而，希特勒所向無敵的形象，在史達林格勒戰役完全逆轉了。白玫瑰成員密切關注情勢發展。希特勒不肯下令讓自己的部隊撤退，要他們喪生在離家千哩、冰天雪地的陌生城市。德國陸軍第六軍團全軍覆沒。官方報告推崇殉職的數十萬名官兵為國民英雄，說他們的犧牲將帶領德意志迎來更大的勝利。白玫瑰成員知道事實並非如此。他們知道納粹已不見得必然獲勝，這是自開戰以來，德國人第一次親眼看見自己軍隊大敗。希特勒嘗到第一場大敗仗的苦頭，而白玫瑰當然不會放過這個大好機會。

報紙上不時出現政府壓制異議分子的消息，無論多麼微不足道的批評，都會引來當局的鎮壓。有個男人說希特勒真該死，竟然讓這麼多德國軍人白白送死，結果這人被處死。有個餐廳服務生拿元首開玩笑，被蓋世太保斬首。有個生意人大膽說德國戰況不妙，也被處死了。在柏林，五十個人因為傳送機敏訊息給蘇聯而被處決，這就是有名的赤色交響曲⑫事件。涉案的這批人並未按納粹的標準行刑方式送上斷頭台，而是吊在肉鉤上，讓他們飽受痛苦折磨而死。而被法院判處無期徒刑的女子，則由希特勒親自下令，送上斷頭台斬首。

芙蘭卡認識的幾個人因為說話不小心，或在信裡寫了不該寫的事，而被蓋世太保逮捕。儘管戰事已進入垂死掙扎的階段，但納粹對德國的管控越來越嚴厲。白玫瑰設法躲開了蓋世太保的魔

⑫ Red Orchestra。德國空軍軍官波森（Heinz Harro Shulze-Boysen，1909-1942）與反納粹的友人組成秘密團體，利用無線電對蘇聯傳送德國軍事機密，蓋世太保無法查出他們的身分，便將該組織稱為「赤色交響樂」。後德國軍方破解無線電密碼，該組織成員遭逮捕處死。一九七一年，柏林以波森之名為一條街命名，並表彰同時被處死的其他成員。

掌，卻還是感覺到沉重的壓力迫近。不管做什麼事，芙蘭卡都很擔心被逮捕。他們每一個人都很害怕，但這恐懼的情緒卻只讓他們心意更加堅定。沒有人提起縮手的事。因為退縮就等於屈服。

他們撰寫印製了更多傳單，芙蘭卡再次出發執行任務。她搭火車到科隆，準備寄發最新的一批傳單。在火車的洗手間裡，她研讀傳單內容。

「我們不會再沉默！」傳單上說，「我們是你們的良心，絕不容你們安於現狀！」

成千上萬份傳單寄往德國各地。

她一想到自己可能被捕，就心驚膽跳，以前所感覺到的興奮已不復存在。失敗是遲早的事，問題只在於先投降的會是白玫瑰或納粹政權。戰情對納粹非常不利，史達林格勒戰役和之後的幾場敗戰就是明顯的例證，但蓋世太保的暴行一如既往，令人聞而生畏。幾個星期以來，她一直醞釀著要退出組織的念頭，這念頭已經在她心裡扎根抽芽。她在火車上決定，回到慕尼黑之後要休息一下，離開一陣子，同時也要說服漢斯和蘇菲這樣做。他們越來越大膽的作為，會帶著他們走向死亡之路。除此之外別無他途。說服他們是最困難的部分。漢斯和其他幾個人在慕尼黑大學展開所謂的「塗鴉行動」，在這所古老大學的牆面與道路上，用瀝青塗寫反希特勒標語。他們的做法太過火了。

一九四三年二月的某個夜裡，盟軍轟炸機停止無情的空襲。芙蘭卡偷偷溜過暗黑的街頭，到他們印反動傳單的工作室。她輕聲敲門，威利來開門，親吻她的臉頰迎接她。蘇菲坐在角落的書桌前，正在寫字。漢斯捲起袖子操作複印機器，忙得滿臉通紅冒汗。

「我可以和你談一下嗎，漢斯？」

他點頭，招手叫亞歷斯來接替。芙蘭卡領頭走進後面的房間，坐下來。

「我希望你們不要再繼續了。」她說。

「你在說什麼？」

「蓋世太保已經逼近我們了，你知道。他們在學校裡到處盤問。他們知道我們的基地在這裡，遲早會找到我們的。趁我們大家都還活著的時候，也許應該停手了。要是我們死了，還怎麼反抗呢？」

他端起裝咖啡的馬克杯，手在發抖。「我們好不容易博得全國的注意，怎麼能在這個時候住手。蓋世太保也許逼近我們了，但這只是提高風險而已。我們必須趁有舞台的時候，好好利用。我們擁有的機會，是別人所沒有的。我們不能白白浪費，那樣只會讓納粹如願以償。」

「你所做的，已經得到大家的讚賞了。」

「是我們大家所做的。我們都善盡自己的責任，包括你在內，芙蘭卡。」

「謝謝你。能在這個任務上盡一份力，雖然是很小的心力，我也覺得非常榮幸。但是，要是你死了或被關進牢裡，我們還能達成什麼成就呢？」

「你以為我不知道這樣做的風險嗎？連小孩都知道，只要講出反政府的話就會沒命。但是，不就是因為這樣，所以我們的工作更有必要嗎？所以我們的所作所為更加重要嗎？在這個比其他地方更需要自由的國家裡，只有我們敢傳播自由的理念。我們是在給心靈饑餓的群眾送上麵包啊。要是我們消失了，追求更好國度的夢想還怎麼實現？」

「你真的認為靠幾張傳單，就能扳倒歐洲最強大的政權？」

「對我們所做的一切，你覺得有意義嗎？」

「當然有意義，我……」

「我不認為我們可以獨力改變一切。只有全德國的人民都起而支持我們反抗納粹，我們才可能改變現狀。所以我們才必須這樣做。這是我們一貫努力的目標——傳播自由的理念，在人民心中種下真理的種子。」

「我希望你好好活著，漢斯。我愛你。」

「我也愛你，芙蘭卡，但任務比我們個人更重要。我們究竟有沒有能力去挑戰德國，甚至是全世界有史以來最邪惡的政權，我們的看法或許不同。」

「你就不能暫停一段時間嗎？」

「現在不行。也許蓋世太保就要找上門來了，也許我不久之後就會死，但如果我們不能掌握眼前的大好機會，未來的歷史肯定會批判我。況且，我怎麼能讓我妹妹獨力做這件事呢？你也看見她了，她甚至比我更有熱情。對我，對白玫瑰來說，現在都只能勇往直前。」

「不管我怎麼說，好像都無法改變你的心意。」

他布滿血絲的眼睛一動也不動。

「那請答應我，你一定要小心。」

他站起來擁抱她。她緊緊抱著他，最後一次吻他。他送她到門口，其他人對她說晚安。他看著她走出去，關上大門。

漢斯和蘇菲一九四三年二月十八日在慕尼黑大學被捕。學校裡有個兼任納粹衝鋒隊隊員的工友，看見他們兩個站在陽台上像撒五彩花紙那樣，撒下傳單。他銜蓋世太保之命暗中監視校園裡的可疑行動，任何稍不尋常的動靜都要報告。看見兩名學生在陽台上撒反動傳單，想必是他這輩子最幸運的日子。他親手逮捕他們，想到即將升職，並獲得酬金獎賞，就興奮得不得了。漢斯和蘇菲從學校被送到蓋世太保總部，位在慕尼黑市中心的巴伐利亞國王皇宮——威特爾巴赫皇宮。他們被控的罪名包括叛國、暴力推翻政府、破壞國家社會主義黨，以及在戰時背叛德意志軍隊。幾個鐘頭之後，克里斯多夫被捕。蓋世太保在他們的公寓裡搜出所有的證據，所謂的司法審判只不過做做樣子而已。

漢斯和蘇菲被捕的消息傳遍學校。那天晚上芙蘭卡上班的時候，威利跑來告訴她。她哭了一整夜。蓋世太保絕對不會手下留情，而且遲早也會找上他們其他人。隔天報紙刊登了逮捕叛亂學生的新聞，還說正義很快就會降臨，而事實也是如此。惡名昭彰的人民法院院長羅蘭・弗萊斯勒[13]從柏林來到慕尼黑。向來只審理叛國與顛覆案件的他，在四天後，也就是二月二十二日，主

⓭ Roland Freisler，1893-1945，德國法官，曾任納粹時期的人民法院院長。人民法院為憲法之外的組織，主要負責審理反納粹的政治案件。在弗萊斯勒主政下，百分之九十的案件都被判處死刑。一九四五年於審理案件時，死於盟軍的轟炸之中。

持開庭。芙蘭卡和許多民眾一起排隊進法院觀審，心中暗暗祈求法官大發慈悲。庭審僅僅幾個鐘頭就結束。漢斯、蘇菲和克里斯多夫被定罪，判處死刑，從法庭直接送進監獄，然後上了斷頭台。克里斯多夫的妻子當時正生病住院，幾天之後才得知丈夫被處死的消息。漢斯和蘇菲的父母親出席庭審，在判決宣布之後回到烏爾姆，準備在幾天之後再到慕尼黑探視兒女。沒有人告訴他們，這對兄妹已經在宣判當天處死。

幾個星期之後，蓋世太保到芙蘭卡的公寓逮捕她。她和其他成員一起在四月接受審判。納粹已經不像當初逮捕第一批反動學生時那般驚慌，蓋世太保審問的態度比她預期來得溫和。審問才開始幾分鐘，她就明白，他們認為她太溫柔、太漂亮、太不像白玫瑰這種反動組織的成員。審問她的人好像已經做出判斷，她要做的就只是配合他們。他們知道漢斯和蘇菲是叛亂行動的幕後主謀，威利、克里斯多夫和亞歷斯也是重要角色。審問者只希望芙蘭卡能附和他們早就編排好的說法，扮演叛亂組織領導人無辜的女友，是個被異議分子誤導的亞利安好女孩。這起事件震驚德國民眾，而在國家社會主義黨用來安撫民心的論述裡，芙蘭卡似乎扮演了重要角色。她父親請來的律師簡直不敢相信他們運氣這麼好。

「你如果不是長得這麼漂亮，我不相信他們會輕易放過你。」

「最重要的是活下來，」她父親說，「只要能保住你的命，不管要說什麼都無所謂。譴責那個組織，保住一條命。」

芙蘭卡想要為他們的志業發聲，想要告訴庭上，她以他們所做的工作為榮，她認為希特勒是殘暴的叛國賊。「我怎麼能詆毀我的朋友？那就等於背棄我所相信的一切。我怎麼面對我自己？」

「你這麼做不是為了你自己，而是為了我。我需要你，比以往更需要。別離開我。活下去，為了我。」

所以她就這麼做了。她在法庭上譴責白玫瑰，說她是被變成危險反動分子的男朋友牽著鼻子走，才會誤入歧途。她心如刀割，每一句否定都在她心上割開一道傷口。坐在法庭另一端的父親對她微笑，聽她宣示效忠德意志，還豎起大拇指。她想起漢斯，想起他在這一個法庭上最後一次慷慨激昂宣揚自由理念。但是就像她父親所說的，漢斯已經死了，白玫瑰也滅亡了。她不必和他們一起死。所以她出賣了自己原本相信的一切，就只為了父親，為了不讓父親孤獨無依。芙蘭卡被判刑六個月。法官說希望她能利用這段時間反省自己的交友不慎，等出獄之後，好好履行應盡的義務，嫁個忠貞的德意志國民，最好是在前線服役的軍人，為他多生幾個孩子，報效元首。法警帶她走出法庭的時候，她哭了。她羞愧到難以承受。威利、亞歷斯和啟迪他們思想的大學教授胡柏博士都被判處死刑。他們才是真正的英雄。

芙蘭卡倖免於難，沒被關進集中營。集中營已成為德國不容提及的恐怖話題，就連最堅定的納粹支持者也不願承認。她和幾個白玫瑰的成員被關進慕尼黑的史達爾海姆監獄，這裡也是漢斯和其他人被處死的地方。她沮喪至極，每天夜裡都夢見白玫瑰那些逝去的英靈。隨著日子一天天過去，她也越來越消沉。父親常寫信來，期待下一封信到來，是支持她繼續撐下去的唯一力量。他充滿希望的溫柔文字，是這個被剝奪一切美善的世界裡，僅存的愛與美好。但十月之後就再也沒有信來了。她父親在盟軍的空襲中被誤炸身亡。距她預定出獄的日期僅僅三個星期。在這場令人憎恨至極的無謂戰爭裡，她的家人成為交戰雙方的受害人。他們奪走了她的一切。

出獄之後，她在慕尼黑待了一個多星期。這座城市已沒有什麼回憶值得珍惜。她不再屬於這個地方，也不能再假裝自己是這個社會的一分子。空襲炸毀的建築仍然有旗海飄揚，從東部戰線運回來的無數棺木也依舊覆蓋納粹黨徽。她父親的律師從佛萊堡寄來一封信，準備宣讀遺囑，但全家只剩她一個人可以出席。她就是在那時決定結束自己的生命。她已一無所有。回到生長的家鄉，接近她曾享受過最多歡樂的地方，似乎是最合適的長眠之地。

她聽律師宣讀遺囑，忍受坐在希特勒肖像下的他露出不以為然的目光。隔天，她去探望父母親的墓地。他們並肩長眠在山丘上，俯瞰他們生前所居住的城市。之後，她立刻躲回小木屋。最痛苦的回憶都是在夜裡襲來，獨自入眠簡直是難以忍受的酷刑。痛苦的程度已非她所能忍耐。她那天晚上出發時，心中並沒有方向，也不知道自己為什麼要一直不停往前走。但眼前永遠有另一座山要爬，有另一排樹要穿越，最後，她就發現了他。

芙蘭卡講完故事，快要燃盡的蠟燭影影綽綽照亮房間。屋外夜色依舊靜寂——沒有半點聲響的靜寂。

「芙蘭卡，傅萊迪呢？他是怎麼死的？納粹對他做了什麼？」

「我現在沒辦法談他的事。我得走了。」

她走出房間，關上門，留他一個人在半暗半明的臥房裡。

8

從她發現他到現在，已經過了一個星期。他雙腿的疼痛慢慢減輕了，但還是只能躺在床上，困在小木屋裡。屋外的晝光逐漸變暗，夕陽穿透積雪的窗戶，為他的房間染上豔紅鮮橘的色彩。他一再回想芙蘭卡的故事，想找出前言不對後語的破綻。從昨晚說完故事，離開他房間之後，她就再也不見蹤影。他早就聽說白玫瑰的活動，也很難不告訴她說他知道。他回想自己所受的訓練，以及學過的偵訊技巧。她的眼神流露出大部分的真相。他知道她並沒有騙他，但也知道她還有所保留。她說出了大部分的實情，但還有部分缺漏。無論如何，很難想像她是蓋世太保的特工。要是她知道他不是德國人，也舉報他，那他現在就會被關在沒有窗戶的房間裡，瞪著日光燈發呆。她是曾經投身反政府志業，而且因此坐過牢的人。她之所以沒上斷頭台，只因為審問她的那幾個男人太過低估她。她猜出他的身分了嗎？是怎麼猜出來的？他伸手端起擺在床邊的杯子，喝了一口涼水。如果她已經猜出他不是德國人，那她還拼湊出了哪些事情呢？

今天天氣很好。窗戶結了一層厚厚的霜，很難確知天氣的狀況，但雪停了。小木屋對外的道路很可能已經通了。外在的世界可以隨時入侵他們的藏身之處。他四下張望。小木屋裡沒有房間可以供蓋世太保密探竊聽，或在牆上挖洞監視他。他側耳傾聽，聽見她拖著木柴進屋，聽見她在廚房裡煮咖啡。稍早的時候，他聽見她在洗澡，知道她現在待在起居室裡，聽著收音機，坐在搖椅上看書。她在他面前表現得肆無忌憚。她聽非法的電台節目，也常談起她對納粹政權的憎恨。如果他真的是德國空軍軍官，同時舉發她的違法行為，那麼蓋世太保肯定會狠狠折磨她。她說她知道，這絕對是實情。沒有其他的解釋。她就是知道。

起居室傳來的聲音，讓他知道她起身，走進廚房。她的腳步聲朝他而來，接著是敲門聲。門開了。她面無血色的臉拉得長長的。他很少在白天看見她，除非她有特別的理由要到他的房間來。她通常只在用餐時間出現，但現在離晚餐時間至少還有一個鐘頭。

「你還好嗎？」

「我很好，小姐。」

他所受的訓練嚴格要求他壓抑本能反應，免得洩露身分。他夜裡聽見她床墊彈簧嘎吱嘎吱響，現在又看見她的黑眼圈。

「芙蘭卡，你不必覺得有罪惡感。」

「什麼？」

「他們死了，而你活下來，並不是你的錯。你不必因為自己想活下來而覺得羞愧。」他脫口而出，不假思索，也沒有別的用意，連他自己都嚇了一跳。

「我出賣了我唯一相信的事，」她轉頭面向他，聲音微弱，眼睛盯著地板。「我這輩子已經一無所有，要是我能大聲說出——」

「那你就沒命了，我也一樣。那又有什麼好處呢？又能幫得了誰呢？漢斯死了，但這並不表示你不能活下去啊。」

「太荒唐了——我沒對其他人提過這件事，而我甚至不知道你是誰。」

「當今這個世道，很難對人推心置腹。」

他能信任她嗎？她告訴他的是事實嗎？碰到像她這樣的人機率有多大？他很想要相信她，但辦不到，在他不知道她瞞著什麼事情之前不行。

「芙蘭卡？我可以這樣叫你嗎？」

「可以，當然可以。」

「我想謝謝你，告訴我你的故事。」

「你要舉報我嗎？」她說。

「舉報什麼？」

「說我收聽違禁的電台？詆毀元首？」

「我不是納粹。」

「那你是什麼人？」

「又不是每個穿制服的德國人都是納粹，你應該比我更清楚才對。」

「而且也不是每個穿納粹制服的人都是德國人。」

「戰爭期間，我們沒辦法質疑政府。」他覺得自己的話空洞無力。

「但白玫瑰的看法恰恰相反。」

「你認為自己是真正愛國的人，因為大聲疾呼反抗政府？」

「我以前確實是，但現在已經不配叫愛國的人。在我做了那些事之後。漢斯和蘇菲、威利和亞歷斯，他們才是真正愛國的人。」

房間裡突然靜了下來，沉重非常的靜默氣氛。時機到了，機會就在他面前，觸手可及。

「你有些事情沒告訴我。」他說。

「你在說什麼？」

「我可以看透人心，這是我工作的一部分。我受過訓練，要是有人隱瞞什麼，我很快就看得出來。而我現在就發現你有事情瞞著我。」

「那麼你呢，葛拉夫先生？」她用諷刺的語氣喊這個名字。「你又有什麼事情瞞著我？」

「我們現在談的不是我的事。」

「哦，不是嗎？」

他知道槍就在枕頭下，也知道如果伸手拿槍，會對他們的談話，對一切造成什麼樣的後果。

「你心裡有些事情沒告訴我。」

「你自己才什麼都沒告訴我！」她咆哮說。

「我不能透露我正在進行的任務……」

「我知道，都是為了德意志。你要我掏心掏肺，但我老實告訴你之後，你卻只要求更多。」

她站起來。「你說你不是納粹，但你的所作所為和他們沒有兩樣。也許你才是有事瞞著我的人。」

她走出房間，用力甩上門，但沒上鎖，所以門還是微微敞開。她乒乒乓乓走向廚房，整棟小木屋也跟著吱吱嘎嘎響。他聽見她把椅子拉近餐桌，接著就聽見她啜泣的聲音。

他拚命壓抑，不准自己心軟。

她獨自哭泣。

他困在床上，困在這棟小木屋，困在深山裡，又能怎麼辦呢？他能信任她嗎？他腦海裡始終盤旋著這個問題，一再反覆，從未改變。她能做到他所不能做的嗎？她確實對他吐露了很多真相，但他看得出來，她還有事情沒說。他感覺得到。她弟弟傅萊迪究竟怎麼了？她沒再提起他，彷彿這個弟弟莫名其妙就消失了。如果傅萊迪住在附近的療養院，她為什麼不去看他？這是最後的一個謎，是拼圖的最後一塊。一旦揭開謎底，秘密也就揭曉了，到時候，他塞在枕頭底下的這把手槍或許就是他唯一的倚靠了。他必須百分之百確定。這將決定她的命運。

過了好幾個鐘頭，晚餐並未送來。他的水杯乾了，尿壺也沒收走清理。他聽見她在外面，每一個腳步聲都清清楚楚，但他沒作聲。他知道這是個關鍵的轉折點，下一步要怎麼走，應該由她主動。他等待著。玄關的咕咕鐘響了，十一點。屋外漆黑的夜色讓窗戶變成一面鏡子，反射著油燈昏黃的火光。

她的腳步聲近了，在門口停了幾秒鐘，油燈的火光映照著她的藍眼睛。他沒開口。

「我會把你想知道的事情告訴你，但不是為了你，是為了我。」她的聲音微弱，沒有高低起伏。「我已經埋在心裡太久了。我只告訴過漢斯，但其中有些細節，我連他都沒說。」

她目光茫然，一個個字從她顫抖的嘴唇裡說出來。

❖ ❖ ❖

一九三九年被送進療養院時，傅萊迪十四歲，體型開始給他帶來負擔。他身高將近六呎，但隨著身體抽長，四肢似乎越來越萎縮。他走路的畫面已成為回憶，湯瑪斯每天必須抱著他從輪椅上上下下。芙蘭卡就要到慕尼黑展開新生活了，父親大力鼓勵她，簡直像是要強迫她接下這份工作邀約似的。他堅稱，她有自己的人生要過。而且，傅萊迪已經不是他們兩個人可以獨力照顧的，最好還是由專業人士接手。芙蘭卡沒抗議，默默接受爸爸的意見，但她心知肚明，她之所以離開，是因為自私，是因為她想過著獨立自主的生活。她那年二十二歲，除了丹尼，沒交過其他男朋友。她想要體驗更豐富的人生，而佛萊堡如今似乎只會害她不幸。慕尼黑這座大城市，會為她帶來新的希望。

傅萊迪是很善良的人，比她所認識的每一個人都要善良得多。仇恨、惡意、報復、蔑視等等支撐納粹政權的負面情緒，在他身上都找不到。他渾身散發的就只有愛。認識他的人，都感受得到他的愛。他的愛令人無法抗拒。聽到要住進療養院的消息，他還是保持一貫的樂觀態度，欣然接受，還說這樣他就有機會交上幾百個朋友。確實也是。一九三九年十一月，他才住進療養院幾個星期之後，芙蘭卡回來探望他，他看起來卻像已經在那裡住了一輩子。每個人都認識他，每個人都喜歡他。他花了幾乎一個鐘頭的時間，介紹她認識他的新朋友，護士咧嘴燦笑迎接他，臥床無法行動或言語的病人也對他點頭，或揚起手對他打招呼。他的開朗感染了每一個人。

芙蘭卡盡量找時間回來。她差不多每隔三個星期就回佛萊堡一趟，和父親一起去探望傅萊迪。療養院的人都叫得出她爸爸的名字。傅萊迪好像很開心，狀況也很好。她爸爸再三告訴她，到最後她也相信這就是實情，拋下他們到慕尼黑去的罪惡感也漸漸消失了。醫生並沒給他們治癒的希望，但他四肢萎縮的速度減緩了。傅萊迪可以自己滑著輪椅，在療養院裡到處轉。他總是有地方要去，有人要見，有人需要鼓勵。

療養院裡有幾位護士是芙蘭卡念護理系時就認識的，她也一直和她們保持聯繫，隨時掌握傅萊迪的狀況。時間一天天過去，芙蘭卡和父親越來越放心。他們和傅萊迪的新生活，都比以前更好。這似乎是多年以來，父親第一次可以喘口氣。芙蘭卡不再那麼擔心傅萊迪，也讓她可以熱情充沛地投入新生活。他們好像終於找到平靜的生活了。

消息來得非常突然。一九四一年四月，芙蘭卡在上班的時候接到電話。是療養院裡一位她認識的護士打來的，一面說一面哭。

星期二下午，黨衛軍的黑色廂型車毫無預警地開進療養院。那天天氣很好，所有的病人，包括精神分裂症的患者，都被帶到外面。年紀稍微大一點、可以站起來的病患，被要求排成一排。護理長出聲抗議，但被推開，立即遭到逮捕。身穿白袍、不知道是不是醫生的男子，開始檢查病人的嘴巴。工作人員安撫病人，說這只是例行檢查，很快就會結束。病人被分成兩組，有些人胸膛被蓋上戳印。其中一組獲准回到病房，但人比較多的那一組被帶到廂型車旁。病人上車，有些坐輪椅，有些拄枴杖，還有些躺在擔架上。有個小孩問黨衛軍的指揮官說他們要去哪裡，他回答說他們要去天堂。於是病人綻開微笑，放心地上車。

傅萊迪非常緊張。他彷彿本能地知道黨衛軍是在騙他們。傅萊迪掙扎著，拚命對護士揮手，哀求她們讓他留下來。護士驚叫著想去幫他，卻被來福槍的槍托打倒在地。一名面露微笑的黨衛軍手貼著傅萊迪肩頭，說他們很快就可以回來，到時候會有很多好玩的故事可以說給其他人聽，而且他們要去的地方有免費的冰淇淋可以吃。在謊言的安撫下，傅萊迪安靜下來。這名黨衛軍推著傅萊迪的輪椅，讓他和其他人一起登上黑色廂型車。警衛軍在歌聲裡帶著孩子們啟程，彷彿是要帶他們去參加園遊會。車門關上時，傅萊迪對車外的人揮手，車子駛離，孩子們的歌聲也逐漸在風中消失。

芙蘭卡的父親拚命追問兒子的下落，卻處處碰壁，無人理會。飽受折磨數日之後，他接到一封信，通知他說傅萊迪因為心臟病發過世，遺體已經火化。信裡附有死亡證明，底下還有一行官式的敬語：「希特勒萬歲！」

這是希特勒親自下達的命令。元首本人雖效率不高且行動緩慢，經常只給含糊不明的指令，但只要一下達命令，卻希望屬下迅速執行。他以前提到過，德國菁英青年在戰場犧牲生命，而「無用米蟲」卻在家裡耗費糧食。應該把「不值得活下來」的人趕出醫院，讓出病床給從前線歸來的傷兵，或是可以生下兒子補充前線兵源的母親。在國家奮戰的此時，這些無法治癒的病人、身體與心理失能的人，以及老人，究竟有什麼用處？剝奪他們的公民權，能造就更健康、更有活力的國家，迎來亞利安人更光明的未來。希特勒指派一組醫生，由他們來決定誰能活，誰該死。數萬人就這樣被挑出來，終結生命。

湯瑪斯·戈柏被擊垮了。傅萊迪的死讓他所有的生命力、愛與喜悅消失殆盡。他向來擁有的活力和樂觀個性都不復存在。沒過多久，他就失業，每天用酒精麻痺自己。他內心痛苦的程度遠遠超過芙蘭卡的想像。她哭了好幾天，吃不下也睡不著，對納粹的恨，像滾燙的玻璃熔液在心頭沸騰。殺害傅萊迪的凶手被當成英雄，接受表揚，而要負最大責任的人甚至被奉若神明。她無所遁逃，因為謀害傅萊迪的凶手無所不在。每一個戴上納粹臂章或別著納粹徽章的人都是凶手。每一個黨衛軍，每一個忠貞的亞利安人，每一個納粹青年軍的成員，每一個睜大眼睛拉高嗓門歡呼「希特勒萬歲」的人都是。有沒有人知道死在國家社會主義安樂死計畫之下的人數有多少？有多少人因為是猶太人、吉普賽人、共產黨員、貿易聯盟領袖、政治異議分子，甚至只是不小心說錯話的，就慘遭屠殺？芙蘭卡知道德國社會已經分裂，在凶手和受害者之間劃了一條界線。有成千上萬的人犯下了漢斯所說的集體罪行，但這個政權還有更多受害人——家人被送進集中營，或因為「不值得活」而被殺害的人。只要犯下這令人髮指罪行的政權繼續統治德國，這些受害者的家人就一輩子都要活在這沒有圍牆邊際的牢獄裡。

傅萊迪沒有遺體可以下葬，也沒有人會因為他的死而背負法律責任。芙蘭卡回到療養院，希望能找到答案。護士們一看到她就崩潰大哭。打電話給她的那個朋友哭倒在她懷裡，懇求她原諒自己無力阻止。芙蘭卡沒待太久。這個地方變得陰森森的，工作人員都相信黨衛軍遲早會回來抓走其餘的病人。芙蘭卡回慕尼黑，想用音樂和工作，或任何可以讓她不想起心中痛苦的事情來麻醉自己，她願意付出任何代價，只要可以不再想起過往。她去找漢斯。他非常理解她的痛苦。他們同仇敵愾，願意為德國人民犧牲性命。

傅萊迪始終未曾離去。她每天都看見他的臉，聽見他的笑聲，無論她人在何處。他太善良、太純潔，不應該活在這國家越來越污穢的偏見與仇恨陰溝裡。這個國家已經不容天使存在了。只有被仇恨和恐懼扭曲的人才能在這裡扎根發展。

❖ ❖ ❖

風吹得窗戶喀喀響，接著又平息下來。她講完故事，兩人沉默不語，足足兩分鐘，房間裡只有她哭泣的聲音。

「我講太多了。」她說，「我應該讓你好好睡覺了。這沒有什麼好處——」

「芙蘭卡？」

她正走向門口，但聽到他的聲音就停下腳步。

「我名叫約翰．林奇。」他說，「從美國賓州費城來的。我需要你的協助。」

9

一九四二年十一月，瓜達康納爾島[14]

風稍微吹散酷熱，約翰摘下頭盔，用手肘抹去額頭的汗水。他感覺到自己渾身大汗。周圍的人都脫下背包和來福槍，很多人拿頭盔墊在屁股底下。上方山丘抽長的野草在微風中輕輕搖曳，颯颯作響。約翰伸手拿掛在後腰的水壺。他乾燥的雙手有一條條刮傷，拿起手壺喝水的時候，手不停顫抖。他沒多喝，只勉強解渴，就把壺蓋重新旋上轉緊。他們已經好幾天沒得到補給，水就快沒了。但對高級軍官來說，這似乎不是什麼需要優先解決的事。他全身好像有無數個痛點，沒有一處不痛。經過一整天的行軍，就連蹲下來都是一種享受。他們整排弟兄坐在山脊下休息，他把來福槍靠在岩壁旁。有些人拉開配給罐頭，用髒兮兮的手指挖著吃。香菸煙霧繚繞。有人呻吟，有人講話。他們都知道眼前有什麼在等待他們。他們知道這只是個短暫的休息。他們必須拿下這個山頭。

[14] Guadalcanal，位於南太平洋索羅門群島的島嶼，第二次世界大戰太平洋戰區同盟國部隊一九四二年在這周邊發動攻擊，成為盟軍在太平洋反攻的轉折點，也是日軍的重大挫敗。

原本在堪薩斯州務農的亞伯特·金恩遞給他一根菸，但約翰搖搖頭。

「幹嘛，我的菸不夠好啊？」金恩說，「而且你那尊貴的屁股連坐下都不行，我猜。」

「是啊，我還在等我的貼身男僕來。這段時間連像樣的服務都很難期待。」

他們先聽見少校的聲音，才看見他闊步穿過筋疲力竭的士兵行列中。他停在約翰和金恩面前。

「我需要自告奮勇的人。」班納特少校說，「我需要五個人爬到山頂上去看看。」他往前走了幾呎，沉甸甸的目光掃過每一個人。「我們安安穩穩坐在這裡，但如果有個敵人帶槍躲在山頂上——我猜肯定有——那他就可以殺得我們片甲不留。我需要五個人上去看看。砲兵剛剛掃射過，所以我想你們很可能只會看見一堆黃種人的屍體。誰要去？」

疲憊的士兵裡，有幾個人不情願地舉起手，約翰是其中之一。班納特第一個就挑了他。五個人圍在少校身邊。「林奇負責帶隊。要是上頭有槍，就幹掉。向我回報。」

約翰爬上山脊，其餘四個人跟在他後面。隨風搖擺如波浪的野草蔓生三百呎，直到山頂。太陽西斜，超凡入聖的藝術家為天空染上橘紅與金色。光線變得濃稠起來，彷彿一伸手就摸得著，感覺得到。約翰汗濕的手掌在褪色的軍服上抹了抹，招手要其他人跟著他來。他蹲下來，眼睛只略略高出草叢。草叢濃密，在他周圍颯颯響。其他幾個人散開來，金恩和卡本特在他左邊，史密斯和穆尼薩在他右邊。他們悄悄前進，穿過濃密的草叢，步伐沉重地往前走。他們離其他戰友約有一百碼了。他打個手勢，要大家停步。他們蹲下來，立即在草叢裡隱去身影。約翰從腰帶間抽出望遠鏡。什麼也沒有。山頂被凸起的山岩擋住，他沒辦法看見。

約翰站起來，揮手要其他人跟著他慢慢前進。其他四個人以他為中心，向兩旁散開約三十碼，齊步平行前進。留在他們後面的隊友已經遠在山坡下，完全看不見了。約翰呼吸急促，覺得心跳得更快了。跨出的每一個腳步都比前一步更痛苦。他雙腳起水泡、破皮，襪子因為染血浸濕而變硬。這裡什麼也沒有。只要越過擋在面前的山岩，看清楚山頂的狀況，他們應該就可以叫留在後面的戰友放心前進了。他們到了山岩前面，他轉頭看和他一起上山的其他四個隊友，差不多就在這一瞬間，機關槍的聲音乍然響起，穆尼薩的胸口整個被炸開，鮮紅的血液如噴泉濺灑開來。來福槍開火，史密斯的頭迸出血，身體往後翻。約翰立刻趴到地上，子彈落在他面前，濺起泥土。他側滾開來，看見金恩躺在十碼之外。他爬向金恩，機關槍的噠噠聲如雷貫耳。

「我要死在這裡了。」金恩說。他仰躺著，軍服胸口一片血紅。

約翰拉著他的手。「你不會死的，阿亞。我會帶你離開這裡的。」

約翰再次抬起頭，視線正好可以看見約一百碼外的碉堡。他舉起望遠鏡，看見正在掃射的那把槍。子彈又在他面前的泥土上砸出一個洞，他馬上趴倒在地。幾秒鐘之後，他抬起頭來。其他三個人都死了。卡本特躺在他左邊約三十碼外，穆尼薩在他後面。史密斯滾下山坡，身體撕裂，汩汩流出鮮血。汗水淌下約翰的臉龐，他撕開金恩的襯衫。傷口在他的右胸，肺部下方，要是可以及時救治，應該不至於送命。問題是，他要怎麼把金恩帶下山坡？只要他們一有動靜，機關槍肯定又要開始掃射。他自己可以匍匐爬下山，但金恩怎麼辦？待會兒也必須面對這把機關槍的其他戰友怎麼辦？他們必須拿下這座山頭，沒有辦法繞路而行。

他握著金恩的手。「我得上去瞧瞧。我會回來的。他們對你和其他人下的重手，我肯定會要他們付出代價的。」

金恩放開手，約翰爬回山岩下方，越過史密斯的屍體。他伸長脖子，看見碉堡，但沒有子彈射來。機關槍朝著金恩所在的位置，盲目地射了幾發子彈，也有幾發來福槍的子彈掠過約翰身前的地面，但沒有子彈朝他的位置飛來。他攀上山岩，開始匍匐前進，利用高達兩呎的草叢當掩護。他雙手顫抖，喉嚨乾得厲害，恨不能爬回史密斯屍體旁邊，看他的水壺裡還有沒有水。他自己的水壺和背包一起留在山下，和其他弟兄在一起。他內心發出瘋狂的慘叫，要他轉身奔回山下，但他壓抑本能，繼續前行。往前爬行的每一個動作都違反他的本能，似是瘋狂，但他還是繼續前進。

約翰爬過山岩，如他所想的，右邊是一片平坦的空地。他猜那裡還有一整營的日軍，而這幾秒鐘將會是他人生最後的時刻。他想起潘妮洛普，想起他登船出海前，在檀香山的飯店房間裡，陽光照亮她臉龐的畫面。他幾乎還感覺得到她的撫觸，幾乎還聽得見她的聲音。他想起父親、母親、兄姊，努力壓抑心中的痛楚。他不想要這樣的感覺。此刻不行。他想起賓州的秋天，鋪滿他家後院一地的紅葉，他和諾曼小時候踢著落葉玩的畫面浮現眼前。

並沒有槍林彈雨。他手裡抓著來福槍，用手肘撐著身體前進。碉堡看得更清楚了，就在他左邊約一百碼處。碉堡旁邊有一圈護牆。他們正在等待盟軍來襲，準備要把敵人炸成碎片。日軍坐在護牆旁邊，眼睛盯著金恩和其他人的位置。碉堡直接蓋在泥土地上，陰暗的窗戶裡伸出笨重的機關槍。日本兵不停轉動槍口，搜尋任何動靜。約撼翻身仰躺，來福槍貼在胸口。他想起金恩。他應該回到金恩身邊，想辦法帶他回到隊上嗎？日軍還沒發現他摸近了，現在這個位置是從側翼發動攻擊的絕佳良機，因為機關槍掃射不到這個角度。但他如果企圖奪下碉堡，更有可能的下場是被撂倒。日軍絕對不會留他活口，讓他回去通風報信。

他繼續往前爬，爬到距護牆約五十碼處。日本士兵仍然盯著山坡下方，沒發現他。距離近得聽得見他們在講話。其中一個哈哈大笑。約翰跳起來，來福槍扛在肩頭，立即開火。他衝向他們，再次扣下扳機。一個士兵被射中脖子倒地。另兩個慌忙拿起來福槍，同一時間，機關槍也開始掃射，但什麼也沒射中。約翰看見他的子彈擊中一名日軍的胸口。最後一個士兵舉起槍，但約翰已經瞄準他，發射最後兩枚子彈。兩枚都射中他的頭部。約翰繼續跑，熱熱的空氣從他肺部大口吸進吐出。他伸手拿起腰帶上的手榴彈，在護牆前把手榴彈丟進碉堡入口。手榴彈觸地的時候，正好有兩名日軍走出來，在飛濺的泥土和鮮血裡，兩人化為無形。另一個人慘叫著衝出碉堡，手舉武士刀，焦黑的臉上只見一雙神色瘋狂的眼睛。約翰舉起來福槍，再次扣下扳機，但只聽到喀噠一聲——沒子彈了。渾身是血、嚴重灼傷的日本士兵跌跌撞撞朝他衝來，約翰一閃，武士刀戳進地面。約翰伸手抽出自己的佩刀。這個日本兵的臉有一半都不見了，皮膚垂掛著，彷彿絲帶。他再次把刀揮向約翰，但這一刀軟弱無力。約翰抓住他的手臂，用身體壓住他，把刀刺進他的肚子。溫熱的血噴出來，日本兵的眼睛睜得圓圓的，彷彿從他的臉上凸了出來。一切歸於平靜。約翰放開他，渾身是血，跪了起來。風吹過草叢的颯颯聲又出現了，夜幕低垂，趕上山支援的弟兄們在夜色裡幾乎看不見，只有模模糊糊的輪廓。

❖ ❖ ❖

一九四三年，美國華盛頓特區

他們燙他的襯衫時上了太多漿。

「別再拉領子了，」潘妮洛普說。身穿紅色亮片洋裝的她豔光四射。「會把衣服拉皺的，你這個笨蛋。」她好像生氣了。

「沒關係的，潘妮，有什麼關係呢？」

「當然有關係，大家都在看。」

她拉著他的手，帶他走進大宴會廳。他覺得格格不入，彷彿自己並不在這裡似的。他的心還在他那一排弟兄身上。回憶不斷拉他回去。他身上真正重要的部分仍然在那裡，永遠都在那裡。

他看著妻子。她很美，和他魂牽夢縈裡的人影一樣美。儘管他們在一起，手挽著手，但她卻難以接近。她的微笑，她在車站月台迎接他時的溫言婉語背後，肯定潛伏著什麼。她只在意別人怎麼想，反而讓他們兩人比以往更生疏。他們在大學裡認識的時候，她就是這個樣子了嗎？他想起普林斯頓的那個秋天傍晚。那一場會晤是兩大家族終將聯姻的盛會。起初好像是出於強迫，因為在她爸媽豪宅舉行的舞會，可以說是專為製造他倆見面機會而籌辦的。他的第一個反應是拒絕配合演出這齣戲，但她的美貌，以及他爸媽的逼促，讓他還是去了。他確實也愛上了她，但直到後來才醒悟，他並不希望自己成為她所期待的那種人。他爸媽站在宴會廳另一頭等候他們。他倆穿過餐桌之間，走向他們時，他感覺到她逐漸鬆開手。

他父親是多位參議員和州長的好友，一九三八年，總統到費城參觀工廠時，他也見過總統。和總統的合照至今還掛在書房的桌子後面。他利用人脈，讓約翰回家休假一個月，雖然約翰並未提出這樣的要求。

叢林的歲月在他心中烙下印痕，但傷疤已漸癒合。他花了好幾天的工夫才把自己弄乾淨，刮掉指甲裡的泥垢，終於可以出來見人。大家都在看他。他父親和他握手，歡迎他。他擁抱姊姊珀兒，和哥哥諾曼握手，但他沒辦法直視哥哥的眼睛。打從回來之後，他頭一次和他們見面。這是他們可以帶他在朋友面前亮相的機會。潘妮洛普親吻他的哥哥姊姊，等待約翰幫她拉開椅子，讓她就座。約翰的座位一邊是潘妮洛普，一邊是珀兒。珀兒的丈夫是空軍，駐紮在英國。盟軍已展開對歐陸的空襲，儘管極力掩飾，但她的眼神還是流露出憂心。

致詞的時間到了，每個致詞的人都強調購買戰爭債券的重要性。輪到約翰父親致詞的時候，他在講台上指著兒子，要約翰站起來。他恪盡職守，在瓜達康納爾島戰役殲滅機關槍陣地，救了金恩一命，獲頒銀星勳章。整個宴會廳兩百多人都站起來鼓掌。他感覺到珀兒的手搭在他肩上，潘妮洛普也站起來，和其他人一起鼓掌。掌聲一停歇，他就坐下，感覺到肩頭的重量頓時消失。

晚宴結束，家族朋友和致意的人川流不息上前，他並不是每一個都認識，但他們來和他握手，說他們有多敬佩他所做的一切，說他們如果不是年歲已高，肯定要和他並肩上戰場。他握手握到手腕痠痛，臉也笑到肌肉僵硬。潘妮洛普的魅力征服了每一個人，老先生們紛紛掏出支票簿。

音樂響起時，他父親招手要他過去。站在父親身邊的是位身穿晚宴西裝，頭髮銀白，年約六旬，身材略微矮胖的男子。

「約翰，我來介紹一下，這位是威廉・唐納文[15]。威廉，這是我兒子約翰。」

「很高興見到你。」唐納文說，用力地握了握他的手。

「約翰想要的，我給不了。」

「爸，您在說什麼？」約翰知道接下來的對話會怎麼發展。他和父親談話常常如此，總是讓他覺得很愧疚。

「我本來打算要讓他繼承我的事業，」約翰的父親說，「但他不想要，我的心簡直碎了。還好我另一個兒子，諾曼，做得挺好的。」

「孩子，你為什麼不想繼承父親的事業？」唐納文問。

「我不適合。」

「說來慚愧，雖然我從小培養他當企業家，但他並不想要。他想走自己的路。」

「我們可以晚一點再討論嗎？」約翰說。

「是啊，也許另外找時間再談比較好。我還是讓你們聊聊吧。」

唐納文等約翰的父親走開，才再開口：「首先，我要感謝你為國家所做的貢獻。」

「謝謝您。」

「你知道我是誰嗎，約翰？」唐納文講話的語氣讓約翰確信他是軍人，只不過他穿的是便服。

「我不知道，先生。我不想妄自猜測。家父似乎很想讓我們認識。」

「這是有原因的，孩子。我是令尊的老朋友。上次大戰的時候，我們一起服役，那時你還只是個小寶寶呢。」

「那我們之前怎麼沒見過您呢，先生？」

「令尊和我有段時間失去聯繫，好多年沒見面，直到去年聖誕節前，才在一場像這樣的晚宴上碰見。」唐納文探手到口袋裡掏出菸盒，遞了一根菸給約翰。約翰婉拒，他把菸盒塞回口袋，自己也沒點菸。「令尊提起你，也談到你對我們國家的傑出貢獻。他說你是真心愛國的人。」

「我確實是，先生。」

「你也懂德文，因為你在德國待過，對吧？」

⓯ William Donovan，1883-1959，外號「瘋狂比利」（Wild Billy），美國律師與外交官，第二次世界大戰期間獲羅斯福總統授權，成立「戰略情報局」（Office of Strategic Services，簡稱OSS），為美國中央情報局（CIA）前身。

「一九二〇年代，情況還沒失控之前，我們在柏林住過幾年。家父在那裡蓋了幾座工廠。」

「你的德文現在如何？」

「恐怕有點生疏了，但講得還算流利。待在那裡的頭幾年，我是家父的翻譯。珀兒和諾曼年紀比我大，他們當時留在國內念寄宿學校，暑假才到柏林去。」

「你和歐洲的關係這麼密切，為什麼反而到太平洋戰區去？」

「我只想報效國家，先生。我知道大家都認為像我這樣背景的人，應該成為菁英軍官。我也知道，但是我想要——」

「你想要證明你也可以放下身段到最基層，和其他士兵一起服役。」

「我想這樣說也沒錯，先生。」

「你聽說過戰略情報局嗎？」

「略有耳聞，」約翰說，總算明白他被召回國的真正原因了。「聽人私下提起過，說有個諜報機構成立了。」

「不只這樣，但諜報確實是我們工作的一部分。我去年設立戰略情報局，整合陸海空軍的情報部門。我們的工作是協調軍方所有的敵後情報活動。目前有超過一萬名工作人員，男女都有。」

「那在戰略情報局成立之前呢？」

「就只有幾個老太太在戰爭部整理檔案櫃。」

約翰其實不是略有耳聞而已，他聽說過「瘋狂比利」和他的寶貝計畫，但直到這時他才知道眼前的這位唐納文就是外號「瘋狂比利」的那位唐納文。戰略情報局是人脈豐富的人在戰時可以發揮的地方。唐納文利用他的上流階級網絡為戰略情報局招募人力，成員來自常春藤聯盟大學、頂尖法律事務所和大銀行。感覺上就是個約翰極力想擺脫的特權階級俱樂部。

「我們現在兩頭作戰，在太平洋和歐洲敵後都派有特工。這些自願為國效勞的人，不分男女，都在隨時準備獵捕他們的敵人之中行走，沒有接待團體，在最有敵意的地方，通常連安全屋或朋友都沒有。軍方這些最英勇的特工，每一天都為我們提供寶貴的情報。」

一位身穿黑洋裝的灰髮女士拍拍唐納文肩膀，他親吻她的臉頰。唐納文說他再幾分鐘就過去，等到她走開之後，才繼續說：「這是新型態的戰爭。只在戰場上兵戎相見的戰爭早就成為過去了。如今，能在戰爭中取得勝利的，是最能掌握對方在想什麼，在採取行動之前就知道該怎麼做的那一方。」

「您為什麼要告訴我這些呢，先生？」

「過去這幾個月來，我和令尊常聊天。他只要一提到你的名字，就眼神發亮。他說他想要你繼承家族事業，但你想做別的。他也告訴我，從你哥哥接掌公司之後，你和哥哥就常意見不合。」

約翰不禁思忖，這人究竟有多瞭解他。這應該也是唐納文對他有興趣的唯一理由。

「家父告訴你，我不贊同哥哥對家族企業的經營方式？」

「也還有別的。我們常聊起你。他說你不像哥哥，在這個世界如魚得水。」唐納文揚起手，指著他們置身的宴會廳。「我知道你從軍真正的原因，是要證明你可以靠自己的力量締造成就。我知道，因為我在你身上看見我自己的影子。在上一次大戰爆發之前，我原本是律師，但我不以此為滿足。我想要有所貢獻，不僅僅是對我的國家。我想要證明我自己。」

這人擁有難以抗拒的吸引力。他講話輕聲細語，但有著不容置疑的權威感。

「你有興趣加入戰略情報局嗎？」

「您想找的是什麼樣的人，先生？」

「我想找的是有良心又身手敏捷的竊賊。我需要的是理智勝於感性的人。誠實但懂得耍詐，不起眼但大膽無畏。我需要的是熱血沸騰，但又隨時保持冷酷鎮靜的人。」

「你已經在戰場上證明你擁有卓越的技能和工作態度，所以我們認為你是我們組織理想的人選。」

「想必您已經查過我的服役紀錄了？」

「我們非常謹慎，約翰。我們不得不。我們在戰爭裡的角色太重要了，不容絲毫閃失。」

約翰轉頭，父親站在四十呎外的吧檯前，手裡端了杯酒。唐納文說的沒錯，他父親是以他為榮。

潘妮洛普的信是三個月後寄達的。當時約翰正在維吉尼亞鄉間的一處公園接受戰略情報局的訓練，假扮德國人。幾位教官指導他和其他的新進人員，如何在敵後求生。這個新成立的機構沒有訓練設施，所以佔用威廉王子森林公園的部分區域，把舊的夏令營區改造成秘密訓練基地。約翰因為實地演練，好幾天晚上都睡得很少。回到營區，洗個熱水澡，上床睡一覺，就是最大的享受了。郵件處理員交給他一封信，信封上的郵戳是兩個星期之前的日期。約翰坐在床上打開信。他已經六個星期沒見到潘妮洛普了，但少了她，並不覺得生活裡缺了什麼。還沒打開信，他就已經知道信的來意。易地而處，他也會做相同的決定。讀到開頭的幾個字，他差點笑出來。這已經是戰爭裡用到濫的老梗，如今竟也發生在他身上。

親愛的約翰：

我認識了一位空軍軍官，我想嫁給他。請你同意離婚，為我倆的情緣畫上句點。我已經不愛你了。你不再是我當年所嫁的那個男人。我愛的是別人，就讓我離開你吧。為了我們曾經擁有的愛，請讓我走吧。我知道我們還會永遠關心彼此，我們過往擁有的愛如此深刻，永遠不會真正消失。但我們的婚姻生活已經結束。你有了另一個人生，沒有我的人生。我們的靈魂已不再契合，不再像以前一樣密不可分。

對不起，請原諒我，請和我離婚，讓我可以帶著完整無缺的心靈離開你。

潘妮洛普

他很多年沒哭了，甚至不知道自己還能哭。在這樣的地方突然情感流露，感覺很怪，他轉頭張望，確定沒有人看見。信還緊緊捏在手裡。無法放下。他不知道自己竟然還愛著她。他只知道，他一向深藏起對她的感情，想等待時機成熟時再說。或許等到戰爭結束吧，或許到那時他就可以再愛她。但如今一切都來不及了。他拿起擺在床邊的鉛筆，在紙上草草寫了幾個字。他永遠不會恨她，因為是他自己的錯。他又讀了兩遍來信，然後回信給她——我們離婚吧——隔天就寄出。

一九四三年十二月，德國西南部

轟隆的引擎聲幾乎蓋過所有不相干的噪音。約翰感覺到震動貫穿全身。他神經繃緊如鐵絲，心臟狂跳。他想起頂頭上司所說的話，字字言真情切，說他們不確定他身上的偽造證件是不是夠擬真，也不知道他們為他捏造的虛構身分能不能瞞騙得過。他們沒有太多前例可以判斷目前的狀況。戰略情報局從未讓特工跳傘進入德國境內，更不要說是隻身前往，毫無後援。他知道風險有多高，但自告奮勇，而且還打敗許多特工，才爭取到出這項任務的機會。

機員雙手圈住嘴巴，大聲壓過引擎聲說：「我們接近目標了。大約再三十分鐘就抵達。」

約翰點點頭，機員又回到駕駛艙。約翰移動幾呎，靠近窗邊。夜空仍有雲朵飄旋，下方的地面一片漆黑，只偶有幾盞燈光點綴。他搓搓身上的德國空軍制服，在腦海裡第一百萬次演練他的偽裝身分。他覺得韋納．葛拉夫已經盤據他的心靈，彷彿葛拉夫才是真正的他，而約翰．林奇反而是偽裝的身分，又或者，只是他另一段人生的回憶。似乎再也沒有必要成為約翰．林奇了。念念不忘舊時歲月只會破壞任務，要了他的命。等韋納．葛拉夫完成使命之後，他就可以再次成為自己了。

飛機遇上亂流，顛簸不已，他整個人往前衝，還好有安全帶扣住。有位教官警告過他，蓋世太保會檢查他胸口和大腿的安全帶瘀痕。這個念頭才出現，他就立刻拋開。現在沒必要擔心這個，因為擔心也沒用。

砰的一聲蓋過了引擎的轟隆響。約翰抬起頭。又一聲，再一聲。約翰知道他們進入德國境內了。他從來沒想過，在抵達空降地點之前，飛機可能會被高射砲擊落。其他的情境，他幾乎都曾設想過。他反覆思索過可能會被問到的各種問題，練習口音腔調和身分掩護的故事，次數多到他都記不得多少次了。但他從來沒想過飛機會被擊落。機艙長從駕駛艙探出頭來，告訴他說飛機遭高射砲兩面夾擊。約翰豎起拇指，艙長又回到駕駛艙。但艙門才剛關上，就傳來猛烈的爆炸聲。爆炸的威力讓飛機側面裂開一個大口，離約翰的座位僅僅幾呎。冷風驟然灌了進來。約翰抓緊背包，雙手用力到指關節發白。機翼像紙張般撕扯斷裂，引擎冒煙，發出活像老人乾咳的聲音。約翰摸索著找到他的降落傘，知道原定的降落地點可能遠在百哩之外。高射砲的彈砲不斷從兩側襲來，飛機抖顫著往下掉。爆炸聲越來越大，每響起一聲，飛機就震盪一次，讓約翰在座位上前後甩動。飛機又一陣劇烈晃動，是砲彈從另一個方向襲來，但沒命中。高射砲持續射擊。飛機不斷往下墜，機艙長再次打開艙門，查看飛機受損的狀況。高射砲的砲火少了，爆炸聲也變得稀稀疏疏。約翰看看窗外，引擎冒出濃密黑煙，發出噗噗聲，看來就快停止運轉了。機艙長頭又伸進駕駛艙，約翰只隱約聽到吼叫聲。機艙長跌跌撞撞朝他走來。

「我們到不了預定的地點！」他大聲說，但約翰早就知道了。「我們的飛機不行了。右引擎損壞，我們沒辦法飛回基地，只能掉頭，想辦法飛到瑞士境內。如果你想跳傘，就只能現在跳了。」

約翰點點頭，解開安全帶。他們現在的高度夠嗎？飛機好像才一眨眼就失去原本飛行的高度了。距目標還很遠，但只要能著陸，他就可以想辦法到那裡去。要是他留在飛機上，最好的情況就是向上級回報說他任務失敗——要是這架飛機還能撐得夠久的話。高射砲的砲擊暫時停止了。他們已經飛過高射砲所保護的那座城市，此刻下方又是一片漆黑。

機艙長和約翰握握手，但他說出的祝福被風聲掩沒。跳傘口已打開，風呼呼灌進來。約翰走到跳傘口，感覺到強勁的氣流。調度員檢查他降落傘上的拉繩，對他豎起大拇指。飛機搖晃震盪，綠燈一閃一閃亮起，他強迫自己集中精神在眼前的任務，回想正確的動作，身體挺直，雙腿併攏，下巴縮緊貼近胸口。他感覺到飛機速度變慢了，調度員拍拍他的肩膀。他跳出飛機。猛烈的冷風襲來，宛如瀑布奔騰的水幕。他感覺到大腿和腋窩一緊，傘面張開了。飛機消失在夜空裡。夜色寂靜，他獨自一人。引擎的轟隆聲遠去，耳中只有他自己的呼吸聲和風的呼嘯。他衝向黑不見底的陸地，降落傘漸漸塌扁下來。他無從知道自己會降落在什麼地方，但從周遭的漆黑無光看來，他是在某個荒郊野外，沒有人煙的地方。這或許是他可以利用的機會。他知道他跳傘時的高度不夠，但那也是沒辦法的事。他想要開口祈禱，但麻木的嘴唇含含糊糊唸出禱詞的時候，地面彷彿無聲無影的火車輾壓過他。他的身體撞上積雪的地面，雙腳劇痛。他睜開眼睛，四周是無邊無際的白雪。他感覺到身體癱軟，一切慢慢淡去，消失了。

10

芙蘭卡坐在椅子上一動也不動。起居室的爐火熄了，小木屋裡的溫度明顯降低。癱躺在她面前的他如此無助。她現在得知真相，證明她的想法沒錯，而且腦袋也沒問題。她的懷疑是正確的。她從雪地裡救回來，如今躺在她父親小木屋裡的這個男人是美國人。一名間諜。她幾天前就已經知道，他不是美國人，就是英國人，但聽他親口說出，還是宛如謎底揭曉。她想起丹尼和蓋世太保。這麼一來，她肯定脫不了罪。藏匿間諜是要上斷頭台的重罪，但經歷蓋世太保的刑求之後，很可能會覺得死亡反而是慈悲的解脫。她如釋重負。自從首度發送傳單，看見漢斯目光裡的熱情與自豪之後，這是她頭一次有了重生的感覺。真正的重生。不只是呼吸、吃飯、睡覺，不只是打發時間，而是真正過著有意義的生活。

「我去給壁爐添點木柴。」她說，留他一個人在房間裡。

各種想法在她腦海盤旋，互相碰撞。她已經知道所有的真相，現在只剩下「為什麼」。他為什麼會在這裡？他的任務是什麼？他要她幫的是什麼忙？她把木柴丟進壁爐裡，火花劈哩啪啦響。她在壁爐前站了好幾秒，暖暖手，然後才走進廚房。她餓了。剩下的食物不多。她一個人的配給要分給兩個人用，原本就困難，而儲存的罐頭已吃完，更讓情況難上加難。她考慮明天要到鎮上補給。這次沒必要大老遠跑到佛萊堡。她靠在餐桌旁，雙手抱胸，閉上眼睛，一會兒之後才回到他的房間。

「現在你什麼都知道了。」他說。

他的口音並沒有改變，但她現在聽得出來破綻了。她心想，若是被抓去審問，他的偽裝可以撐多久？因為那些受過專業訓練，專門挑毛病的人，肯定可以比她更快找出破綻。

「你的德語非常好，一點都沒有生疏。」

「受訓之前已經有點生疏，但很快就熟悉回來了。語言還算是比較容易的部分。」

「難的部分是什麼？」

「學習對抗審問。我們也模擬刑求。」

「我被蓋世太保審問過。」

「我知道。」

「他們不必刑求，因為他們什麼都知道了。」她頓了幾秒鐘，走到窗前。「你會想念你的家人？你在美國的家？」

「我盡量不去想。我努力成為韋納．葛拉夫，但是約翰．林奇那顆討人厭的腦袋瓜還是不時探出來。」

「你偽裝得很好。」

「那你怎麼會起疑心？」

「我找到你的時候，聽見你在夢中講英語。你那時候大概有幻覺吧，嚷著英語。」

「我沒想到會碰見像你這樣的人。我不知道德國還有你這樣的人存在。」

芙蘭卡以前就聽說美國人非常熱情真誠，和他們往來是全然不同的經驗。

「我有個問題想問你，你既然不想接管你父親的企業，為什麼還要反對你哥哥的做法？」

「我不喜歡他的做法。他很快就會拖垮整家公司，我父親的心血會付諸流水。」

「要是家族企業對你這麼重要，你為什麼不自己去接掌？你放棄權利，讓自己父親傷心，卻又批評諾曼的做法。」

「你就是不放過我，對吧？」

「你沒回答我的問題。」

「我不想走上一條只以賺錢為目的的道路。我還想追求別的。如果戰爭沒爆發，天曉得會怎麼樣。我很可能還待在家裡，和諾曼一起工作。」

「而不是和他吵架。」

「我只是想幫忙。」

芙蘭卡覺得夠了，不能再逼他。「你一定餓了，整天都沒吃東西。」

「我快餓死了。」

「吃的快沒了，我明天得到鎮上一趟。」

她走進廚房，熱了最後一點燉菜，撕下一塊她準備用來配著吃的麵包。他不到兩分鐘就吃得精光。她等到他吃完，才開始問問題。

「你為什麼到這裡來？」

約翰拿起她擱在托盤邊緣的餐巾，揩揩嘴角。

「我確實應該告訴你。」他放下餐巾說，「我本來不是要到這裡來的。我預計空降的地點是斯圖嘉特城外幾哩。我們規劃出飛抵那裡最安全的路線，避開部署大量地對空火力的大城市。我想他們沒料到佛萊堡周圍也有高射砲，那肯定是最近才架設的。」

「是在炸死我爸的那場空襲之後才設的。在那之前，佛萊堡沒受過太多攻擊。佛萊堡遲早也會和德國其他城市一樣，被盟軍夷為平地。」

「你父親的事，我覺得很遺憾。戰爭總是會害無辜的人送命。」

「炸彈落下的時候，他還躺在床上睡覺。我想他甚至不知道是什麼東西擊中他。他永遠不會知道是誰害死了他。」

「你父親遇難是運氣不好。」約翰話才出口，就為自己的遣詞用字懊悔不已。

「運氣不好？他是我在這世界上僅存的親人，你們把他從我身邊奪走，現在還開口要我幫忙？」

「你的敵人是納粹，不是盟軍。那天晚上飛到佛萊堡的戰鬥機並不知道——」

「你是要告訴我，他們不知道自己炸死的是老百姓？那漢堡、科隆、美因茲的空襲呢？燃燒彈炸死了成千上萬無辜的平民。」

「倫敦也死了好幾千人，還有伯明罕，以及其他被佔領的領土也是。」

「但你們總是說盟軍代表正義。殺害幾十萬德國百姓算什麼正義？」

「戰爭是可惡的禽獸。老實說，在派出轟炸機的軍事將領心中，德國百姓的性命並不重要，就像德國將領也不在乎英國和蘇聯百姓的死活一樣。」

「那你呢？」

「你指的是什麼？」

「他們對你來說重要嗎，約翰？你以前在德國住過的。」

「芙蘭卡，我在新聞影片裡看到，德國民眾對希特勒宣示效忠。我們家鄉的每一個人都看過。盟軍的轟炸是為了擊潰德國人民的戰鬥意志。」

「你們難道不明白，德國人民的意志根本不重要？納粹早在幾年前就已經讓德國人民臣服於他們的意志之下。這個詞彙已經沒有任何意義了。」

「情況或許如此，但始作俑者是納粹。美國還沒參戰之前，他們就已經開始轟炸華沙和倫敦了。納粹把德國人民拿來當盾牌，固然很可悲，但並無法阻止盟軍追求勝利的意願。」

「要是你爸爸被德國人給炸死了，你還願意幫助我嗎？」

「這樣的情況不可能發生。」

「但如果發生了呢？如果你的愛國熱忱在政府與人民之間拉扯怎麼辦？政府原本應該為人民的利益而服務，但你會為了人民利益而反抗自己的政府嗎？」

「這樣的情況絕對不會發生。」

「以前也沒有人想到德國會發生這樣的情況啊。是德國耶，身為現代工業大國，科學與藝術堡壘的德國！」

「如果你想問的是，承受了死亡的巨大痛苦，我還會不會像你這樣反抗自己的政府，我的答案是我不知道。」

「你會違背自己同胞的意志，協助外國情報員嗎？」

「如果我所愛的每一個人都因為他們而喪生，如果他們粉飾一切，只為了讓美國顯得偉大、高貴、正義——是的，我會的。」

「羅伯斯比[16]說：『帶著武器而來的傳教士沒有人喜歡。』」

「我不是你的敵人，芙蘭卡。如果你不相信我是什麼樣的人，當時就不會救我，也不會讓我住在這裡。這是你帶我來到這裡的原因。也許德國有一天會感激盟軍所做的努力。」

「如果未來還有德國存在的話。」

「這話聽起來或許有點諷刺，但盟軍是德國人僅存的希望。請好好利用我，芙蘭卡。給我機會，替你剷除納粹。」

芙蘭卡從他腿上端起托盤，一根叉子哐噹掉在地上，她彎腰拾起。

「我痛恨納粹。我不想要有這樣的感覺，但這感覺卻沒有一天不存在。只要想到他們所做

[16] Maximilien François Marie Isidore de Robespierre，1758-1794，法國大革命時期政治家，為雅各賓專政時期的實際最高領導人。

的——」

約翰拉高嗓音打斷她。「拋開痛恨吧。為德國人民的未來，為令尊，為傅萊迪盡一份心力！」

「我不知道，你要我替你做什麼？」

「很簡單的事。幾乎任何人都做得到的。」

「我需要一點時間。」

她把托盤端回廚房，擺在餐桌上，心沉重得像石頭。把手浸到裝了水的水槽裡，用水潑了潑臉。她想起她認識的人，那些被國家社會主義黨謊言誘騙、洗腦的人。她和他們不一樣。她是個罪犯，是被判刑確定的國家公敵，而今她還庇護另一名敵人。她不可能和納粹合作，不可能舉報他——她寧可死，也絕對不會舉報他。那要怎麼做？她可以放他走，默不作聲，任由他偷偷溜進德國中心地帶。但在他離開之後，她要去哪裡？她要做什麼？難道她要再度回到森林裡，做她發現他的那天晚上沒能完成的事？或者就只是設法在這場戰爭裡苟且偷生？如今約翰提供給她更多的選項。

「繼續說吧，」她回到房間之後說，「告訴我，你為什麼會到這裡來。如果你需要我幫忙，那我必須先知道完整的內情。」

「高射砲擊中我搭的那架飛機，我跳傘，掉落在山區。然後你就發現我了。」他停頓了兩秒鐘，才又繼續說，「我的任務目標是一個男人。」他說。他所說的每一個字似乎都透著緊張氣息。「他名叫魯道夫．韓恩。他是個科學家，是世界上最聰明的人之一。他開創了物理學研究的新領域，可以讓德國在戰爭中扭轉劣勢。我們有個德國特工滲透進他的研究室，和他接觸。他同意投誠美國。我就是來帶他離開的。」

「為什麼和他聯絡的特工不能帶他走？」

「他是個外交官，這個任務比較危險的部分不能交由他執行。蓋世太保好像盯上他了，所以他得要淡化自己的角色。韓恩還在原來的研究單位工作，他們還沒逮捕他。」

「那你打算怎麼帶他離開德國？」

「等等，別急。」

「你不是需要我幫忙嗎？」

「是沒錯，可是——」

「你現在什麼也做不了。他住的城市離我們有二十哩遠，你兩條腿都斷了，只能困在床上。」

約翰拿起床邊的那杯水，喝了一小口。

「所以你需要我幫忙，但還是沒辦法完全信任我，不能告訴我詳情。」她說。

「你可不可以試著相信我，同意我的立場？」

他的問題沒得到回答。她沉默以對。

「我們打算從慕尼黑南方翻越阿爾卑斯山，進入瑞士境內，因為那邊的山路是穿越國界最安全的路線。雖然要抵達那裡可能並不容易。我們有個嚮導，而且我在戰略情報局受過山訓。結果這下可好了。」他看著自己的腿，摸摸打在腿上的石膏。

「那位科學家要怎麼扭轉戰爭局勢？他做的是什麼研究？」

「我沒辦法去見他。」約翰不理會她的問題。

「他究竟做什麼研究？」

「你這是在逼我告訴你，對吧？」

「如果我必須冒著生命危險，幫你達成你的任務，那我就必須知道是為什麼。我想知道我是為什麼而冒險。」

「韓恩教授和他的同事正在研究一種新科技，叫做核子分裂。他們在一九三九年發表過一篇關於這個課題的論文，從那時開始，盟軍就一直關注他們研究的進展。」

「這個核子分裂有什麼特別的嗎？」她好不容易才唸出這個名詞。

「就算他們告訴過我，我也沒辦法再講一遍給你聽，可是我想應該是很重大的發展，才能扭轉戰局。他是整個研究計畫的領導人物。納粹不知道他們能取得什麼成就，所以官僚體系不重視他們的研究，也沒給足夠的經費。希特勒滿腦子都是噴射推進引擎，納粹只重視那方面的研究。」

「這位韓恩教授為什麼決定投誠？」

「他不喜歡納粹政府對待猶太人的態度。戰前，他很多朋友、同事都是猶太人。納粹因為種族政策，就把所有的猶太人趕出這個研究計畫。他們很多人都死了，再不然就是流亡到其他國家。我們美國也收留了不少。缺乏經費也讓他很不滿。等我把他帶到美國，他就可以得到他所需要的一切經費和支援。」

「這麼一來，美國就可以發展這個新科技了。」

「我們必須趕在納粹之前發展出來，甚至要領先蘇聯。這是一場可以決定戰爭結果的競賽。如果納粹知道他們手中握有什麼潛在的優勢，很可能一切就改變了。只要韓恩失蹤，他們就辦不到。我們需要他的知識和技術。要是他們的研究已經有了突破，我們也必須掌握。」

「我能幫什麼忙？」

「我們的計畫是，我先去和韓恩接觸，取得他的信任，然後鼓吹他跨越邊界，到瑞士去。」

「你要我帶他跨越邊界？」芙蘭卡睜大眼睛說。

「不，我只需要你去找他，告訴他我出了什麼事，然後……」這句話很難說出口。

「然後怎樣？」

「然後帶他回來這裡，等我復原之後，就可以帶他越過邊界。」

「你還要再過一個月才有辦法走路，而且就算可以走路，也肯定沒辦法爬山。」

「這些枝微末節就留給我擔心好了。」

「這可不是什麼枝微末節。你希望我去斯圖嘉特找這個人，對不對？」

「我沒有別的辦法可想。」

「我沒受過諜報訓練，也從來沒做過這樣的事。」

「只是去找他，聽他講，傳遞訊息而已。」

「要是他不肯和我講話，或是我被捕了，怎麼辦？」

「除非你去自首，否則我看不出來你有被捕的可能性。我會給你一句暗號，他聽到暗號，一定會聽你把話講完。你願意嗎？願意幫我嗎？」

「我不知道——感覺很……」

「這比想像中簡單。你辦得到的。你可以扭轉一切。」

「好吧。」她說，閉上眼睛。

「謝謝你。」他說，拉著她的手肘。他們以前除非出於必要，從未有過肢體碰觸，這是第一次。她打個冷顫，太荒謬了。

「按照我們的計畫，是要在公園和他碰面。他會坐在長椅上看報紙。」

「在這種天氣？」

「他只會在那裡待一小段時間，從下午五點五十分到六點鐘。而且一個星期只去一天。他只在星期三去。所以今天下午他應該是在那裡等我。」

「他下個星期三也會去嗎？我應該在下星期三去見他？」

「星期天是聖誕節，我想他應該會去柏林，所以下個星期三不會出現在公園裡。我想最好是再下一個星期三，一月三日再去。這樣我有多一點時間可以養傷，你也可以有多一點時間準備。你不必做什麼大不了的事，只需要去見那個人，告訴他說我出了什麼事。」

「他怎麼知道我不是蓋世太保？」

「通關暗號。他一聽到暗號，就知道你是我的夥伴。你只需要去見他，也許勸他，等我恢復得差不多的時候到這裡來，但這一部分不急著決定，等我再想想。我們有很充裕的時間。」

「兩個星期。」芙蘭卡說，「我得幫你弄副枴杖來。沒必要讓你整天困在床上不動，這樣你會開始長褥瘡。你最好起床走動走動。我明天到鎮上去弄點吃的，順便找副枴杖。」

「配給食物的店裡也會有枴杖？」

「不，我想不會有，但我在那裡的醫務所有朋友。我會替你弄到。」

清晨冷得嚇人，一如既往。但今天早晨感覺很不一樣。失眠已久的她，昨夜睡得很好。雖然還有很多問題沒得到解答，但不必急著現在就拿這些疑問來轟炸約翰。他們還有別的問題要解決。首先，他們需要食物。她拿起約翰給她的配給券。她知道這些是偽造的，但店員會發現嗎？沒有這些配給券，他們只能靠她一個人的配給度日，絕對不夠。他們會餓死。她把他的配給券拿到燈光底下，詳細檢查上面的每一個字。看起來非常逼真，但如果看得夠仔細，還是看得出來有些筆劃不太穩定，略有猶疑。她願意冒險一試。另一個選項是在黑市採買。願意花大錢的人可以買到最好的食物，但這樣很可能引來警察的注意，風險太高。

她端早餐進房間的時候，約翰已經醒了。

「早安，小姐。」

「相信你睡得很好。」

「是睡得很好。這麼久以來，睡得最好的一個晚上。我們昨天討論過的事情，你覺得怎麼樣呢？」

「緊張，困惑。我覺得你給了我很大的責任。」

「如果不是覺得你有能力，我絕對不會告訴你這些事情的。我知道我的決定沒錯。」

她坐下來看他吃早餐。今天早餐是乳酪和前天晚上剩下的一點燉菜。她沒告訴他，家裡的餘糧只夠讓他一個人吃早餐。他們聊起天氣，談她那天進城的經過，以及他的傷勢。他的身分和他的任務，似乎都沒有必要再提起。她前一天晚上就已經下定決心，不再逼他了。

丹尼・貝克爾的陰影籠罩佛萊堡。回她生長的那個城市太過危險。就算不會碰到他，那裡也有太多認得她的人，太多樂意協助蓋世太保的人。而且她已經沒必要像上次那樣到藥局採買藥品。離這裡只有幾哩的聖彼得雖然是小鎮，但有家雜貨店與醫務所，應該可以滿足他們目前的需求。她穿好滑雪屐出發。芙蘭卡想著約翰・林奇，想像費城的市景。她想著魯道夫・韓恩，思索著見到他該說什麼。

一路上沒碰見任何人，走到雜貨店門口才看見排隊的人龍。她站在隊伍尾巴，把滑雪屐靠在牆邊。沒有熟悉的臉孔盯著她看。鎮上她認識的人大部分都已經因為戰爭而離開，或已經死了。沒人認識的感覺讓她鬆了一口氣。她把自己的配給券和約翰給她的混在一起，讓偽造的配給券不被識破。店員完全沒注意。她壓抑興奮的心情，走出雜貨店。背包裝滿了配給券所能換到的各式商品。

聖彼得小鎮窄窄的街道一片死寂。芙蘭卡低著頭，沿人行道一路走到醫務所。推開醫務所大門的時候，一個手臂打石膏的少年抬頭看她。坐在他後面的兩個男人瞎眼缺臂，一個坐輪椅，一個拄枴杖。戰爭侵蝕了德國社會的每一個角落，無人得以倖免。堆滿文件的褐黃木桌後面，坐了個臉色慘灰的老太太。芙蘭卡走上前，在一名抱著小寶寶的母親後面等候。輪到芙蘭卡的時候，辦公桌後面那個婦人抬起疲憊的眼睛看她。

「我要找瑪蒂娜．克魯格。她是這裡的護士。」

「你找克魯格護士什麼事？」

「我是她的老朋友——是私事。」

「克魯格護士很忙，你何不——」

「我只耽誤她幾分鐘。」芙蘭卡說。

老太太低聲咕噥。

「也許剛好輪到她休息一下。」

「等我一分鐘。」老太太穿過她背後的門，失去蹤影。

兩分鐘之後，門又打開來，瑪蒂娜綻開微笑，伸開雙臂擁抱芙蘭卡。她們從小就認識，一起念幼稚園，一起念小學、中學，也一起參加德國少女聯盟。自從一九三九年去慕尼黑之後，芙蘭卡就沒再見過她了。她沒什麼變，還是一樣漂亮，一頭褐色長髮，一雙閃亮的綠眼睛。老太太瞪了瑪蒂娜一眼，瑪蒂娜蹙起眉頭回瞪一眼，拉著芙蘭卡到外面去。她給自己點了根菸，也遞了一根給芙蘭卡，但芙蘭卡搖搖頭。好幾分鐘的時間，她們聊著瑪蒂娜的家人。她有兩個女兒，丈夫派駐在法國。芙蘭卡是很信任她沒錯，但沒信任到能開口向她要嗎啡，或會害她惹上麻煩的其他東西。不過，開口要副舊枴杖應該沒什麼大礙吧？

「你為什麼會回來？」瑪蒂娜說。

芙蘭卡很好奇她知道多少——很可能什麼都知道吧。

「我是回來參加我父親遺囑宣讀的。」

「聽到他過世，我很難過。我在報上看到他的名字，簡直不敢相信。」

「謝謝你。那個城市以前很少被轟炸，只能算是運氣不好吧。」

「空襲越來越密集，盟軍遲早會把我們都害死的。」

芙蘭卡當作沒聽見，儘管怒火像一把刀戳在她心口上。

「很不好意思，這麼久沒見面，一開口就想請你幫忙，但是我需要個東西。」

瑪蒂娜又點了一根菸。「沒問題，你需要什麼？」

「我現在住在我爸媽的山間小屋。你記得那裡，對吧？」

「當然記得。」

「我的男朋友也來了。」

瑪蒂娜眼睛一亮。「你沒說你有對象，是認真交往的嗎？」

「大概吧。他是個醫學院學生，但剛從前線回來。我們盡量多爭取時間相聚。只是這回碰上大麻煩了。他跌斷腿，偏偏又被大雪困住了。」

「噢，天哪。」

「很麻煩。我好不容易才幫他把兩條腿打好石膏。」

「我還以為他只跌斷一條腿。」

「不，是兩條腿。兩條腿都斷了。」

芙蘭卡感覺到心臟在胸腔裡怦怦狂跳。瑪蒂娜的表情轉為嚴肅。

「他沒事，已經打好石膏，只是不能走動。我需要枴杖。我在想，你們手邊有沒有舊枴杖，可以借我幾個星期，用到積雪融化的時候。」

「他需不需要醫生？我是不是應該——」

「不，不需要。我只需要枴杖。我把他的腿骨接好了，而且看起來癒合得還不錯。」

芙蘭卡住口，瑪蒂娜抽完菸，丟在地上用腳踩熄。她四下張望一下，看有沒有人聽見她們說話。

「你什麼時候需要？」

「現在，如果可能的話。」

「等我幾分鐘，我去想想辦法。」

芙蘭卡在冷風裡等了十五分鐘，正開始懷疑瑪蒂娜究竟會不會再出現時，她就回來了。一副枴杖夾在腋下。

「這副枴杖已經用了好幾年，很舊了，但應該還派得上用場。我想不見了也沒人會找。」

「太謝謝你了，」瑪蒂娜把枴杖交給她時，她說：「對湯米來說，這太重要了。」

瑪蒂娜又和芙蘭卡聊了好幾分鐘，等休息時間結束，兩人才道再見。芙蘭卡把枴杖綁在背包上，回到鎮上，對攔下她的衛兵解釋說，這副枴杖是給她從前線退役的男朋友用的。他沒再問問題，就把她的證明文件還給她。

芙蘭卡回到小木屋，揮舞著枴杖，活像贏得什麼戰利品。約翰把枴杖夾在腋下，想辦法撐起身體。走動還是很困難，他得拖著兩條腿往前，但是情況已經大有改善，比起困在床上，簡直是天壤之別。他的第一段路程是到廚房。芙蘭卡端出一頓有湯、有麵包和乳酪的餐點，兩人一起坐在餐桌旁，吃得彷彿是他們的最後一餐。

這天稍晚的時候，瑪蒂娜．克魯格苦苦思索，回想和老朋友的這次會面。芙蘭卡為什麼不讓她的男朋友去看醫生？就算骨折癒合得不錯，看醫生確定一下不是更好嗎？整個聖誕假期，甚至一九四四年的新年，她都在想這件事。她甩不掉芙蘭卡看她的那個眼神，也忘不掉芙蘭卡的請求有多不尋常。她懷著懊悔的心情到本地蓋世太保的辦公室，舉報她的朋友。很可能沒什麼大不了，她想，而且芙蘭卡肯定也沒什麼事情瞞她，但這種情況最好還是交給專業的人來處理。她拋開往昔的姐妹情誼，因為在這樣的戰時，最重要的是效忠元首。畢竟芙蘭卡．戈柏曾經犯罪，瑪蒂娜並不想因此惹上麻煩。她還有自己的家人要考慮。蓋世太保特工同意她的看法——她做得對。

❖ ❖ ❖

聖誕節到了，他們一起過節，一聊就是幾個鐘頭。她細細說明白玫瑰所主張的每一個理念，他則說他聽說過慕尼黑學生大量發送傳單到全德各地的事。這是她的聖誕禮物——知道他們付出的努力沒有白費，讓她默默得到滿足。她談起在山區度過的童年。時間很多，夠她談起在這裡度過的每一個夏天，以及她所擁有的每一個回憶。他教她一些英文句子，大部分都是軍事用語。他談起費城，他爸媽的房子，在海邊度過的晴朗夏日。他提起父親的事業，說他生長在特權階級，不過因此而覺得很不自在。但他的口吻和以往不同了，不再夾帶怨氣。他要留著這條命做更重要的事，就算要死，也要為更重大的目標而犧牲。

他聊起和前妻在普林斯頓初識的經過，說他們頭幾年的生活非常美滿。離婚才一個星期，她就嫁給那個空軍，又過一個月，約翰就離開美國本土了。他從來沒對其他人講這麼多——關於他的前妻、他的童年、他的雙親，以及他生長的地方。他從來沒這麼多時間。他也把他所知的魯道夫．韓恩，詳細告訴她。所有的細節，包括他的研究工作，儘管這部分約翰自己也所知無多。這項任務有些內情就連他也不清楚。他並不需要知道一切。

他們討論如何把韓恩帶回小木屋。最好等約翰腿傷痊癒之後。很可能要到一月底，他們才能啟程前往邊界。在談天說地，共度佳節的這段時間，他們從未提起未來。他們始終沒談到，等約翰帶韓恩啟程赴瑞士之後，芙蘭卡要做什麼。重要的只有任務。他在心裡一再反覆對自己說，直到這句話像咒語似的，成為他賴以生存的箴言。

芙蘭卡再次移動他的床，蓋住撬起的地板。他們開始演練，萬一蓋世太保來找他的話，應該怎麼辦。他們練習了好幾十次。如果蓋世太保來到小木屋，他們要到聽見汽車停下的聲音才會知曉。萬一發生了，約翰必須立刻回到房間，躲進撬起的地板底下。她已經盡可能把那個藏身空間弄得舒服一些了。床鋪會蓋住地板，地板會蓋住他。如果蓋世太保在屋內進行徹底搜查，他肯定無處可逃，但他們有理由這樣做嗎？本地報紙並沒刊登協尋盟軍空軍人員或間諜的消息。看來他們並不知道他在這個地區，更不可能知道他躲在她父親的小木屋裡。

新年到來。自從兩個星期前去過一趟小鎮之後，她除了他，沒見過其他人。而那趟小鎮之行，她也只和瑪蒂娜、要求她出示證件的衛兵與一路造訪的各家商店店員講過話。現在約翰多半待在臥房外面。她每天散步回來，通常會看見他坐在壁爐前的搖椅，閱讀禁書。納粹如果發現她藏有這些書，肯定會把她丟進大牢裡，但他只想讀這些書。刑罰越重的書，他越想讀。這會兒桌上就擺著他看了一半、夾著書籤的書，是湯瑪斯．曼的《魔山》。他們只聽被禁止的外國電台，享受著與世隔絕的自由。他提起在其他地方進行的戰爭，俄羅斯與義大利戰場，太平洋戰役，她總聽得入迷。

她大多煮燉菜當晚餐，他幫忙切蔬菜，切得好細好細，一含進嘴巴裡就溶化。從聖誕節那天起，他們就一起用餐，如今已成習慣。

一月的這個晚上，他們默默吃飯。他的餐桌禮儀優雅得體。他曾形容過在戰場上和同袍吃配給罐頭食品的情景，但她很難想像那個畫面。

他拿起餐巾，擦掉嘴角的麵包屑，然後繼續吃。

「我發現你看著我笑。」他說，「想到什麼好笑的事嗎？」

「我只是想像你和其他士兵，你所謂的『美國大兵』在一起的情景。」可以用上他教她的美國俚語，她覺得很自豪。

「受基礎訓練的時候，有些人花了很長的時間才接納我。他們知道我們都在同一條船上，用偏見對抗自己人，很可能會害自己送命……不過，我比較喜歡認為是因為我贏得他們的尊敬。」

他放下叉子。他吃完飯了。

「我知道明天的事情讓你很緊張，」他說，「不會有問題的。你只需要和他講幾分鐘的話。沒有人會懷疑的。就我所知，並沒有人監視他。」

「就你所知……」

「當然，我們不是什麼情況都能掌握，但我不會隨便把這個任務交給任何人。」

「你別無選擇。」

「我當然有選擇，我可以等。在這段時間，韓恩可能會改變主意，或結束研究工作，甚至被捕或碰上其他的狀況。但我沒辦法等，也沒辦法自己去。」他越過餐桌，握著她的手。「你究竟要到什麼時候才會明白，對我的任務來說，你是多麼寶貴的資產？能碰到你，我簡直不敢置信。如果不是你，我早就死了。」

芙蘭卡縮回手，捧起面前的咖啡。「你怎麼確定我能辦得到？」

「我在你身上看見了力量。若不是這樣的力量，你怎麼可能完成這一切，而且還繼續往前走？」

「我得給壁爐添柴了。」

「先別忙。壁爐可以等會兒再管。」他又握著她的手。他的手溫暖而有力。「你辦得到的。你身上具備所有的條件，可以完成這個任務。你勇敢，而且——」

「我並不勇敢。我很懦弱。」她覺得淚水就要奪眶而出了，在他面前落淚，她覺得很羞愧。「我為了活命，出賣了我的信念。我假裝不知道發生了什麼事，假裝不知道漢斯和其他人在幹什麼。」她轉開臉，走到牆角拿起木柴，丟了幾根到爐子裡，火花劈啪響。「他們才是真正的英雄，願意為自己所相信的理念犧牲生命。」

「他們是犧牲了生命沒錯，但這並不會讓他們變得比你更英勇。你想，如果他們有機會，會不會選擇活下來呢？你死了，又有什麼好處？再多犧牲一條人命，又能達成什麼目標呢？」

「我應該坦白說出我所做的，我所知的。我假裝自己是個沒腦袋的金髮女生。我假裝自己是個白痴女孩。」

「你只是做了能讓自己活下來的事。如果我是你，也會做同樣的事。你很勇敢，你很聰明，而且你還活著。就因為你活著，所以我才能保住一條命。你是金髮，你是女人，但你是我所見過最不蠢，也最不懦弱的人。」

他這番溫柔的話並沒讓她止住不哭。淚如雨下，越流越快，順著她的下巴往下滴。他拄著枴杖撐起身體，站起來走向她。

「你是我所見過最勇敢的人，芙蘭卡・戈柏。」

「我背棄他。」她說。

「你在說什麼？」約翰說。

她的聲音微弱彷如風中的灰燼。

「是我害死他的。我丟下他不管，我爸沒辦法自己一個人照顧他。」

「噢，不，不是這樣的。」約翰可以感覺到她貼在他皮膚上的暖意。

「我不應該離開的。都是因為我，傅萊迪才會死。要是我留在佛萊堡，我們就可以一起照顧他。他就可以留在家裡，他們的魔掌就不會伸到他身上。那他就會活著。」

「傅萊迪的死不是你的錯。是納粹害死他的。」

「我幹嘛去慕尼黑？我為什麼要離開他？」

「你想要一個全新的開始。你當時才二十二歲。」

「話是這樣說沒錯，可是──」

「傅萊迪的死不是你的錯。他們會不會到你家來抓走他呢？誰也不知道。你無能為力。你永遠也不知道他們會做出什麼事情來。」

「他很可能不會死。」

「你現在有機會痛擊殺害你弟弟和男朋友的政權。他們不知道核子計畫的重要性，我們必須趕在他們發現之前，讓他們中止這個研究計畫。根據韓恩的說法，他們領先我們。要是我們讓納粹先完成這個研究計畫，那我們就沒辦法讓他們為殺害傅萊迪，為殺害其他許多人的惡行付出代價。」

「太遲了。傷害已經造成了。」

「永遠不會太遲，只要你還有一口氣在，只要你還活著，就永遠不會太遲。全歐洲有好幾百萬的納粹受害人。你現在有機會為他們實現正義。」

「是復仇吧？」

「怎麼說都可以，」他說，「是正義，也是復仇。我們之所以要這樣做，有太多理由了。復仇只是其中一個理由。我必須知道你是不是百分之百肯定，芙蘭卡。只要有一絲猶豫，你就會危及我們兩人的生命。你願意和我一起努力嗎？」

「我願意。百分之一百。」

11

天還沒亮，芙蘭卡就醒了，看著夜黑逐漸被陰霾早晨的灰白晝光所取代。她等了一個鐘頭才起床，小木屋凜冽的低溫迎面撲來，讓她皺起臉。從佛萊堡到斯圖嘉特要搭兩個鐘頭的火車。道路還是不通，她的汽車無法派上用場，只能提醒她之前是怎麼來到這裡，之後又要怎麼離開的。熱咖啡讓她暖和起來。她查看食物夠不夠約翰吃，雖然她很清楚存糧有多少，但還是再次查看。他的聲音從他房裡傳來，她端著冒熱氣的咖啡，走進他房間。他坐在床上。

「你絕對辦得到的。你只不過是去斯圖嘉特見個人。」

他們花了幾分鐘討論這趟旅程，然後她才到浴室梳洗。她出來的時候，他在廚房，冰涼的空氣讓她頭髮底下的頭皮冷得刺痛。他們坐下來一起吃早餐。約翰把行動的細節從頭再說明一遍，儘管她早就牢記於心。她已經打點好，準備十五分鐘之後出發。他走到大門口，和她握手道別。

「明天見。」她說。

她努力表現得平靜，想掩藏快把她整個人侵蝕殆盡的憂懼，但她也看見他眼神裡的不安。

火車開進斯圖嘉特中央車站的時候，芙蘭卡還是坐在位子上，一動也不動。她腦袋一片空白，像落在山區的大雪一般白茫茫。坐在她對面的士兵好意想幫她拿袋子，但她緊緊摟住袋子，客氣地謝謝他。他碰碰帽簷對她致意，站起來準備下車。她強迫自己起身，知道自己臉色想必慘白非常。上車之後，她一路沒吃也沒動。她把顫抖的雙手插進大衣口袋，站起來。芙蘭卡隨其他乘客走下火車，站在月台上。火車準時抵達，牆上的時鐘顯示三點十五分。去見韓恩之前，她應該有足夠的時間可以找家旅館。幾名穿制服的蓋世太保在川流的人群中攔截民眾要求檢查證件。他們沒攔下她。他們比較注意適役年齡的男人，是在搜尋逃兵。

走出車站，冷風撲面而來。這是個多雲有霧的日子。一排五十呎高的柱子上，掛著大幅的納粹旗幟，但在陰霾裡幾乎看不見。車站入口有張高達十呎的希特勒肖像。芙蘭卡伸手招計程車。

在旅館登記入住之後，她強迫自己吃點東西，然後才出發去王宮廣場。這是斯圖嘉特市中心最大的廣場，韓恩會在那裡待上寶貴的十分鐘。她從容穿過廣場的巴洛克花園，走到廣場正中央的紀念柱，柱頂是約一百呎高的羅馬協和女神雕像，高聳入雲。廣場周圍的建築都遭空襲轟炸，幾乎全部傾頹倒塌。部分建築正在重新修復，有些則沒有。一面很大的納粹旗幟在風中飄揚，幾名下班的士兵悠閒漫步。一碰觸他們的目光，她整個人就僵硬起來。敵人似乎無所不在，她覺得經過身邊的每個人都在看她，那眼神彷彿水蛭吸附在她皮膚上。她找了張可以俯瞰廣場的長椅坐下，真希望自己可以抽根菸，安撫緊張的情緒。她很想看看手錶，但還是壓抑下衝動。有個穿過廣場的男人停下腳步，接著又繼續往前走。一秒鐘宛如一天那般漫長。

這時，她看見他了。一名年約五十幾歲，身穿米白防水風衣的男子走過廣場，在距她三十呎外的長椅坐下。他戴著帽子，留著約翰形容過的灰白鬍子。他翻開報紙，就像約翰說的那樣。她應該直接去找他嗎？她轉頭看看左右，想裝出在等人的樣子。一名三十幾歲的男子在她身邊坐下，瞥她一眼。

「這裡很漂亮，對吧？」他說。芙蘭卡的心臟簡直要停止跳動了。

「是啊。」她快說不出話來。

她不敢抬眼看他，雖然知道他在看她。她瞄一眼手錶，然後看著那個穿米白風衣的男人。韓恩再過八分鐘就要離開了。坐在她身邊的這人是誰？她鼻子裡滿是香菸煙霧的氣味。

「你要來一根嗎？」這人說。

他對她遞出菸盒。她搖搖頭。他綻開微笑，露出歪斜的門牙。他臉頰上有個深色的疤痕，灰色的眼睛深不可測。

「我不抽菸。」她說。

「抽菸是壞習慣。元首本人都公開反對過。」他深吸一口說。

「我從來就不抽菸。不好意思。」

她站起來，沒再多說一句，就緩步走開。穿米白風衣的那個男人還在看報紙，她在他旁邊坐下，他也沒有任何反應。

「在這個季節，今天天氣算是不錯了。」她說，「孩子們肯定很開心。」

一聽到這句話，韓恩就轉過頭來。他隔了好幾秒才恢復鎮靜。和約翰說的一樣，他身邊有一把傘。

「是滑冰的好天氣，但對想餵飽我們前線英勇戰士的農夫來說，可就不太好了。」

他這句話經過精心練習。這是他們的暗語。他翻過一頁，仍舊把報紙舉在面前。

她知道接下來要說什麼，不過眼睛瞄著抽菸的那個男人。那人也在看她，但一發現她轉頭看他，就別開目光。一名穿黨衛軍制服的士兵走過他們面前。

「這裡說話安全嗎？」

「大概不安全。」他說，但並沒挪動身子。「你和我期待的不太一樣。」

「原本要來的那位出了問題。他沒辦法來。」韓恩轉頭看她，她繼續說：「他沒死，也很好，只是出了一點狀況，要再過幾個星期才能出門。」

她講話的時候，眼睛盯著前方，知道他儘管豎起報紙，卻還是瞥著她看。

「我要走了，」他說，「我會在那邊那條街的轉角等你。五分鐘之後過來，我們可以邊走邊談。」

他摺起報紙，夾在腋下，站起來。她好幾次想看手錶，但都勉強壓抑。剛才要給她菸抽的那個男人，正在和坐在他旁邊的人講話，似乎已經忘了她的存在。一捱過五分鐘，她馬上就去找韓恩。韓恩和她握手。

「你知道我是誰，但我不知道你是誰。我應該怎麼稱呼你？」

「我叫芙蘭卡，是德國人。」

「所以你是替我們盟軍的朋友來傳話？你可以替他們做出承諾？」

「是的，我可以。」約翰已經向她保證過這一點了。

「你說那個人不能出門。他究竟出了什麼問題？」

「他兩條腿摔斷了，目前在佛萊堡附近的小木屋療養。」

韓恩沒馬上接話，等一名士兵挽著女友從他們旁邊走過。

「這確實是個問題。因為計畫有變。」

「什麼變化呢？」

「我要帶我太太一起走。」

「我以為你們已經離婚，而且你們女兒不是住在瑞士？」

「海蒂是在瑞士沒錯，但把我太太一個人留在德國，我會良心不安。最近幾個星期以來，空襲越來越頻繁。盟軍好像決心要徹底摧毀德國。已經有好幾萬人喪生。要是蘇聯軍隊也來了，我們只能祈求老天保佑了。我不能留下她一個人面對這樣的命運。」

「我看看我們能怎麼安排。」

韓恩停下腳步。「要是她不能一起走，那我也不走。」

芙蘭卡想像約翰一跛一跛拖著兩條還沒完全痊癒的腿，帶著一對五十幾歲的夫婦穿越冰封的森林到瑞士。這看來是不可能實現的計畫。

「我會轉告我們的朋友。我也有好幾個問題要問你。」

芙蘭卡四下張望一番，沒有人站在聽得到他們講話的範圍之內。他們繼續往前走。

「我相信你們已經安排好我所要求的房子了。我要一棟位在海邊的房子，兩部汽車，一部德國車，一部美國車。」韓恩兀自微笑。「我希望研究小組由我帶領，研究成果由我控制。」

「一切都安排好了。」芙蘭卡說，「你的研究有什麼進展？」

「我們已經快要有突破了。」

「納粹的領導階層呢？他們開始注意到你們的研究了嗎？」

「我上個星期接到希姆萊[17]的信，讚賞我們研究的成就。據說他非常喜歡我們這個計畫，也希望能成功。他打算用我們的研究成果去討好希特勒。他正在安排行程，準備親自來視察。要是希姆萊能得到希特勒的同意，我們就會拿到我們所需要的經費，也可以研發我們的武器了。」

「武器」這兩個字聽來很刺耳，也引發了更多疑問，但她還是按表操課，繼續提出約翰要她問的問題。「你沒辦法制止研究的進展？」

「我們是一個團隊，要是我刻意製造錯誤，其他人會發現。萬一我被提出研究計畫的話，你們就沒有人可以在裡面當內應了。我也不能那樣做——那樣有損我的名聲，況且，你們的主子在偷走研究成果之前，也希望我能盡量在研究上有進展。他們不相信納粹領導人會給我們必要的支援，完成我們的研究。他們認為等我們研發出真正可以利用的成果時，戰局就將逆轉。」

「他們的想法正確嗎？」

「或許是，也或許不是。很難說。他們玩的是危險的遊戲。」

「如果少了你，這研究計畫還進行得下去嗎？」

「是可以，不過我是這個研究計畫的主導力量，同時也是這個領域有聲望的人。少了我，像希姆萊這樣的人就會失去興趣，那麼這個計畫就會被噴射引擎計畫比下去。因為希特勒一心相信噴射引擎可以扭轉戰情。宣稱能拯救德國的計畫很多，我們只是其中之一。只不過我剛好知道我們的研究成果真正的潛力有多大，偏偏這又很難讓其他人理解。希姆萊親自視察，很可能決定我們這個計畫的生死存亡。」

很難判斷他這個人究竟是不是反納粹。她開始相信，要是他們不把他偷帶出境，他就會在德國完成研究成果，而納粹也就可以利用他說的這個可能研發出來的武器。說不定他只是想利用美國優越的設施和經費。說不定對他來說，計畫本身才是最重要的，他在意的就只是科學研究成果，而不是這成果為哪一方所用。除了研究，沒有任何忠誠可言的人是危險的。

他們默默走了幾分鐘，離開王宮廣場，穿過好幾條街。周圍盡是宏偉的石砌建築，暮色漸濃。街燈亮起，有些燈破了，有些還完好。

「你們接下來的計畫是什麼？」

「我們要你靜候兩個星期，然後到佛萊堡去。」

「到時候你們就會帶我和我太太到美國去，繼續進行我的研究。」

⑰ Heinrich Himmler，1900-1945，納粹政治人物，曾任內政部長，黨衛軍首腦，二次世界大戰德國戰敗後服毒身亡，德國《明鏡週刊》曾稱他為「有史以來最大的劊子手」。

「夫人幾歲？」

「五十三歲。」

「帶另一個人，特別是五十幾歲的女人同行，會讓穿越瑞士邊境變得更困難。相信像你這麼聰明的人，應該會理解。」

「除非帶上她，否則我不走。」

芙蘭卡想像約翰會怎麼說。也許約翰會一次帶一個走，先帶韓恩太太，再回來帶韓恩。雖然可能性很低，但終究還是有可能。

「你有辦法帶著研究成果一起走嗎？」

「我已經拍下藍圖和計畫方案，做成微縮膠捲了。帶上這些應該不會有問題。」

「微縮膠捲在哪裡？」

「藏在安全的地方。」

她正要他再解釋得清楚一些，就聽見空襲警報淒厲響起。

芙蘭卡看見他眼裡的恐懼。「空襲，」他說，「我們得躲進防空洞。」

「在轟炸開始之前，我們還有多少時間？」

「因為我們這座城位在河谷，加上今天有霧，所以很難說。飛機可能已經到我們頭頂上了。你要跟我來嗎？」

「我沒別的地方可去。」

大家開始跑，媽媽們手裡拉著孩子。

「前面有個防空洞，要走幾分鐘。」韓恩說。一聲尖銳的咻咻聲打斷他的話，他們背後的馬路傳來爆炸巨響。幾百碼之外的一家店鋪炸開來，磚瓦碎石噴到路面，店家的防盜警鈴響起。空襲警報還在響。砲彈落下的咻咻聲再度出現，韓恩拉起她的手腕。街上有上百人在奔跑，根本不可能知道防空洞還有多遠。她什麼都看不見，只看見滿街奔逃的人影。韓恩跑得很慢，另一枚炸彈落在他們背後一百碼處時，幾乎是她把他拖走的。一名男子被炸飛到房子旁邊，彷彿是狠狠挨了巨人的一巴掌。他的屍體摔落下來，變成一堆殘骸。又一枚炸彈，再一枚，擊中了街道兩旁的建築。到處都是玻璃和磚瓦碎片。芙蘭卡轉頭，看見有個男人跑在她後面，渾身黃色的火燄，迅即倒地不起。人群四散，慘叫聲不絕於耳。所有的人都莫名驚慌。又一枚炸彈，正中他們前方的建築，塵土瓦礫散落路面，擋住他們的去路。前後的路都被堵死了。砲彈的咻咻聲依舊不斷迴響。韓恩腳步慢了下來。

「防空洞還有多遠？」她高聲喊叫。

「大概還有半哩。雲這麼厚，飛機通常不會這麼快就到才對。」

又一枚炸彈爆炸，他們周圍的空氣為之震動。芙蘭卡看見他們方才跑過的街道已成為一片火海。好幾個人身體著火，彷彿是幽微暮光中的火炬。頭頂上的天空越來越黑，幾乎看不見飛機。她看見一枚砲彈拖著暗黑的火光擊中地面，炸毀一家雜貨店，玻璃和裝蔬菜的木箱粉碎飛旋如彩紙。又一枚砲彈落下，一名老婦人殘缺不全的屍體滑過柏油路面，躺在他們面前幾呎處，衣服全被燒光，皮膚焦黑如炭，下巴裂開。芙蘭卡繞過她身邊時，又一枚炸彈在他們背後爆炸。在濃煙裡，她看不見韓恩，過了好幾秒，才發現他在她左邊約五十呎處。她才剛剛看清楚他，一枚炸彈又落下，炸起更多碎石瓦礫。周圍有好幾十個人受傷躺在地上，淒厲慘叫。還有更多人在跑。芙蘭卡停下腳步，揉揉眼睛。她又看不見韓恩了，轉頭四處張望。

一聲爆炸巨響，幾乎震破她的耳膜，把她震倒在地上。周圍的建築陷入火海，陣陣黑色濃煙直衝天空。她抹掉眼周的碎石礫，儘管耳朵還嗡嗡響，卻拚命想要讓眼神聚焦。她檢查自己身上，並沒有血，可以走動，只是稍微有點痛。她站起來，大部分的人都遠遠跑在她前面了。

又一枚炸彈爆炸，這次落在幾百碼之外。她猛然想起自己孤身一人，而且還得趕緊躲到防空洞。她看見防空洞就在幾條街之外，前面的人都繼續往那個方向奔跑。韓恩人呢？她感覺到一股暖意滑過臉頰，伸手一摸，手沾滿自己的血。刺耳的空襲警報聲混雜著傷患的痛苦呻吟。她踉蹌穿過瓦礫與碎玻璃，找尋韓恩。從站著的地方，她看見周圍五十呎之內就有七名死者，有些斷手斷腳，有些被壓在磚石底下。炸彈的咻咻聲再度響起，但距離比之前遠了。戰鬥機飛過天空，但並不表示它們不會再回來。她還是必須躲進防空洞裡，留在空曠處無異等死。

芙蘭卡看見他的時候，不禁驚叫。韓恩在對街，側身躺在一大灘深紅鮮血裡。她跌跌撞撞往他走去，經過好幾名傷患身邊，他們都伸出手，哀求她幫忙。她身上的每一個本能都叫她不能視而不見，但她卻對他們視而不見。她腦袋裡有個隱約的聲音提醒她，把注意力集中在任務上。

「韓恩，」她叫他。她的聲音彷彿在她體內迴盪，像是暗黑山洞裡產生的回音。她俯身靠近他，更多砲彈的爆炸讓大地搖晃。大家都還在奔逃。有個年輕人喊她一起逃，想要抓她起來，但她甩開他。韓恩張開眼睛，抬起頭，血從他嘴角湧出。他咳嗽，目光飄向她。他的衣服已浸滿血，不到一秒鐘，他前面的那灘血就變得更濃稠了。他的眼神在懇求她幫忙，但她知道現在做什麼都為時已晚。從房子上掉落的一大塊水泥壓在他腿上，把他緊緊壓在地上。她想要丟下他，逃向防空洞。但她想起約翰。還在小木屋等她的約翰。

「韓恩，微縮膠捲在哪裡？」

他眼睛眨了眨，但只發出一聲咕噥。

「別讓你的研究成果和你一起死在這條街上。你說過的，納粹不重視你的研究。你開啟的計畫，就讓美國來完成吧。」他睜開眼睛，看著說話的她。「微縮膠捲在哪裡？讓我來保護你畢生的心血吧。」

韓恩想轉頭，想把那一大塊水泥從腿上移開。芙蘭卡伸手到水泥塊下方，使勁想搬開，但沒辦法。韓恩認命地躺回原來的姿勢。他呼吸變淺了，臉色也越來越白。芙蘭卡知道他撐不了多久了。

「韓恩博士？別讓你的心血落入納粹手裡。讓美國人用它來做有意義的事。」

韓恩在血泊中張開嘴唇，露出令人毛骨悚然的微笑。「就像他們今天在這裡做的一樣？你真的知道我在做什麼嗎？」

「核子分裂？我不知道那是什麼。我只知道可以扭轉戰局——」

「那是一種炸彈，有史以來威力最強大的炸彈。可以夷平一整座城市的炸彈。」

「可以毀滅一整座城市的炸彈？」

「幾秒鐘之內，就可以奪走成千上萬條生命。」

「那更不能落入納粹手裡。想想看他們對你的猶太同事和朋友做了什麼。想想看，他們要是擁有這麼強大的力量，會拿來做什麼。」

韓恩閉上眼睛，一秒鐘之後又睜開，芙蘭卡知道這很可能是他最後一次張開眼睛了。「在我的公寓裡，克隆尼街四三三號。離這裡不遠。」他又咳了一聲。「一定要讓他們完成研究。全部都在那裡。快去，趁警察在防空洞躲空襲的時候，快去。」

「在公寓的哪裡？」更多炸彈落下，離他們只有幾百呎遠。芙蘭卡知道她得走了，轟炸機馬上就會回來。

「我母親的照片，」他的聲音更微弱了，「找那裡……」

他頭往後倒，鬍子滿是鮮血，一雙眼睛茫然盯著前方。

街上的人們還在奔逃。芙蘭卡是唯一一個能跑，卻沒跑的人。韓恩的公寓有人監視，否則他怎麼會要她在盟軍瘋狂轟炸的時候去呢？這是芙蘭卡唯一的機會，可以完成任務，打敗害死漢斯、傅萊迪和她父親的惡人。

她花了好幾秒鐘在他的口袋裡翻找鑰匙。沒有人注意她。她離開他身邊，和其他人一起跑，強化水泥的防空洞就在馬路盡頭。天空滿是煙霧塵雲，防空警報還在響，周圍有好幾棟建築起火燃燒，死屍散落街道。突然一個名字映入眼簾——「克隆尼街」。整條街空蕩蕩的，沒有警察，沒有士兵，沒有蓋世太保，當然也沒有韓恩太太在等著前夫回家。這是個絕無僅有的機會。她停下腳步，呼吸很喘，鮮血濡濕了頭髮。兩百碼外的防空洞不會移動，不會離開，可以等等再去。

她跑進克隆尼街，一面抬頭查看屋子前面的門牌號碼。炸彈又開始落下，擊中她後面的好幾處地方。頃刻之前被炸成廢墟的建築殘骸，聳立在她身邊，冒著濃煙，隨時會倒塌在路面。任務。任務！她看見四一一號，四三三號，繼續往前。一枚炸彈落在她右邊，炸飛磚石玻璃，落在她面前的街道上。她蹲下來等了一會兒，確定沒有炸彈再落下，才繼續前行。她看見一區公寓建築，快步衝到還完好無缺的玻璃門前，掏出鑰匙。她試了第一把，不對，再試一把，鎖開了。門內是一道大理石樓梯。不遠處有部電梯，但搭電梯太危險了。她右手邊的信箱標明韓恩的公寓號碼，是2B。她爬上空無一人的樓梯，落在附近的炸彈震得整幢房子晃動不止。生死純粹靠運氣決定。她蹲在樓梯上，等待爆炸的聲音平息，才繼續往上跑。滿臉通紅，氣喘吁吁的她終於找到2B。她把鑰匙插進鎖孔，打開門。這時她猛然想起，他的前妻說不定還在屋裡，但沒有時間猶豫了。她跑進客廳，心裡一遍又一遍唸著他臨終時講的那句話。

「母親的照片。」她環顧房間說。每一張桌子都擺滿放在相框裡的黑白照片，牆上也掛著好幾張。哪一個是他母親？她注意到一扇關上的門，於是上前推開。裡面是臥房，床後的牆面掛了一張加框的照片，是個神情嚴肅，身穿傳統服飾的婦人。芙蘭卡取下照片，面朝下放在床墊上。外面傳來更多爆炸聲，但也開始聽見高射砲對著轟炸機射擊的聲音了。照片背面蓋有一張褐色的紙，和相框四邊齊平，離照片本身約一吋。芙蘭卡撕開這層紙，看見相框內側一角黏著一個黑色的小東西。這肯定就是微縮膠捲。芙蘭卡小心地剝下來，放進口袋裡。

跑下樓梯的時候，炸彈再度來襲。她等到爆炸聲平息，才繼續往下，衝出公寓大門，跑到滿目瘡痍的街上。幾分鐘之前對著她喊叫求救的男人已經嚥氣了。走過他身邊時，她很難不看他。她手插在口袋裡，一路上都緊抓著微縮膠捲不放。防空洞大門緊閉，她掄起拳頭猛敲，喊著要他們放她進去。門開了，氣喘如牛、渾身是塵土與血的她身體一軟，倒向裡面。好幾百個人轉頭看她，她手緊緊插在口袋裡，彷彿被鑄在鐵裡似的。

過了好幾個鐘頭，空襲終於停止了。醫務兵貼在她頭上的繃帶開始發癢。他要她放心，說傷口很淺，而且頭部的傷口看起來總是比實際的傷勢更嚴重。她不言不語，等他一講完，就對他微笑點頭。旁邊的一名男子要把外套給她，但她拒絕了，只問了她原本登記入住的那家旅館的方向，希望那裡還完好。她想到丟下炸彈的那些盟軍飛行員，很好奇他們知不知道自己做了什麼，他們知不知道炸彈殺了什麼人。防空洞裡有這麼多人可以指證他們，但他們會成為戰犯嗎？又或者，戰犯的定義是由勝利的一方所決定？她想，這場戰爭的戰犯是永遠不會被正義制裁的。站在勝利一方的人會被當成英雄而讚頌，他們的罪行會被當成是典範。世界各地的街道和火車站會以他們的名字命名，儘管他們的成就是靠戰爭期間的罪行所累積起來的。

眾人從防空洞出來的時候，天色已黑。芙蘭卡拖著慢吞吞的腳步，踏進市容已幡然改變的街頭。轟炸造成的火燄依舊在夜色裡燃燒。有人說這是斯圖嘉特最嚴重的一次空襲，屍體要花好幾天的工夫才能清理出來，喪生人數也要到那時才可以計算。斯圖嘉特的市民穿過漆黑的街道，宛如一條條鬼魂，跨過磚瓦石礫，以及運氣不如他們的死者屍體。呼嘯的警報聲已經靜止了，取而代之的是哭號，以及倖存者沉默的罪惡感。

12

自她出門之後，約翰大半的時間都坐在窗前。他想起潘妮洛普。她如今已屬於另一個人，有另一個人在等待她的信。他想像那個空軍軍官把信封舉到鼻子前面，嗅著她香水的甜美氣味，就像他以前一樣。自從接到她的最後一封信，他就很少再想起她。而那封最後的來信，當然也沒有灑香水。他回想起他們以前一起哈哈大笑的情景，回想起他有多麼以她為榮，他們又是如何纏綿床笫。他內心的痛苦已經漸漸淡去了，但很希望能再見她一面，親口告訴她說他有多抱歉，說她做了正確的決定。她的幸福曾經是天底下最重要的事，比他自己的幸福更重要。他希望她能在第二任丈夫的身上，重新找到她的幸福。他絕對不可能生她的氣，因為一切都是他的錯。他從未出軌，也從來沒想過要追求別人，可是他也沒有守護著她。他知道沒有所謂完美的道別。他們會再見到彼此，或許是在某個穿正式禮服的場合，隔著一屋子的人，遠遠望見對方。也或許他們可以交談，祝福彼此。他至少可以懷抱這樣的期待。

對芙蘭卡的念想似乎壓過了他心中的其他思緒。他想要從意識裡抹去她的存在，但徒勞無功。她一再回到他心頭。她的臉彷彿是銘刻在他心裡的刺青。他拚命壓抑對她的擔憂。他大可以把她當成是普通的線民，只在必要時刻發揮功用的線民。但清晨醒來，意識到她不在家，讓他感覺到小木屋的冰冷。整個屋子空蕩蕩的。他下床，拄著枴杖離開臥房，走進廚房。咖啡在爐子上，就在他之前放下的地方。除非他動手，否則什麼東西都不會有人動，這感覺好怪，也很不可思議，肯定是因為被困在這裡太久的緣故。沒錯，他已經很久沒見過像芙蘭卡這樣的女人。他對她有親近感是很自然的，因為她救了他的命，因為她勇敢、真誠，而且美麗。他無法克制這樣的情感，也情有可原。他不由自主地想起她臉龐的每一個細節弧度，他完全控制不了自己。

他吃乾果、不新鮮的麵包和果醬當早餐。吃完之後，走到起居室。他的書擺在壁爐旁邊的桌上。壁爐還沒生火。他想，柴薪大概還可以再撐三天，之後，芙蘭卡就必須再出門去砍柴。讓她一個人跋涉雪地，實在很怪，但她從無怨言。她一句怨言都沒有，不管對任何事情。他花了好幾分鐘才把壁爐的火生好，終於可以坐下來休息一下。他真希望能在小木屋裡多做點別的事，但他瘸著腿，只會幫倒忙。

他不是在利用她，因為她是自願的。有機會扭轉戰局，打倒摧毀她家庭、她所愛國家的這個政權，她非常樂意。那他為什麼會有罪惡感？他為什麼會覺得是他把她隻身一人送進虎口呢？他已經告訴她，韓恩這個人很難搞。約翰相信她應該可以搞得定，畢竟，她只需要和韓恩碰面就行了。

午餐時間到了，約翰還是窩在壁爐旁邊，擺在桌上的書碰也沒碰。屋外陽光燦爛，他聽得見雪水滴落的聲音，積雪融化的漫長過程就要開始了。他拉開蓋在胸前的毛毯，伸手打開收音機。英國國家廣播電台新聞播報員的皇家腔英語透過電波傳了出來。約翰見過許多英國人，但講話像這樣的並不多。播報員唸出一連串昨夜空襲的地點。聽到他提到斯圖嘉特，約翰的血液瞬間凍結。

「英國皇家空軍轟炸機昨天對德軍工業大本營斯圖嘉特展開大規模轟炸。消息指出，這是該城市自開戰以來遭遇的最嚴重空襲。」

比起對漢堡和科隆的密集轟炸，斯圖嘉特空襲的規模相對較小，但已被盟軍認為是重大勝利。傷亡人數究竟多少？他把她送進盟軍這頭猛獸的利爪之下！他滿腦子都是可怕的想法。播報員繼續播報下一則新聞，對猶在約翰耳中迴盪的字句不以為意。

「該死！戰爭還在進行啊，」他自言自語，「她明白這個風險的。」

他眼睛緊盯著玄關的咕咕鐘。一點鐘。一分鐘彷彿一個月那麼漫長，好不容易熬到五點。大門打開時，天已經黑了。起初他看不見芙蘭卡，因為她在玄關脫滑雪屐。他沒出聲叫她。芙蘭卡出現在玄關那頭，額頭貼了一大塊白繃帶。她放下袋子，慢慢走進來。

約翰鬆了一大口氣，但勉強壓抑，不表現出來。「你見到他了？」他問。

「我見到他了。」她走進廚房，幾秒鐘之後，端了杯水出來。「我和他在一起的時候，碰上空襲。整座城市都燒起來了。」

「你受傷了？」

她摸摸額頭的繃帶。「只是擦傷而已。我算運氣很好。死了好幾百人，甚至幾千人。韓恩死在街頭。」

「什麼？你確定？」

「我親眼看見的。他就在我面前嚥氣。」

她頭重得幾乎撐不住，跌坐在他對面的椅子裡。

約翰盡力集中思緒。韓恩死了，意味著他為納粹所做的研究也完了。但如果納粹還是設法繼續進行核子分裂的研究怎麼辦？少了韓恩的研究成果，美國科學家可能無法及時趕上納粹的研究進度。無法拿到韓恩的研究成果加以利用，約翰的上級長官絕對不會滿意的。過了好幾秒鐘，他才恢復鎮靜，再次開口。

「你沒受傷吧？」

她搖搖頭。

「怎麼回事？你們談了多久？」

「就只有幾秒鐘。結果他並不是什麼異議分子，只是貪圖利益。比起打倒納粹，他更在乎的是趕快完成科學突破。他並不在乎哪一方先完成，只是相信美國會給他經費和他所需要的設備。」

「我們是會給他沒錯。」約翰說，「我聽說空襲的事。你還活著，我真的鬆了一口氣。究竟怎麼回事？」

芙蘭卡把見到韓恩，一直到他死在街頭的經過，源源本本告訴約翰。

「那微縮膠捲呢？」約翰說。

「等我一分鐘。」芙蘭卡說。她走進臥室，一會兒之後，帶著一個小小的塑膠容器回來，表情嚴肅，半絲笑容都沒有。

他拄著枴杖，想要站起來。但她走向他，所以他又坐下。

「你拿到了。」

「他死了之後，我到他家去。」

他伸手要拿她手裡的這個小容器，但她緊握在掌心。

「這個計畫的內容，他告訴我了。」她說。

約翰往後靠在椅背上。壁爐的火光躍動著，映照在她線條柔和的臉上。

「我已經把我知道的一切都告訴你了。我只聽令行事，不問問題。」

「他正在研發一種可以摧毀整座城市的炸彈。韓恩正在研發的，是人類有史以來威力最強大的武器。」她緊握住微縮膠捲。

「我不知道他在研發炸彈，我只知道那是可以扭轉戰局的科技。我們得趕在納粹知道他們手中握有什麼之前，把這個微縮膠捲送回去給盟軍。要是他們搶先做出炸彈……你能想像他們會拿來做什麼嗎？他們絕對想也不想就馬上利用，到時候會有幾百萬名無辜民眾送命。」

「已經有好幾百萬無辜的民眾垂死掙扎了，我親眼看到。我親眼看到盟軍的轟炸機對德國人民造成的傷害。」

「這場戰爭是納粹發動的，」他看著她走向壁爐。「別這樣，芙蘭卡。」

「你像個小孩，爭辯是誰先動手打人的。這又不是小學生打架。每天都有成千上萬的人死掉。」

「你握在手裡的那個東西，可以讓我們提早結束這場殺戮。這個科技遲早會研發出來的。美國最出色的科學家日以繼夜在進行研究，你手裡的東西可以幫助他們早日研發出炸彈，結束這場莫名其妙的戰爭。」

「說不定也會多害死幾百萬人。」

「這不是我們所能決定的。」

「但我們確實是做決定的人。東西在我手上，要怎麼做，由我決定。」

「在倉促動手前，先好好想一想。毀掉這個微縮膠捲，並不能制止研究的進行。什麼都制止不了。」

「至少我不必對可能喪生的那幾百萬無辜民眾負責。」

「這是一場競賽，盟軍和納粹之間的競賽。萬一納粹先研發出炸彈怎麼辦？你覺得他們會考慮再三？不用在倫敦、莫斯科或巴黎嗎？」

「那誰能保證盟軍不用？我親眼看到他們是怎麼傷害德國人的。」

「這炸彈遲早都會研發出來的，我們無法選擇。我們能選擇的是，要幫誰贏得這場競賽。你想幫誰贏——盟軍或納粹？」

她張開手掌，把微縮膠捲交給約翰。

「我懂你心裡的感受。」

「怎麼可能？你怎麼有辦法瞭解我心裡的感受？」

「我知道這或許不是三言兩語能說清楚的，但我們並不是做最後決定的人。我們應該相信我們的信念。你這樣做是對的。」

「協助創造出人類有史以來殺傷力最強的炸彈？不好意思，我看不出來這有什麼道理。」

「是很諷刺沒錯，我承認。但是盟軍一旦有了這麼強大的武器，納粹就會知道自己贏不了這場戰爭。」

「你以為納粹會因為有大批德國人民可能遇害，就屈膝投降？納粹對本國國民重視的程度，和你們掏出的耳屎差不多。打從一開始，人民就只是他們達成自身目的的工具而已。威脅人民的生命，並不會讓他們終止行動，除非摧毀納粹，否則誰也制止不了他們。」

約翰把微縮膠捲的外盒擺在身旁的桌子上，端起咖啡。雖然咖啡早已涼掉，但他還是喝了一小口。

「謝謝你的幫忙，」最後他說，「不只謝謝你協助這項任務，也謝謝你救了我。」

「你接下來要怎麼做？」

「我必須越過邊界，把微縮膠捲送到瑞士。」

他低頭看著自己的兩條腿。打上石膏，伸直在面前的兩條腿。

「你的腿傷恢復得很好。再過兩個星期左右，就可以取下石膏了。」

「沒辦法更快？」

「如果你想讓腿恢復完好，那就需要這麼長的時間。我是護士，不是魔術師。」

「我可不這麼認為，芙蘭卡，你是創造奇蹟的人。」

「阿諛諂媚？你只會這招？」她說完就走開。

芙蘭卡沒能如願泡個熱水澡，但設法在浴盆裡裝進水深三吋的溫水，仍然讓她覺得是莫大享受。人坐在浴盆裡，斯圖嘉特街頭那一具具燃燒的屍體仍在她腦海裡盤旋。約翰還需要兩三個星期療傷，然後就會離開了。他讓她知道，她並非一無用處，她仍然可以做出貢獻，改變別人的生活。但現在有哪家醫院肯僱用她？她是背叛德意志的人，曾經因為煽動叛亂而坐牢。看來她在德國沒有太大的生存空間。她的積蓄大概還可以撐上一年，但之後呢？要是她沒辦法找到工作怎麼辦？她在慕尼黑有舅舅阿姨，表兄弟姊妹則住在全德各地。他們肯接納她嗎？納粹給她貼上叛徒的標籤，他們是不是也會視她如叛徒？大部分的親戚，她已經很多年沒和他們見面了，媽媽娘家的那些表親，現在更無異陌生人。對她來說，只求眼前的生存並不夠。

戰爭很快就會結束，一切都會改變。只要活得比希特勒和納粹政權更長，她就算勝利了。這也會是其他幾千萬人的勝利。她渴望見到漢斯和蘇菲所倡議的理想再度成為德國的道德規範，如此一來，他們在德國人民心中的形象便可由叛國賊逆轉為英雄，而她也可以得到寬恕。活著看到那一天的到來——無論要等多久——對她來說才算足夠。

她心頭再次浮現約翰的影像。說來荒謬，但他確實是她此生最近似真正伴侶的人。她從未向任何人坦露這麼多心事。他很快就要離去。她想著美國。像約翰這樣，相信自己的國家，而且還能保有人性，真好。他效忠的是祖國的人民，而不是某個號稱為人民服務的政權。她認識的那些「愛國人士」已經被悖離正道的理念所扭曲、腐化了。對納粹政權宣誓效忠簡直令人髮指，更完全違反生而為人所應捍衛的一切理念。真正愛國的人應該對政府和政府每一個行為背後的動機，保持適度的懷疑。真正愛國的人，不應該被納粹慷慨激昂的論述所煽惑，而應該時刻不忘自己是什麼樣的人。就像漢斯和蘇菲一樣。就像她父親一樣。真正愛國的人或許應該敞開胸懷，迎接即將帶著武器踏進他們國境之內的傳道人。

❖ ❖ ❖

牆上的月曆標示今天的日期：一九四四年一月二十二日。丹尼・貝克爾伏首辦公桌上。最近這段時間，他耗在辦公桌前的時間越來越多。他的工作主要是翻閱報告，查核消息來源，調查鄰居與失和朋友之間的齟齬。告發鄰居有可能讓鄰居遭逮捕，甚至入獄，所以被惹毛的人發現自己有了新的權力，可以報復他們所討厭的人。很多人被鄰居舉報為國家公敵，往往只因為佔用了鄰家的部分土地，或偷了鄰人的報紙。一個星期之前，他處理過一個案子，吃醋的丈夫舉報他家隔壁的帥氣男子。特勤人員刑求這個男子，什麼嚴酷的招式都用上了，最後這人招認他給舉報的那人戴綠帽。特勤人員放了他。刑求也是要講求技巧的。要是刑求過度，這人最後大概會招認他想暗殺元首。訣竅就在於找到平衡點。每個人，不論男女，都有極限點。審問經驗豐富的人知道什麼時候該繼續施壓，什麼時候該停止；什麼時候該用什麼方法，該如何克制。他們用鞭子痛打這個英俊的男子，但沒把他吊起來，更沒電擊他的生殖器。更為極端的案子才用得上這些手段，只不過這樣的案子近來更為常見。

高層下達的命令越來越嚴苛。貝克爾回想戰爭爆發之前的日子，那時情況容易得多。戰前，對於部分人民自由多元的想法，他們雖然不鼓勵也不接受，但還是容忍的。但如今，在德意志領土上，沒有這些理念存活的空間。高層越來越執著於搜捕自由主義者與所謂的「思想家」。很難相信他們所在的這個國家有這麼多敵人，而且還有更多藏身於民眾之中。但儘管不相信，事實就是如此。蓋世太保比以往更忙碌。傳統的做法，例如證據法則與正當程序，都早已為人遺忘。蓋世太保擁有絕對的權力，凌駕於民眾之上。而貝克爾對引發人民的恐懼樂此不疲，若非擁有這麼大的權力，那些人對他肯定是不屑一顧的。

貝克爾對自己的工作非常自豪，唯一的遺憾是和家人相處的時間太少。他時間永遠不夠用，沒辦法一面高效率完成工作，同時又和兒子多相處。辦公桌上有好幾張兒子的照片，裝在相框裡。犧牲家庭生活固然難受，但卻也是他能對國家付出的貢獻。他的人生奉獻給更宏遠的志業，他們總有一天會感謝他。他這一代人願意為下一代的福祉而努力，建立一個和平繁榮的德意志，難道不是他所能給予兒子的最佳禮物嗎？這是身為父親最大的責任，也是推動著他每日奮勇前進的動力。

貝克爾端起已經涼掉的咖啡，但又放下，因為想起他剛才把一根菸蒂丟進杯裡。他從口袋裡掏出香菸，用擺在辦公桌上的火柴點燃。菸灰缸已經滿了，所以他繼續用咖啡杯替代。桌上的檯燈劃破黑暗，照亮一疊疊文件，都是等待他撥出時間仔細翻閱的報告。屋外天色已暗，但溫度比前一陣子回升了。雪終於開始融化，大部分的道路也重新開通了。有人敲門，他喊那人進來。

進來的是亞敏．沃格，出身埃斯巴赫的蓋世太保探員。「丹尼，你還好嗎？」

「很忙，亞敏。我在想下一個應該先抓誰進來。是批評戰爭必輸無疑的餐廳服務生，還是暗中舉行彌撒的神父？」

「老問題啊。」

沃格在貝克爾對面坐下，也點起一根菸。貝克爾放下手中的報告，很慶幸有藉口可以休息一下。

「我有件事想告訴你。」

「什麼事？」

「我收到一份報告，你或許會有興趣。我記得你提到去年底曾經碰到一位老朋友，芙蘭卡．戈柏。」

「是啊，我年輕時候的女朋友。她怎麼啦？」

「幾天前從聖彼得鎮轉來一份報告，說芙蘭卡．戈柏在聖誕節前鬼鬼祟祟的。她替她的男朋友去找枴杖，說他滑雪摔斷了腿。」

「真的嗎？」貝克爾深吸一口菸。「她告訴我說，她聖誕節要回慕尼黑。」

「哈，她沒走。我的手下前幾天才在鎮上查驗過她的證件。看起來沒什麼大不了，但我想我應該告訴你。很可能沒事……」

「但懷疑是我們分內的工作。」

「沒錯。我應該早一點告訴你的，但我和你一樣，忙得焦頭爛額。」

「我瞭解，謝謝你。我知道她住在哪裡。既然路差不多都通了，我應該去拜訪一下她和她的男朋友。拜訪老朋友很正常，你說是吧？」

「絕對是。」

沃格站起來，敬個禮，貝克爾回禮。

沃格離開之後，貝克爾坐了半晌，才起身到地下室。他知道她的檔案在那裡，想也不想地就找到了。這份檔案拿在手裡很輕，她的人生就只總結成短短幾行摘要。他已經讀過太多遍，其實不需要再看。她說她就要離開了，但人卻還在這裡。她為什麼需要枴杖？他決定其他的案子可以等等再處理。

❖ ❖ ❖

這個一月的天氣異常暖和，凍住她車子的冰雪差不多就要融化了。她從外面拖著木柴回來時，約翰正努力練習走路。她踢掉鞋子上的雪濘才出聲喊他，讓他知道她回來了。幾秒鐘之後，他就出現了。

「再過幾天，我們就可以看看你的腳恢復得如何。你已經熬過最慘的階段了。」她說。

「多虧你。」他回答說，走到門外幫忙拖木柴進來。她拉著裝滿木柴的雪橇進屋。他想辦法幫她，但一如既往，她叫他坐下。她挑揀柴薪，把最乾的木柴擺進壁爐旁邊的籃子裡。她當初堅持他腿上的石膏必須打滿六週。今天是一月二十一日，再過四天就滿六週了。然後他就要離開，再也不會與她相見。她只不過是他人生中偶然交會、瞬即消失的另一張臉孔。他越過她，開始挑揀她還沒整理的第二堆木柴。橘色的火花劈啪響，黃昏近了。

「我走了之後，你打算怎麼辦，芙蘭卡？」

「我不確定。很可能去找份工作吧。」她繼續挑揀木柴。「護士向來都有需要的，特別是在戰時。」

「像你這樣有案底的護士？」

「我沒說找工作會很容易，但也有可能真的很缺——」

「你有沒有想過要離開？」

「離開哪裡？黑森林？我早就離開了，我住在慕尼黑。」

「不，不是黑森林，是德國。你想過要離開德國嗎？」

她戴著手套的手正抓著一根粗達兩吋的樹枝，這會兒放下來。「當然想過，但我能去哪裡？

除了德國之外，我對其他地方一無所知。就算我有想去的地方，又要怎麼去呢？」

「我再過幾天就得離開，你可以和我一起走。」

「去哪裡？費城？」

「我也希望是。我還要再過一段時間才回家，但我可以帶你越過瑞士邊界。你可以重新開始。像你這樣有一技之長的人，到哪裡都會有人需要的。你可以找到工作，而且很安全。」

「穿越瑞士邊境，可不是出示護照，然後蓋世太保的那些小子祝你假期愉快那樣輕鬆如意的事。邊界關閉了。誰也不敢保證我們能過得了關。」

「邊界的問題我很清楚，是很難沒錯，絕對是；但你留在這裡做什麼？」

「約翰，我一輩子都住在這裡。你怎麼會問我這個問題。這裡是我的家呀。」

他掙扎著站起來，跟著她走進廚房，一面低聲咒罵自己。她走到爐子前面，又開始挑揀她帶進來的另一堆木柴。他坐在餐椅上，離她蹲著的地方有段距離。

「你最起碼考慮一下吧。」

「我一無所有的到一個人生地不熟的國家，能做什麼？」

「你可以得到自由。你可以重新開始。」

「在瑞士？」

「如果你願意，甚至可以到美國。我可以幫你申請美國簽證。」

「戰爭還在進行，你如何能幫一個德國人弄到美國簽證？」

「我有幾位很有權勢的朋友。要是我父親搞不定，我老闆肯定可以。」

屋外的光線已消失，夜色一片漆黑。芙蘭卡站起來點亮油燈。

「你是我所見過最勇敢的人。你究竟在怕什麼？」

「我從來沒去過美國，而你是我唯一認識的美國人。」

「我得先警告你，不是每個美國人都像我這麼好喔。」

「美國人都這麼有自信嗎？你對越過邊界充滿信心，可是你明明連走路都還有困難。」

「我的腿好極了。你自己說我的腿傷癒合得很好。膠捲已經到手，我實在沒辦法枯坐在這裡耗時間。我必須把東西送到瑞士的領事館。我一定要想辦法做到。」

「你知道你這話聽起來有多荒謬嗎？你根本哪裡都去不了。你現在還沒辦法走路。」

他站起來。「我秀給你看看。我不只可以走路喔。來吧。」他把楞杖夾在腋下，對她伸出一隻手。

「你要幹嘛？」

「跟我來就對了。」

她脫掉手套，丟下，但沒拉他的手。約翰聳聳肩，作勢要她跟他一起到客廳。他走到收音機前，打開來，是英文播報的新聞節目。

「你要幹嘛？」

「等一下。」他說，開始轉動旋鈕，尋找頻道。「你真是急性子，」他轉到一個音樂頻道。

「我不只可以走路。」他笑起來。他抬起雙臂，枴杖喀啦掉在地上。「我有榮幸邀你共舞嗎，小姐？」

「你真是太胡鬧了，這樣很危險。」

她拉著他的手，意識到自己身上穿著陳舊的羊毛大衣。他把她拉近跟前，兩人的臉僅有幾吋的距離。他一手摟著她的腰，另一手拉著她的手。「我以前舞跳得可好呢。」他說。

他的腳前後移動，勉強保持平衡。他身體非常僵硬，她很懷疑，若不是摟著她，他是不是還能保持平衡。

「看得出來，」她笑著說，「你的動作太優雅了。」

「我是『斷了腳踝的野牛』。」

他比她大約高六吋。他倆臉上映照著火光，半晌沒說話。曲子結束，她抽身後退。

「我們跳一整夜的舞，如何？」

芙蘭卡聽見屋外有輛車開上山坡，內心開始崩潰。

「有車來了，」她輕聲說，「快躲進藏身的地方。」枴杖丟在地板上，芙蘭卡幫他撿起來，他一語未發地走進臥室。他關上房門，把枴杖擺在撬鬆的地板旁邊，拉開地板。汽車引擎熄火了，車頭燈熄滅，她聽見車門打開的聲音。約翰躲進地板下方的空間，背包在腳邊，裡面塞著他的德國空軍制服。他頓時置身黑暗之中。

敲門聲響起，芙蘭卡拖了幾秒鐘才去應門。約翰的咖啡杯擺在壁爐旁邊，還有他的書。除此之外，沒有他在屋裡的痕跡。他們向來很小心。他所有的東西都和他一起塞在地板下的空間。她深吸一口氣，走向大門。才開門，一股風就灌了進來。貝克爾隻身前來。

「希特勒萬歲！」貝克爾喊道，儘管圍巾裹住了他的下半張臉。

「希特勒萬歲！」她回答說。她發現自己手在發抖，於是插進口袋藏起來。

「你不打算邀我進屋嗎，芙蘭卡？」他解開圍巾說。

「當然要啦，貝克爾先生，請進。」

他穿過她身邊，腳先在門墊上摩擦幾下，才脫掉黑色的軍裝大衣。他理所當然的把大衣交給她，雖然他明明看見大衣掛鉤就在他面前不遠處。他穿著蓋世太保的全套制服，包括捍衛德意志傑出貢獻的所有勳章。她幫他掛好大衣。他已經走進客廳，四處張望這個老地方。她匆匆跟了進去。

「太不可思議了，」他搖搖頭說，「已經多久了，八年？這地方一點都沒變，只是牆上的照片不見了。」

「應該有八年了。」

「好多回憶。」他摘下黑色帽子。

「是啊，沒錯。」她勉強擠出這句話。

「你不打算請我喝杯咖啡？」

「當然要，我實在太失禮了。」

他跟著她走向廚房，站在門邊。

「聽說你還在這裡，我很意外。你讓我相信你在聖誕節前就要回慕尼黑。」

芙蘭卡把燒水壺擺在爐子上，轉身在櫃子上拿了個馬克杯。

「是啊，我改變計畫了。積雪太深，我的車開不出去，所以我決定再多待幾個星期。」

「我看你那輛車已經開得動了，而且幾天前路就已經通了。」

她轉身面對他，幾乎可以感覺到他凌厲的眼神穿透她。

「是啊，這是離開的好時機。我只是有點懶，我想。」

約翰屏住呼吸，手貼在胸口，希望能讓心臟別再怦怦狂跳。廚房裡傳來的是講話的聲音，但他只能勉強聽見幾個字，很難知道他們是在談什麼。他手伸到背包裡找手槍。金屬的冰冷讓他知道自己找到了。

「一個人待在山上，一定很孤單。」貝克爾說，「你向來很外向的。」

「我父親過世之後，我需要一點時間獨處。小木屋是隱居的好地方。」

「確實是，」他點頭說，盯著芙蘭卡看了好一會兒，等她把沸水倒進兩個馬克杯裡。熱氣在冰冷的空氣裡蒸騰如霧。「謝謝你，芙蘭卡，」她把馬克杯遞給他時他說，「可以到起居室嗎？我們有好多事要聊聊。」

「當然可以。」她說。勉強擠出的微笑幾乎讓她臉頰疼痛。

他領頭回到起居室，逕自坐在約翰之前坐的那張壁爐旁邊的椅子上。約翰那本《西線無戰事》封面朝下，擺在貝克爾旁邊的桌上。光是家裡有這本書，就夠她在牢裡被關上好幾天了。貝克爾啜了口咖啡，把杯子擺在這本老舊的平裝書旁。芙蘭卡坐在他對面，眼睛努力不看那本書。貝克爾往後靠在搖椅的椅背上，雙手交疊擱在肚子前面，帽子擺在大腿上。

「嗯，這裡有好多回憶。我們在這裡度過很美好的時光，對吧？」

芙蘭卡點點頭，彷彿有條無形的鐵絲拉住她的腦袋。

「我們那個時候好年輕，」他繼續說，「感覺好不真實。有人說年輕人揮霍青春，但我不這麼覺得。你說呢？」

「年輕時做的一些愚蠢決定，現在想起來確實很後悔。我想我瞭解為什麼有人會這樣說。」

「可是我已經不再同意這麼感情用事的說法。我的意思是，年輕人總是會做蠢事沒錯，但做我這樣的工作，慢慢就會瞭解，做蠢事的並不一定是年輕人。我每天都會碰到。上個星期，我偵訊一個四十幾歲的男人，是五個小孩的父親，他喝醉酒，對著周圍的人咆哮，說除非每一個人都死了，否則元首是不會停止行動的。他罵元首是騙子，是惡棍，甚至是殺人凶手。你敢相信竟然有這種人嗎？」

「很難想像，怎麼會有這種想法。」

「還好有很多人願意做該做的事。有十個目擊證人出面指證。知道有這麼多忠誠的德國人願意挺身而出，知道我們之中的好人遠遠多過壞人，讓我覺得很安心。」他又喝了一口咖啡，把帽子擺在原本放馬克杯的桌上。「我的一個年輕手下用兩根金屬棒夾斷那人的手指，拔掉他的指甲。那人很快就招認了，我想我這個手下之所以用這麼嚴酷的手段，主要為了報復他對元首的不敬。我們把這樣的事情當成個人恩怨。」

芙蘭卡的手用力壓著大腿，想止住顫抖。「這是很重要的。」

「非常重要。我們是德意志與國家公敵之間唯一的屏障。我們國家之內的戰爭，早在和盟軍開戰之前就已經開始，而且我們一天天朝勝利邁進。」

芙蘭卡想接話，但嘴唇卻動不了。她說不出話來。

「嗯，我們已經變得很不一樣了，你和我，對吧？」他問。

「是嗎？」

「噢，我想是的。我們以前很像的。」

我認得邪惡的面目。你擁抱邪惡，你把自己變成了邪惡本身。

「如今，很多人會說你已經變成我努力想從德意志徹底消滅的那種惡疾。有人或許會說你代表了我們社會最惡劣的一面。」

芙蘭卡拚命壓抑籠罩全身的恐懼。這人擁有絕對的權力可以對付她。他可以把她從小木屋拖出去，丟進大牢裡，而且沒有人會知道。他可以一時興起就殺了她，沒有人敢質疑他的動機。沒有任何司法程序，沒有任何更高的權力可以介入。國家社會主義黨把丹尼．貝克爾變成神，他可以隨心所欲執行他的權力。

「我以為德意志還有我這種人可以容身的地方，我已經服完刑——」

「我的意思並不是這樣，芙蘭卡。」他兀自笑起來。「噢，你向來就是個傻氣的女孩。你這麼容易被誘騙，我也不意外。」

「我很迷惘。在我弟弟死了之後，我很難分得清什麼是對，什麼是錯。」

「是啊，我聽說那件事了。」他盯著壁爐裡的火說。他的目光轉回她身上時，眼睛裡有著火光躍動。「很不幸，但卻是必要的。」

「必要？」她真實的情感如利刃刺痛五臟六腑。提到傅萊迪，就彷彿在她內心的怒火上澆了一桶油。她竭力忍耐，不讓怒火爆炸。

「當然，」他說，「元首本人親自指出，讓無法痊癒、肢體殘障或心智不足的病人終結痛苦，是最慈悲的行為。我們英勇的戰士為國家前途在前線作戰，從他們口中搶走糧食的無用米蟲應該被滅絕。這是普通常識，是種族優生學最關鍵的一部分。唯有這樣做，我們的國家才能在世界列強中佔有一席之地。」

「失陪一下，貝克爾先生。」她說，站起來走進浴室。她背貼著關起的門，渾身發抖，落下淚來。她必須要撐過去，現在不再只是她一個人的問題。她疑神疑鬼地想起在斯圖嘉特請她抽菸的那名男子。難道貝克爾知道微縮膠捲的事？會有更多蓋世太保的人來嗎？貝克爾是在逮捕她之前逗弄她嗎？

不，他不可能知道。他什麼也不知道。你得靠自己去搞定這件事。

芙蘭卡拿起毛巾，擦掉眼淚。她照照鏡子，恨意會蒙蔽了她的判斷力，她努力把仇恨擱在一旁。回到起居室時，他還是坐在壁爐旁邊。她回到他對面的椅子上，他的眼睛盯著她看。

「我怎麼有幸蒙你大駕光臨，貝克爾先生？特別是在這麼晚的時間。」

「保衛德意志的工作是一天二十四小時不休息的。就算是深夜，暴亂也不睡覺的。還有，拜託，請叫我丹尼。我們都認識這麼久了。過去的一切永遠都是我們人生的一部分。」

她覺得彷彿有隻蟑螂在她皮膚底下爬行似的。

「好吧，丹尼。在這寒冬深夜，有什麼可以效勞的？」

「我今天不是來聊天的，雖然我很希望有時間可以和你聚聚。你自己一個人在這裡嗎，芙蘭卡？」

「當然啦。嗯，除了你以外。但沒錯，我是自己一個人。」

「你住在這裡的這段時間，都是自己一個人？」

「是的。」

貝克爾端起馬克杯，又喝了一口。

「那麼，枴杖是給誰用的？」

芙蘭卡渾身繃緊。「噢，」她想辦法擠出微笑。「枴杖是給我男朋友用的。他來待了幾天，但已經離開了。我應該提起他的。我這腦袋真是不中用。」

「你老是說自己笨，實在是太有意思了。我得說，我的感覺恰恰相反。我和你很熟，也向來覺得你是最聰明，意志最堅定的人。絕對不笨，也不會輕易被人牽著鼻子走。」他放下咖啡杯。「你這位男朋友是誰？」

「他叫韋納．葛拉夫，從柏林來的。他是德國空軍的飛行員。」

要是他找到約翰，他的這個掩護身分還瞞得過嗎？不，他找不到約翰，因為約翰躲在地板底下。她不能洩露任何資訊。說謊是她唯一的機會，但這人受過嚴格訓練，專門拆穿謊言，她相信他會看穿她。

「空軍飛行員，呃？」他說，「這讓我很意外啊，我們英勇的飛行員竟然會自貶身分，和你這樣的賤貨在一起。」

「他……他幾天前離開了。」她說。

「你給他看了你漂亮的小屁股了，對吧？你騙他，讓他以為你是個效忠國家的好女人，而不是背叛國家的賤貨？」

他拿起擺在身邊桌上的小說。

「好啊，你看看。這個賤貨竟然在看禁書。你知道嗎，光是這樣，我就可以逮捕你了？」

「這只是一本舊書，丹尼。我只是拿出來看看。對不起……」她在椅子裡縮起身體，看著門口。她知道自己沒辦法及時衝出大門。

「你之前騙了我。現在我又怎麼相信你說的話呢？」

「我不想提起他，因為我們以前的關係。我不想讓我們的對話變得尷尬。」

「我是蓋世太保的探員，你以為我會讓私人感情影響調查？」

「當然不會，可是——」

「我不得不說，我對你很失望，芙蘭卡。但是我老早就對你失望了，早在你背棄元首的箴言，去擁抱所謂的自由思想時就失望了。」

「我經常想起你，丹尼。我們只是不適合彼此。」

「因為你比我優秀？好啊，現在誰比較強？你知道欺騙我的人會有什麼下場嗎？你知道我現在可以怎麼對付你嗎？」

「我當然知道，丹尼。但我已經坐完牢，學到教訓了。你有你太太和小孩的照片嗎？我很想看看。」

他站起來，聳立在她面前。「你好大的膽子，竟敢提起他們，你這個可惡的賤貨！你這張骯髒的嘴巴竟敢提到他們！」

芙蘭卡站起來，往後退開，驚恐不已。「丹尼，拜託……」

「這裡只有我和你，方圓幾哩之內沒有別人。」他步步逼近，她步步後退，但她背後兩呎就是牆壁，她無處可逃。

「你聽聽自己心裡的聲音。你是個好人，非常好的父親，盡忠報國，也全心照顧兒子。我只是個德國女人，別這樣。」

「你是個沒用的爛貨，活在這世界上就只有一個用處。不過呢，你身材還真不賴，我念念不忘這滋味啊。」

小木屋的牆壁似乎從四面八方壓縮逼近，她眼前越來越暗。她父親的槍在大門旁邊的櫃子裡，但感覺上像遠在幾哩之外。他衝上前時，芙蘭卡放聲大叫。他抓住她的雙臂，手指掐進她的二頭肌，就像猛禽的爪子抓住獵物一樣。

「嗯，你可以當我的情婦。也許我可以讓你住在這裡，每隔幾天來看你一次。再不然，我就帶你下山，關在地牢裡，誰想上你都可以上。我讓你自己做決定。」

他欺近她，她轉開頭，他的舌頭舔著她的臉頰時，她簡直要吐了。她想用膝蓋頂開他，也拚命想甩開他貼近的大腿。

「你先殺了我吧。」

「這倒是不難安排。」

她推開他，跑向房間另一頭，但他抓住她的雙臂，把她拖向臥房，一九四三年那個溫暖的夏季，她爸媽睡的臥房。她拚命掙扎，拳打腳踢，指甲劃破了他的臉頰。他猛力撞開房門，把她丟到床上，門在他背後砰一聲甩上。

「嗯，很好，你掙扎，這樣更好。」

他把她壓在床上，撕開她的衣服，露出內衣。她放聲尖叫，手指又往他臉上抓，他狠打她一巴掌。她頭暈目眩地躺在他面前，他忙著解開皮帶。臥房房門突然被撞開，約翰衝了進來，一手拿楞杖，一手拿著亮光閃閃的手槍。貝克爾轉身，抓起自己的手槍，但約翰已經一拳打過來，擊中他左眼上方。楞杖落地。貝克爾正要往前衝，槍聲響了，子彈射穿後牆。約翰靠在門框上，貝克爾展開攻擊，踢他腿上的石膏，想辦法扯開他的手。約翰往後倒，穿過敞開的門，倒向起居室。他的槍掉在地板上，貝克爾連忙抽出插在腰間的手槍。芙蘭卡跳到貝克爾背上，用身體的重量把他壓倒在地板上。約翰伸手掐住這個蓋世太保探員的脖子，拇指用力戳進他的氣管，貝克爾奮力滾開來。約翰再度衝向他，但貝克爾動作敏捷，馬上站起來，再次伸手拔槍。

「所以這就是你的男朋友嘍，是不是，芙蘭卡？」他解開槍帶，哈哈大笑。

約翰爬向落在三呎之外的手槍，但貝克爾的槍已經瞄準他了。貝克爾手指扣在扳機上，張開嘴巴，正準備要說話。

就在這時，貝克爾的胸口炸裂開來。他轉身，手裡的槍掉下來，臉上盡是痛苦迷惘的表情。芙蘭卡站在他背後，手上握著她父親的槍，槍口還冒著煙。

「他不是我的男朋友，丹尼。他是盟軍的間諜。你說的沒錯，我一直都很清楚自己在做什麼。」

「你這個臭……」他還來不及講完這句話，芙蘭卡就再次扣下扳機。子彈正中胸口，就在他那排獎章下方。他屈膝跪下，接著往後倒在地板上。

「你這個人渣，」芙蘭卡哭著說，「你這個可惡至極的人渣。」

貝克爾的血在起居室地板上蔓延開來，暈染成一圈近乎正圓形的深紅色。他眼睛並未閉上，直勾勾瞪著天花板。

「芙蘭卡？你還好嗎？有沒有受傷？」

約翰站起來，扶著牆走到她身邊。她一動也沒動，手裡的槍還指著剛才貝克爾站著的地方。

約翰把槍從她手中拿走，放下來，然後摟她入懷。

「蓋世太保會來找我們。」她雙臂抱著他說，「他們會知道你在這裡，我們永遠不可能活著逃出德國。你永遠也沒辦法把膠捲送回去給盟軍。」

「他們得先逮到我們才行。」

她頭靠在他身上，淚水又潸潸流下。「你冒著搞砸任務的風險來救我，為什麼要這樣做？」

「沒有什麼任務重要到可以讓我袖手旁觀。」他說，「再發生一千遍，我也還是會這麼做。我絕對不會讓任何人傷害你。」

13

芙蘭卡看著躺在起居室地板上這具鮮血淋漓的屍體。手臂上的納粹臂章已經被血浸濕，制服撕裂，滿是鮮血，皮帶扣解開。她恨不得再射他一槍。

約翰拿起地板上的枴杖，一手攬著她的肩膀，帶她走進廚房。她渾身發抖，他扶她坐下，手摸著她的臉。她貼著他的手，伸手疊在他的手上。

「謝謝你。」她輕聲說。

「不，是你先救了我。而且，我沒能早一點趕到，很抱歉。」約翰深吸一口氣。「不過，你說的沒錯。他們會來找他。我們必須離開這裡，今晚就走。」

「我們？」

「我不會丟下你的。而且，沒有你，我也做不到。我需要你。這個任務需要你。」

「你的腿怎麼辦？」

「我要你先幫我拆掉石膏。我的腿已經恢復了，剛才和那個禽獸拚命的時候，完全感覺不到痛。」

「他們要找的人是我。你最好自己一個人走，他們不知道你在這裡。」

「我欠你一條命。你一定要和我一起走。你不走，我也不走。我寧可死，也不會丟下你。」

芙蘭卡拉開他貼在她臉上的手。「你應該開我的車走。你的證件沒問題。到邊界之後，你可以想辦法溜過去。」

「別說了。聽我說，你不和我走，我是不會離開的。如果有必要，我甚至會把你扛起來，不管你怎麼尖叫、踢腿都沒用。我們必須一起走。」

「好吧，」她點頭。「我們一起走。」

「很好，我需要你。」

「我也需要你。」

「那就說定了。首先，我們要拆石膏。然後，我們要打包我們旅途上所需要的東西。他們會在公路上找我們，所以我們必須走穿過森林的小路。這是我們唯一的機會。」

「在冬天？」

「我們別無選擇。我們有時間的優勢，至少。現在快九點了。我猜，我們躺在地上的這位朋友，通常大概不會不告訴老婆一聲，就徹夜不歸。所以差不多再過十二個鐘頭，他們就知道他失蹤了。而且他一定曾經對某人提過，他要到這裡來。我們得把這個地方清理乾淨，藏好他的屍體，這樣一來，等他們搞清楚出了什麼事，我們早就遠走高飛了。瑞士邊境距這裡大約五十哩。要是我們徹夜開車走小路，天亮的時候可以到那裡嗎？」

「大概可以到半路吧。小路晚上有點難開。」

「我們沒什麼選擇。走路太遠了。我們得試試，能開多遠算多遠。這裡地形險峻，徒步走一天，大概只能走個十哩。」約翰拉起她的手。「這一路肯定會非常困難，芙蘭卡，但我們可以一起做到。」

「我知道我們可以先到哪裡，一個可以暫時停歇的地方。」

「芙蘭卡，我們不能相信任何人……」

「我叔公赫曼住在一個叫布紹的小村子，從這裡往南約二十哩，就在這裡和瑞士中間。」

約翰搖搖頭。

「聽我說，」芙蘭卡說，「他快八十歲了，幾乎從來不出門。我好幾年沒見到他了，但他也討厭納粹。他兩個兒子都在上次的戰爭裡喪生。我們需要一個可以休息幾個鐘頭的地方。我們不可能開一整夜的車，然後天一亮就開始步行。你這雙腿不行。」

「我考慮一下。」

「我們可以走偏僻的小路，車子開得過去的步道。天亮就可以抵達叔公家，睡一下。」

「那你要怎麼告訴他？」

「說我健行的時候迷路了，我需要個地方休息幾個鐘頭。他不會問任何問題的。」

「要是他問了呢？」

「我先和他談談，要是他起疑，我們就離開。」

芙蘭卡走進客房，地板上的那個洞口還有幾根木條。約翰剛才就是從這裡爬出來的。她幫他撿起另一根枴杖，他則繞過貝克爾的屍體旁邊往回走。芙蘭卡默默動手，知道每一分每一秒都極其關鍵。她剪開他腿上的石膏，用剪刀拉起，露出底下乾癟泛白的皮膚。和身體的其他部位比起來，他的腿看起來比較細，肌肉也比較無力。他站了起來。

「和以前一樣健壯。」他說，但她不太相信。他的腿還需要一個星期才能完全癒合，但時間如水，從她指縫流失。剛取下石膏，重獲行動自由時，約翰像孩子般快活。但一看見躺在地板正中央的貝克爾，他頓時回到當下。

約翰走進臥室，從地板底下抓起他的背包。背包裡有毯子、小刀、火柴、指南針，以及非常充足的彈藥。他的德軍制服擺在洞底，他摺好，收進背包深處。拉鍊暗袋裡有幾張摺起來的紙，是他的另一個德國身分：一名四處打工的工人。約翰把文件塞進口袋，但希望自己永遠不會用得到。

「文件？」芙蘭卡說。

「我不會用到的。但我想，最好還是把我來過這裡的痕跡都抹除乾淨比較好。」

「我們要拿貝克爾怎麼辦？」

提到躺在地板正中央這具屍體的名字，感覺好怪。很難想像這人曾經是她的男朋友，曾經是陽剛帥氣的希特勒青年團領袖，只要一走過就能贏得所有女生的注目。

「我們得想辦法把他的屍體藏得好一點。」

「藏在外面？你想把他埋起來？外面的地應該都還結凍。」

「我們沒時間挖洞。我們必須盡快離開。幫我一起抬他。」

約翰領頭回到起居室。

「我們把他藏在地板底下。他的屍體會讓小木屋發臭，但那個時候我們早就走遠了。」約翰看著芙蘭卡，知道自己不該這麼說的。「我們眼前只有這個地方可以迅速把他藏起來。要是他們只匆匆搜查小木屋，很可能不會發現他。我們需要幾天的時間。藏起他的屍體，可以為我們爭取時間。」

芙蘭卡努力不去看貝克爾張著的眼睛，但那雙眼睛彷彿盯牢她，不放過她的一舉一動，隨著她在屋裡轉動。

她抓起貝克爾的腳時，還感覺得到他的體溫。約翰抓起他的頭。芙蘭卡看得出來，抬起貝克爾，約翰很費力，但他盡量不皺眉頭。血流到地板上，一路滴到臥室。地洞敞著等待他，他們把他丟進洞裡。她拿起貝克爾的大衣，也丟進洞裡，蓋在他屍體上。她一點都不難過，甚至也不為他的妻兒難過。沒有他，他們會過得更好。她差點就要對著他的屍體吐口水。他死了，她如釋重負。知道他再也無法傷害任何人，她覺得很安慰。

約翰要她幫忙，把地板木條擺回原位之後，他們再次把床推到房間中央，蓋住這個洞。芙蘭卡到廚房弄了一桶肥皂水，兩人花了二十分鐘刷洗地板，終於把血跡清理乾淨，謀殺現場再也不復見。沒有人在乎她是不是自衛。芙蘭卡．戈柏馬上就會被判定是頭號人民公敵，蓋世太保也將立即放出獵犬搜捕。瑞士邊界是他們唯一的逃生之路。

清理房間的時候，他們沒怎麼交談。工作結束之後，約翰帶她到廚房，要她在餐桌旁坐下。

「我們也得想辦法處理他的車。我們有地方可以藏那輛車嗎？附近有沒有什麼小路或樹林可以丟棄車子，在我們離開之前不被發現的地方？」

「是有好幾個這樣的地方。」

約翰把貝克爾的鑰匙丟在桌上。「你開他的車，我開你的車跟在後面。」

他們穿上外套，走到屋外。芙蘭卡拉起圍巾遮住臉。就算他們能在叔公家休息一下，他們也至少還有一個晚上要睡在戶外。一個多星期沒下雪了，白天氣溫開始回升，但夜裡還是冷得要命。芙蘭卡呼出的氣在面前變成白霧，她仰頭看著鑲在天空上的星星。

約翰在貝克爾的車子裡搜尋一番。「謝謝你，貝克爾先生。」他說，「這是什麼呀？」

「一頂帳篷。不大，但可以讓我們躲雨。還有一個醫藥箱。這我們用得著。我們很快就派得上用場。」

芙蘭卡把帳篷和醫藥箱放進她車子的行李廂，然後把車開離小木屋。車頭燈發出白色的光，但只能勉強照亮前方，隱隱約約看得出來小徑和周圍林木的輪廓。約翰本來建議不開車燈，但後來不再堅持，想必是知道在黑暗中摸索前進，無異自殺。在這麼深沉的夜色裡，根本分不清這裡那裡。小路上的雪雖然都清理乾淨了，但主要是供雪橇和雪屐走的。開往她從童年就知道的那個藏車地點時，她的時速始終不敢高於二十哩。

五分鐘之後，她到了記憶裡的那個地點，一條死路，還有幢始終沒蓋成的房子。她停在小路盡頭，要約翰再往前開幾百碼，然後她跟在他後面，用樹枝落葉把車蓋起來。他們是不是把貝克爾這輛賓士藏匿得很好，實在很難說，因為夜色讓什麼東西都看不清楚。但他們時間不多，只能這樣做。這裡距離小木屋有一哩遠，比較靠近村子，但杳無人跡。至少在冬天沒有人會來。

「我們可以回去把屍體載到這裡來嗎？」

「太晚了。我們已經浪費太多時間了。」

「把他藏在小木屋的地板底下，比藏在我們車子的行李廂好，對吧？小木屋很偏僻。」

「我們只能這麼希望。」

他們回到小木屋時，已經快十一點了。她舉著油燈查看地板，看有沒有遺漏的血跡。約翰在廚房，地圖攤在餐桌上。她進到廚房，在餐桌旁坐下。

「你對這裡以南的區域熟不熟？」

「不太熟。我十幾歲的時候常到那邊健行，但是從來沒在夜裡，更沒有在冬天去過。那裡山坡很多，有些地方的森林也很濃密。」

「這樣更好藏身。」約翰說，手指往下劃過地圖直到瑞士邊界。在地圖上只有幾吋的距離，但穿過森林到最近的關卡大約有四十五哩。「邊境區從國界向各個方向延伸五十哩，森林是我們最可行的機會。邊境的公路和鐵路有太多巡邏隊，我們躲不了的。」

「那邊界關卡呢？」

「抵達邊界確實很困難，但我們的麻煩從那裡才開始。納粹在國界上設了好幾十個情報站，監聽邊境的動靜，隔不到五哩就有一個。情報站之間還派有衛兵和狗巡邏。那附近的道路和村莊都有很多駐軍，而在瑞士邊界上，每隔兩百碼就設有哨站，衛兵獲有授權，白天有人想闖關就拿下，夜裡則格殺勿論。」

「所以你才會打算帶韓恩從慕尼黑南部翻山越嶺到瑞士。」

「是啊，從那裡走比較簡單。但是我們現在沒辦法走那條路。」

「我們不能到那裡去，因為我是被通緝的殺人犯。」

「沒錯。我們當然可以試試看能不能在他的屍體被發現之前就抵達那裡，可是我們也必須假設他曾經告訴別人，說他要到這裡來。他們很可能明天就會來找你去審問。我們不可能趕得及的。森林是我們唯一的機會。」

「那我們抵達邊界之後又要怎麼做？」

「我們吉星高照，偷偷溜過去，然後就自由了。」

「吉星高照？這就是我們的計畫？」

「這不是我們的計畫。但我們確實需要一點運氣，才能過得了關。」

「可是我們有打算要闖關的確切地點嗎？」

「有的，在伊茲林根附近，但我們還是先想辦法讓自己活著抵達那裡吧。」

「不，約翰，」她說，對他伸出手。「要是我們分開行動，你越過邊界的可能性應該會比較高。你可以搭火車到邊境。你有證明文件——」

他甩開她的手。「好了，別再說了。能帶多少食物就盡量帶。先帶輕的——麵包和乳酪。能帶多少就帶多少。然後，我們再帶罐頭，還有水和開罐器。我有火柴、打火石，我也要帶上兩把刀。我有睡袋，但你至少要再帶兩條毛毯。穿上最保暖的外套和帽子。手槍所有的備用彈藥全帶上，以及你手邊所有的現金。要是我們運氣夠好，說不定可以賄賂衛兵，讓他放我們過去。我們的車子有多少汽油？」

「半個油箱，大概。」

「那應該夠了。我們要想辦法避開主要的公路，開到最接近邊界的地方。慣常通行的道路會有很多衛兵，就算晚上也一樣。我們必須用盡一切方法，避免被攔下，特別是在他們發現貝克爾失蹤之後。別帶盥洗用品或換洗衣物，那只會增加我們行李的重量。只帶必要的東西，先從食物和水著手。」約翰摺好地圖，站起來。「我們辦得到的，」他伸出手，她握住。「我們沒有時間可以浪費了。我們十五分鐘之內出發，好嗎？」

「好。」

約翰覺得雙腿無力。他早就知道會這樣。要是非跑不可的時候，究竟跑不跑得動，他實在很懷疑。更別說要跑過積雪的森林了。他向來覺得自己的身體很可靠，不論是球賽時投籃，或基礎訓練時攀牆，都表現極佳。他只希望現在，在最需要體力的此刻，身體不會讓他失望。因為有另一個人的生死繫之於他，而任務能否完成也完全靠他。他走進臥室，坐在床上沉思，知道接下來好一段時間，他都無法像過去這段時間一樣舒心自在了。他把微縮膠捲塞進背包的暗袋，再次拉起拉鍊。兩把手槍都完好，他塞了一把到大衣口袋，另一把放進背包。約翰站起來，準備就緒。他最後一次環顧房間，又低頭看看地板，想起被他們塞在下面的那名蓋世太保軍官逐漸腐壞的屍體。房間看起來很乾淨，如果只是匆匆搜查，完全看不出來曾經發生過什麼事。他拿走油燈，讓房間留在黑暗裡。

芙蘭卡已經把較輕的食物裝進她的袋子裡，罐頭和水瓶還在廚房餐桌上。約翰把罐頭和水裝進他的袋子，覺得重量似乎加倍了。但比起瓜達康納爾島，甚至基礎訓練中心，這點重量不算什麼，他承受得了。

踏出屋外，天空清澄。沒有雲，意味著不會下雪，但也就沒有掩護。他在德國待了快六個星期，只和一個人講過話，也幾乎沒離開過小木屋。是該出發去完成任務的時候了。

芙蘭卡把換洗的衣服摺好，放進已經十幾年沒用過的帆布背包裡。她的手還在發抖，或許是因為剛才發生的事，也或許是想到即將發生的事。這兩種情緒纏雜在一起，很難分辨得出來，哪一個感覺是在什麼時候消失，而另一個感覺又是在什麼時候出現。她在腦袋裡再一次複習路線。十幾歲的時候，她常在這些小路上來回，冬天滑雪，溫暖的夏日健行。但她從沒開車走過這些地方。這些小路根本不算是路，應該只能說是森林裡勉強可通行的山徑。她不太知道他們能開多遠，但知道他們別無選擇。蓋世太保肯定會殺了他們，絕不會手下留情。

袋子準備好了，她揹到肩上。很重，但她揹過更重的。她再次環顧房間，知道這很可能是最後一次看見這個地方。平凡無奇的一切霎時變得珍貴無比。褪色的壁紙如今成了美麗的掛毯；每一件傢俱都是美好回憶化成的珠寶；擺著她舊梳子的梳妝台，是值得珍藏，並將傳給下一代的傳家寶。這裡是他們和媽媽度過最後一個夏天的地方。

回到起居室，波濤洶湧的情緒同樣排山倒海而來，讓她無處可逃。她看見爸爸坐在壁爐旁邊的椅子上，媽媽因為他的老笑話而笑了起來。還有傅萊迪。傅萊迪在地板上玩他的玩具火車，當時他的腿還夠結實，可以走路，而且他的心臟也很健康，直到最後都還是很健康。芙蘭卡朝大門跨出一步，感覺到冷冽的寒風迎面而來。約翰站在車子旁邊。她知道只剩下幾秒鐘就得離開了。牆壁上有一片片陰影，咕咕鐘叫響了最後一次。十一點。她走回書架前。照片收在盒子裡，擱在架子最底層。她本想帶走盒子，但想了想，只拿走她當初從牆上取下的十來張黑白照片，是她家人的照片。芙蘭卡再看屋子最後一眼，走向大門。

芙蘭卡坐進駕駛座，約翰坐在她旁邊。車子噗噗幾聲，終於發動。芙蘭卡往山下開，腳踩著煞車不放。車頭燈劃破黑暗，照亮前方約二十碼的道路。輪胎吃力穿過地面，車子隆隆開下山。

「你知道該走哪一條路嗎？」

「前面幾哩路沒問題，但之後就要靠你幫我了。」

約翰從口袋掏出地圖和小手電筒。一圈圈微綠的白光，隨著他的手指劃過地圖。疲累已悄悄上身，但芙蘭卡覺得這不重要。睡眠是他們眼前沒有餘裕擁有的奢華享受。

他們默默開了好幾個鐘頭，車子顛簸前進，時速不到二十哩。約翰透過車窗看著四面八方，槍在手裡握得牢牢的。他們大致沿著同一方向前進，偶爾因為樹木擋道，只好停車，有時甚至無法掉頭，只能倒車。森林彷彿打定主意，要把土地從入侵林中的小徑手中重新奪回來。她記得小時候曾走過的道路，如今已阻斷，除非是最厲害的登山者，否則誰也過不去。越深入森林，人類世界的痕跡就越是渺微。這感覺很好——遺世獨立的感覺。

眼前似乎又開到一條死路的盡頭，芙蘭卡打破沉默。蔽天的林木讓他們置身黑暗之中。已經快清晨五點了。

「我們還可能再往前開嗎？」芙蘭卡問。

「也許，如果我們倒車的話。這地圖不太清楚。」

「我們現在在哪裡？」

「我想布紹村就在前面，在前面的那個山腳下。」

上回到叔公家來，已經是幾年前的事了。以前，她騎腳踏車碰上住附近的農夫，總是大聲打招呼。但是號稱要保護人民的國家社會主義黨，卻徹底滅絕了人與人之間的信任。信任會孕育自由言論，而自由言論正是國家社會主義黨最畏懼的。

「村子很小，」約翰說，「就只有幾戶人家。你想那裡會有衛兵嗎？有駐軍？」

「很難說。我們已經深入邊境區。這整個區域都有駐軍。」

約翰勉強打開車門，樹木離車子兩側都只有幾吋。他們所在的這條小路，應該好幾年都沒車子開過了，甚至從來沒車子來過也說不定。他蹣跚越過林線，俯望下方山坡上幾幢宛如坑疤的房舍。月光與星光照亮了傾斜的屋頂。萬籟俱寂，屋子裡沒有亮光，一片漆黑。他轉身往回走，腳下是深達六吋的積雪。

芙蘭卡熄了火，坐在前座。

「我們可以信任你叔公嗎？」他問，「我們不能太自以為是。」

「赫曼從來不出門，而且我知道他的備用鑰匙藏在哪裡。」

「你上回看到備用鑰匙是什麼時候？」

「一九三八年，我保證，鑰匙還在那裡。我等天亮再和他說。你先躲起來。沒必要讓任何人知道你和我在一起，就連赫曼叔公也不必知道。」

他們下車，花了幾分鐘，用樹枝落葉把車子蓋起來。在陰暗裡，很難看出這裡有輛車，但他們也不敢心存妄想。萬一有人走上這條小徑，肯定會發現車子。他們揹上背包，悄悄穿過林木，踏進雪地。

芙蘭卡領頭穿過森林，在山頂上停下腳步，看著下方的小村。約翰蹲在她旁邊。周圍夜色仍濃，布紹村裡沒有任何動靜。這裡和她記憶中一模一樣，沒被國家社會主義黨染指。沒看見納粹旗幟與海報，讓她覺得振奮，彷彿納粹並不知道有這個地方的存在。她上次來的時候，村裡住了五十個人，她想離開的人應該不多。她招手要約翰跟上，開始往山下走。雪深及膝，他們花了好幾分鐘，才走了大約兩百碼。

走到坡底時，遠遠有隻狗吠了起來。約翰蹲伏著前進，芙蘭卡也和他一樣蹲下來，帶頭接近赫曼家。蘿特嬸婆一九二〇年代就過世了，芙蘭卡的爸爸說她是傷心過度，因為兩個兒子都在第一次世界大戰中喪生。

芙蘭卡豎起一根手指，貼在唇上，另一手悄悄探進木門右邊的花盆底下。約翰點點頭，她把鑰匙插進鎖孔，門輕輕咿呀一聲開了。芙蘭卡等了幾秒鐘，聽聽有沒有動靜。這屋子和她回憶裡一模一樣，老舊破損。芙蘭卡帶他爬上樓梯。蘿特嬸婆的肖像俯視他們。樓梯上的地毯已經很破舊，中間的部分因為無數次的腳步踩踏而變得灰白。他們踩在樓梯板的側邊，但還是發出吱吱嘎嘎的聲響。樓梯頂端就是赫曼的房門。他們聽見老人家的打呼聲。芙蘭卡帶約翰經過房門口，到走道盡頭的另一扇門前。她握住門把，彷彿怕一碰就會粉碎似的，輕輕轉動。房裡積了灰塵，但很整潔。床單也鋪得好好的。

「這是奧圖叔叔的房間。」芙蘭卡輕聲說，「我們可以在這裡休息幾個鐘頭。」

「你叔公不會發現嗎？」

「我猜他大概已經十五年沒進這裡來了。我來應付他就好。我們在這裡很安全。」

約翰拿下背包，放在牆角的椅子上。窗簾緊閉，晨光還未透窗而來。他稍微掀開窗簾，查看下方的房舍。他並不想這麼做，但他們需要休息，沒有其他地方比這裡安全。走到邊界只需要幾個鐘頭，但臥床幾個星期，讓他變得虛弱，此時已渾身疲憊。他要芙蘭卡睡床，他自己睡地板。

「別鬧了。」她說。

「那樣太不得體了。我睡地板就好。」

「我們需要睡眠。床是最好睡的地方。」

她脫掉靴子，躺在床上。

「睡吧。」她側躺說。她感覺到他躺在床墊上的重量，睜著眼睛等了好幾秒，直到聽見他均勻的呼吸聲，才慢慢睡去。

她夢見貝克爾。他的手指掐住她的脖子，身體壓住她，滿眼怒火。她一驚而醒。身旁的約翰還在睡。天早就亮了，屋外的天空灰白如水泥。芙蘭卡聽見叔公拖著腳步在樓下房間走動的聲音。牆上的時鐘讓她知道時間剛過正午。他們已經睡了七個鐘頭，比他們預期來得長。晝光再過幾個鐘頭就會消退，趁夜穿過森林雖然比較隱密，但也相對比較危險。她首先得去見赫曼，不只因為不打聲招呼很失禮，同時也因為她相信他還保有獵槍，一有危險就可以防身。不請自來的入侵者是他那把槍的首要目標。

約翰需要盡量睡飽，純粹靠意志力堅持，頂多也只能讓他撐到這個地步。她讓他睡，自己走出臥房門口。赫曼坐在廚房餐桌前，吃湯和麵包當午餐。他滿臉皺紋，像張揉成一團又攤平的紙。他鬍子都白了，頭髮也是。一看見她走進來，他就放下湯匙。

「芙蘭卡？你怎麼會在這裡？」

「對不起，叔公。我出來健行，迷了路，需要找個地方休息幾個鐘頭。我知道您一定肯讓我在這裡睡一下的。」

「當然沒問題。」他說，想要站起來。

「不，您請別站起來。」

芙蘭卡在他身邊坐下。他要幫她弄午餐，她一再拒絕，他都當作沒聽見。兩分鐘之後，她就坐在餐桌前吃蕪菁湯。他一整個星期都喝這湯度日。

「我在這裡休息幾個鐘頭，希望您別介意。」

「當然不會介意。我好久沒見到你了。」

老人走到鍋子前面，倒出滿滿一碗湯，又回到餐桌。

「聽到你爸爸的事，我很難過。」赫曼說，「這場戰爭一天比一天恐怖。這個納粹瘋子害了我們國家，也害好多無辜的人送命。大家都以為三十年前那場瘋狂的戰爭，是可以消除所有戰爭的大戰，結果戰爭又來了，而且還比上一次更慘烈。」

「您這裡好像沒受到太大的影響。」

「大概吧。」

「您的鄰居也和您有同樣的看法？對於納粹？」

赫曼聳聳肩。「天曉得。我們不討論這個問題的。不過，我的鄰居都還不錯。隔壁的那位凱洛琳，每天都要來看看我好不好。她兩個兒子都戰死在前線。」他搖搖頭。「戰爭的影響無所不在。就連這裡也一樣。」他喝了一大口湯，繼續說：「你是哪一年出生的？我不記得了。」

「一九一七年。」

「我記得你還是小嬰兒的時候，我把你抱在懷裡的情景。你那時就有這漂亮的鬈髮了。」他放下湯匙，茫然瞪著前方。「大饑荒是那一年開始的……盟軍封鎖德國造成的大饑荒。」

「我聽說過。」

「英國封鎖北海，打算把我們餓死。大家都瘦得皮包骨。我們是還有足夠的糧食可以活下去，但每個人都瘦巴巴的。你曾祖父得了痢疾死了，你姑婆得了肺結核，營養不良死了。每一個家庭都受大饑荒影響。德皇的瘋狂行為，英國和法國的侵略主義，毀了我們一整代人。現在，他們又決定再來一遍。」

他們就這樣坐著，沉默了好幾秒鐘。

「我吃過午飯就要出發了，叔公。」

「你不多待一點時間？我好久沒見到你。」

「我也很想待久一點，但沒辦法。」

「見到你真好。你有機會來看我，真是太好了。」

「我也很開心。」

芙蘭卡站起來，椅子在石地板上發出刮擦的聲音。她知道再見到叔公的機會非常渺茫，於是站在廚房正中央，緊緊擁抱他。直到想起約翰還在樓上等她，才放開手。

他已經準備好了。她回到樓上時，他已經站在臥房門口了。

芙蘭卡要求叔公帶她到後院欣賞風景，分散他的注意力，讓約翰可以下樓，溜出前門。幾分鐘之後，赫曼帶芙蘭卡回到屋裡。芙蘭卡把他擁入懷裡，知道這很可能是她最後一次擁抱親人。珍貴的家族記憶很快就會變成她獨自擁有的回憶。到時候，只有她能描述媽媽的幽默感、爸爸的歌聲，以及傅萊迪對每一個人自然流露的溫柔親切。她過往的種種，不久就會消失於無形。赫曼和她道再見，揮著手，看她走出屋子，關上門。

她跟著約翰，潛進鄰居房子後面，朝樹林走去。沒有別條路可走。他們默默爬上山坡，進到森林裡。林木包圍著他們。黯淡的冬日太陽在冰雪垂覆的枝椏後面，逐漸失去光亮。他們幾乎是在黑暗中前進，儘管這時還是白晝。地面的積雪差不多有一呎深，芙蘭卡的厚底健行靴黏滿雪濘，很難走，她很後悔沒帶雪靴來。約翰折了樹枝當登山杖。兩人蹣跚前進，刺骨冰寒齧咬著他們，汗水濡濕了後背。約翰之前就警告過，他們前進時必須保持絕對的安靜，因此他們並未交談。

約翰不停回想他受訓時所設想的每一種情境，拚命回憶教官所講過的每一句話。他想知道眼前這個問題的答案——如何活著穿越邊界到瑞士。一定有解答。他想起訓練中教他們偷偷溜過邊界的方法。這是可能的。邊界並沒有鐵絲網，也沒有牆，只有一排情報站。負責警戒的也都是普通人。站崗的時候，他們會打瞌睡，會就著燭光讀家書。值勤的時候，他們會談天說笑，吃東西。有很多漏洞可鑽，地圖會告訴他在哪裡。已經有很多人成功溜過邊界了，而且隨著德國戰況趨緊，說不定他們還裁減了邊防人力。他們需要動用所有可能的兵力去東部戰線對抗蘇聯，同時防範西部的盟軍進擊。

芙蘭卡看著走在前方的約翰。他的動作很小心謹慎。這究竟是因為腿傷的影響，或者是他向來的走路習慣，很難判斷得出來。他走路的時候把重心放在手杖上。她想像邊界另一頭的景象，但那無關緊要。眼前最重要的，是到達那裡。如今已無遲疑的空間。他們唯一的機會，是趕在蓋世太保發現藏在小木屋地板下腐臭的丹尼屍體之前，先越過邊界。蓋世太保一發現他的屍體，就會派出所有能派的人力封鎖道路，到時候想越過邊界到瑞士簡直就不可能了。

凍僵的腳每跨出一步，就離目標更近一步。剩下不到二十哩。約翰查看指南針。天空幾乎完全看不見，放眼只見樹木。他的腿好瘦，但不知道是因為今天的長時間步行，還是因為腿傷還未完全痊癒。也許兩個原因都有。

約翰停在一棵枯木的樹樁旁等她。芙蘭卡拉開遮住臉的圍巾，發現他盯著她看，宛如看著稀世珍寶。對他來說，完成任務是第一要務，然而，他心裡還是不時想著要帶她回家。

「快五點了。」儘管周圍杳無人跡，但他還是壓低嗓音。「天很快就會黑了。我想我們大概已經走了六哩。你覺得還好嗎？」

「我體力很好。」她說。

「我想我們應該繼續走，至少再走個兩三小時。在夜裡行動比較危險，但我們沒有別的選擇。他們很可能已經發現貝克爾的屍體，派出兵力來搜尋我們了。」

「我也這麼認為。」

「小心一點。前進的時候多注意一下，也許我們可以找到個五星級的山洞過夜。」

「好像不錯喔。」

「可別抱怨我沒帶你到最高級的地方。」

「你肯定是知道怎麼討好女生的啦。」

「要是找不到山洞，我們還有貝克爾的帳篷。準備好了嗎？」

「準備好了。」她說。他們動身前行。

亞敏．沃格在國家社會主義黨執政之前當過七年警察，轉換身分成為蓋世太保一點困難都沒有。關鍵在於法律，法律給予他的權力之大，是他在一九二〇年代加入警隊時所無法想像的。這樣的權力很有說服力，他年輕時所抱持的信念就在納粹的土石流裡流失殆盡。現在的他大權在握，除了上級長官之外，無人可以挑戰。而長官也極少質疑他所採取的手段。只要情報源源不絕湧進，他在執法機構的中樞角色就確保無虞。如今已不容有悲憫或懊悔之心，像他這麼重要的人物絕對不能有。弱者才會悲憫，挫敗的人才需要懊悔。他兩者都不是。

電話響的時候，下午兩點剛過。沃格推開幾乎要壓垮他辦公桌的文件，拿起電話。聽筒貼在耳朵上冰涼涼的。他以前花了好一番工夫才適應他現在已經如同反射動作的問候語。

「希特勒萬歲！」

「沃格先生，我是貝克爾太太。」她的聲音有掩不住的焦慮。「你知道我先生去哪裡了嗎？他昨天下班沒回家，一直到今天早上都不見人影。我知道他有時候必須在外面過夜，但從來沒這麼久沒消息。我打到他辦公室好幾次，電話都沒人接。」

沃格保證會找到貝克爾，然後掛掉電話。他並不想和貝克爾的太太講話，特別是在她情緒這麼激動的時候。他自己的太太就夠煩人的了。他已經在辦公桌前坐了好幾個鐘頭，這時站起來，伸懶腰的時候聽見關節喀啦喀啦響。貝克爾的辦公室在他隔壁，門關著。他開門進去，發現裡面沒人。貝克爾的辦公桌和他的一樣堆滿文件，但是貝克爾把他的行程登記在皮面的行事曆裡。他只花幾秒鐘就找到本子，翻到昨天的那一頁。貝克爾對自己的工作非常仔細謹慎，沒錯，小木屋的地址就寫在前一夜的欄位上。

「你去找芙蘭卡．戈柏了，對吧？」沃格大聲說，「貝克爾，你這個老狐狸。」他把行事曆丟回一團混亂的桌上，決定再等一個鐘頭，才進一步調查。

但只過十五分鐘，貝克爾太太就又打電話來。這一次沃格沒辦法那麼輕易打發她，不得不保證馬上調查她丈夫的失蹤事件。他沒告訴她，貝克爾是去見他少年時代的美麗女友。芙蘭卡的檔案裡沒有電話號碼，只有地址，沃格別無選擇。他走出辦公室，坐進車裡，心想，貝克爾是不是想離開妻子。做這類事情的方式和手段很多，但並不包括把同事也捲進自己的婚外情裡。儘管沃格隱隱覺得芙蘭卡找人弄枴杖事有蹊蹺，但是開車進山途中，他一路咒罵的是貝克爾管不住自己褲襠裡的東西。

沃格抵達小木屋的時候，剛過四點鐘。下車的時候，不禁罵句髒話，因為他得要在天黑之後開車回城。小木屋看起來像沒有人，但雪地上的腳印和輪胎痕跡，又證明有人來過。他仔細檢查地面，發現至少有兩輛車的痕跡。有好幾個人到過這裡，車子很可能有兩輛，甚至更多。小木屋裡沒有燈光，一片靜寂。沒有電話鈴聲，沒有老婆嘮叨，也沒有嫌犯因為刑求而哀號哭泣。這詳和寧靜的氣氛是很大的享受，他已經好多年沒有獨處的感覺。他敲門，一聲，再一聲。沒有人應門。門鎖著。他繞到旁邊的一扇小窗，看見臥房，整整齊齊的，像是最近沒有人住過，但床單有點皺，床邊的蠟燭痕跡顯然也是不久前留下的。他回到前門，抬腳猛踢。踢到第三下，門喀一聲敞開。年近五十還有這種力道，他覺得很自豪。

玄關的咕咕鐘不停滴答響迎接他。他喊叫著，但也知道不會有人回應。他闊步穿過玄關，走進起居室，看見地板上有塊區域格外乾淨，和其餘的地板明顯不同。他蹲下來用指尖摸摸平滑的表面。

沃格站起來，點亮牆角的油燈，探頭進廚房。廚房很乾淨，但爐子裡的灰燼還很新，頂多才一兩天。沃格回到起居室，檢查光禿禿的牆壁。他花了五分鐘詳細檢查，才在靠後方的牆上找到一個小洞。他伸出手指摸摸，確定這是射穿牆壁的彈孔。光是這個彈孔，就足以回去找蓋世太保，但他知道情況沒這麼單純，於是繼續搜查。無論之前待在這裡的是誰，都走得很倉促。他們想辦法掩藏形跡，但總還是有忽略掉的地方，不管他們以為自己有多小心。

沃格走進主臥室，搜查衣櫃，查看床底，除了掛在衣櫃裡的幾件舊衣服和女人用品之外，什麼也沒找到。他走進另一間臥室，用力打開衣櫃門，翻找裡面掛著的男女衣服，但沒有什麼收穫。他又花了五分鐘搜查梳妝台和床頭櫃，最後坐在床上整理思緒。他的重量讓床墊彈簧咿咿呀呀響，這時突然感覺到一絲微風，一絲非常細微的涼風舔上他襪子上方、長褲沒能遮蓋的皮膚。他低頭看看地板，發現地板木條之間有條隙縫。他站起來，把床推開，露出完整的一條條木板。他到廚房拿來一把刀，撬開木板條，不到一會兒，他就瞪著一雙滿是鮮血的死人眼睛，是丹尼·貝克爾。

凱洛琳·畢德曼覺得自己是個好人，很貼心的好鄰居。起初，她到這老人家裡只是出於義務，但隨著時間過去，她越來越喜歡赫曼，甚至很期待去看他。她丈夫寧可整天坐在家裡，除了喝自家釀的杜松子酒，就是看報紙、聽收音機。她的兒子為德意志犧牲性命，女兒很早就離家，一個嫁給不來梅的公務員，一個情定佛萊堡的陸軍上校，所以有可以照顧的對象，讓她覺得很開心。她差不多每天都去看赫曼，在他坐著回憶美好往事的時候，幫他做晚餐。他的政治理念有點接近自由派——「自由派」在當今社會是個骯髒的字眼——但她不怎麼放在心上。老人嘮叨是天經地義的，他們已經付出夠多的了。

她探手到赫曼家大門口的花盆底下找鑰匙，發現鑰匙和她平常擺放的方向恰恰相反。這讓她有點不安。她拿起鑰匙。赫曼在安樂椅上打盹，她走進廚房，開始準備做燉煮蔬菜。她切菜的聲音吵醒了他，坐在椅子裡喊她。

「不用起來，戈柏先生。是我啊。」

五分鐘之後，她已切好備料，準備下鍋烹煮了。還沒擺上爐子之前，她先過去看看他。

「凱洛琳，你人真好。」

「我只是盡量做，戈柏先生。晚餐再二十分鐘就煮好了。你要我晚點再過來嗎？」

「不用，我沒事的。」

「今天有人來看你嗎？」

「是啊。我姪孫女芙蘭卡在這附近健行，迷了路。她一大早就來，在這裡休息了一會兒。我們一起吃完午飯，她就離開了。見到她真好。我已經好多年沒見到她。都數不清有多少年了。」

凱洛琳心一驚。「芙蘭卡，就是在慕尼黑和反對元首的異議分子一起惹出麻煩的那個芙蘭卡？」

「是啊，就是她。但她已經服完刑，恢復自由了。」

「沒錯，」她說，「每個人都應該有第二次機會的。欸，大部分人啦。我該走了。如果你還需要別的，請再告訴我。沒事的話，我就明天再過來。」

離開的時候，老人的道謝聲仍不絕於耳，但她的心思卻已經飄到別的地方了。很可能沒什麼問題，但是看看最近的情況，還是小心為上。她相信他說的沒錯，也相信芙蘭卡只是被人帶著誤入歧途。然而，芙蘭卡是眾所周知的國家公敵，至少以前是，而且這裡離邊界這麼近。她大半夜的幹嘛在山裡健行？而且她為什麼不請叔公的鄰居載她回城裡？夜幕低垂，森林裡的樹木披上暗黑外衣。沒錯，她最好去報告這件事。本地警察會有興趣的。

把同事的屍體留在深山小屋的地板底下，讓沃格很傷心，但他知道最好保持謀殺現場。貝克爾生前，他從未把貝克爾當朋友。但貝克爾是個好人，顧家的人，也是對德意志忠心奉獻的人。他的遇害，讓沃格更加懷念沒來得及在他生前體認到的這些人格特質。開車回佛萊堡途中，他心中湧現恨意，非常痛恨謀殺貝克爾的凶手。握在方向盤上的手緊到指關節發白，咬牙切齒得幾乎要咬傷自己的牙齦。他沒像平常那樣，把車子好好停進蓋世太保總部外面的停車場，而是隨便往人行道一停。他馬上召集值勤的探員開緊急會議。他談到自己所見的場景，在場的每個人都驚駭不已，也都咒罵這個該死的賤人，竟敢做出這麼令人髮指的殘酷行為。檔案裡沒有芙蘭卡的照片，所以他們找來一位畫師，依據幾個認識她的探員描述，畫出她的肖像。

「她的車不見了，」沃格說，「封鎖方圓五十哩內的每一條道路，以及所有通往邊界的路。徵召駐紮本地的陸軍士兵，協助搜尋。她想逃到瑞士去，我相信。她沒有別的地方可去。在國內，沒有人可以逃得出我們的手掌心。打電話通知附近所有的警察局和街坊監察站。一定有人有消息。我們知道她幾個星期前想辦法弄到楞杖，說是給滑雪出意外的男朋友用的。很可能有人和她一起。」幾個探員交頭接耳，他繼續說，「我們絕對不能讓這個惡毒的賤人逃掉。沒有人可以對蓋世太保做這種事。我們就是法律，絕對嚴懲惡人。」他一拳敲在牆上，「我們要活逮她。我要她活在這世界上的最後時刻，接受最痛苦的折磨。」

布紹村的街坊監察站在半個鐘頭之後打電話來，沃格又召開一場會議，這一次參加的探員比前一場多三倍。他們要在布紹村和邊界之間布下天羅地網，那叛國的賤人永遠沒辦法活著看見瑞士。

芙蘭卡的腳凍得像冰塊。這裡就算原本有路，也都已經被積雪覆蓋，他們必須從雪地裡高高舉起腿來，才能慢慢前進。時間已過十點，跨出的腳步，一步比一步痠痛。約翰在她前方兩呎，她不時伸出空著的手碰碰他的背，讓他知道她還在，也鼓勵著他。她腦袋一片空白，只想著要把腳一步接一步往前跨，能感覺到的只有冷，非常之冷。眼睛越來越適應黑暗，月亮偶爾從枝葉的縫隙現身，灑下銀白的亮光。樹木的分布很不平均，有時候他們必須越過一整片空地，有時候是穿過一大片落葉林，樹葉落盡，粗大的樹幹直挺挺高聳入夜空。他們也經過屋裡亮燈的農舍，看見煙囪冒著煙。但黑夜一片死寂，他們並未停下腳步。

差不多快到午夜時，約翰豎起手指，她在他背後跟著停了下來。她雙手貼著大腿，彎下腰。他比個手勢，要她直起身體，跨步向前。凍僵了的芙蘭卡渾身痠疼灼痛，每一個動作都是極度費力的奮鬥，她停靠在一棵樹旁。他轉身過來，發現她呼吸沉重，大口喘氣。

「在那邊的岩石裡有個山洞，」他指著說，「你看見了嗎？」

她沒看見，但還是說看見了。

「我們得休息幾個鐘頭。跟我來。」

約翰往前走了五、六步，又回頭看。她遠遠落後，自從停下來之後，她身上的能量似乎就全消失了。他伸出戴手套的手，她緊緊拉住。他們默默往前走，終於看見面前一大片灰色山岩之間有個比較黑的地方，是山洞。約翰從背包裡拿出手電筒，芙蘭卡不知道他竟也帶了這個。燈光一照，有隻刺蝟從洞裡慢慢爬出來。

「我只想確定我們沒驚擾到什麼大型動物或狼之類的。」

芙蘭卡想讚賞他的深思熟慮，但累得無法開口講話。約翰幫她拿下背包，但一卸下重擔，她就覺得頭重腳輕。他帶她走進山洞，讓她坐在鋪滿枯葉的地面，然後從背包裡掏出一瓶還剩一半的水。冰涼的液體讓她精神為之一振。

約翰撿來木柴，不到幾分鐘就在洞穴深處生起旺火。

「他們不會看見我們嗎？」

「要是他們緊追在後，也許會吧。但我們需要火。我們可以在這裡休息三個鐘頭，然後繼續往邊界走。」

他掏出地圖，在她身邊坐下，兩人臀挨著臀。芙蘭卡抓起地圖一角，他拉著另一角。

「我想我們在這裡，」他說，「離邊界大約十哩。要是我們可以趁夜走快一點，早上就可以到那裡。」

「我們要在白天穿過邊界？」

「不，我們要先到那裡看看情況。我想我們可以從這裡過去。」他指著靠近伊茲林根附近的區域。「這裡山腳下的森林有一條小路，越過邊界通往瑞士海關。沿著溪走，我們應該就可以走到。根據地圖的標示，那裡沒有衛兵，沒有情報站，是個盲區，是他們忽略掉的一小塊區域。你以前去過那裡嗎？」

「沒有。我小時候去過瑞士，但是學校的校外教學並不需要半夜偷偷溜過邊界。」

「這會讓你的校外教學更刺激一點。」

「你這種冒險精神，我們老師可不會贊同的喔。」

「我們先找到這條小溪，然後等天黑之後再穿過邊界。明天這個時候，我們就已經安安全全的在瑞士境內了。」

「你說得好簡單。」

「這又不複雜。」

「然後你就達成任務了。」

他丟了一根樹枝到火堆裡。「是啊，我想就某個程度來說，是的。」他站起來，但山洞的高度讓他無法完全挺直身體。「該吃東西了。」

他們拿出帶在身上的麵包和乳酪，幾秒鐘的工夫，就吃完他們設定的晚餐分量。他打開一罐肉罐。她先吃，然後他再把剩下的吃完，空罐頭丟往山洞深處，發出輕輕的哐一聲。他坐在她身邊，兩人一起盯著火堆。

「等我們越過邊界，接下來會怎麼樣呢？」

「我希望在戰爭結束之前，能待在瑞士的居留中心，協助其他逃過邊界的難民和戰俘。你呢？」

「我要到伯恩去。我們在那裡有個辦公室，我必須去報告任務的結果，接下來很可能會被送回美國，等待下一個任務。」

「英雄凱旋，哦？」

「倒也不是。不過，戰爭應該不會持續太久，到時候你打算做什麼？」

「我不知道。這段時間以來，我滿腦子只想讓自己活下去，沒想太多其他的事。我想我大概會回慕尼黑，開始重建工作。重建我自己的生活，也重建國家。我的專業技能應該派得上用場。」

「德國早在納粹之前就已存在，沒有納粹，也照樣可以發展下去。」

「或許吧，但是他們留下的印記，恐怕得花很多工夫才消除得了。」

約翰咳了幾聲，聲音在半封閉的洞穴裡迴盪。「等一切都結束之後，希望我們可以繼續保持聯絡，如果可能的話。我欠你的太多了。」

「我同樣欠你很多，不只是因為你在小木屋為我挺身而出，也因為我找到了你。」

「你找到我？你是救了我的命耶。」

「在我失去人生目標的時候，你給了我活下去的目標。你正是我當時所需要的。」

「你也正是我所需要的。」

柴火劈啪爆裂，約翰俯身丟進更多枯枝。

「你考慮過和我一起去美國嗎？那是個完全不同的地方，我知道，也很遠，但你可以去的。」

「去費城？」

「有何不可？」他說，「費城是很棒的地方，但是你可以去任何你想去的地方。」

她拿起一根樹枝，撥著火，好一會兒才再開口：「我們先專心思考該怎麼活過明天吧。未來的事，以後再想。」

「是啊，」他說，「我想我是有點走神了。」他攬著她的肩膀。「睡一下吧，我們再過三個鐘頭就出發。」

芙蘭卡從背包取出睡袋，鋪在山洞地上，結果比她預期的要軟，也舒服。約翰還是坐著，盯著山洞外面暗黑的夜色。她想著他何時要躺下，想著想著就睡著了。

貝克爾再次入夢，但這次帶著千百名士兵，手持利刃刀劍，高舉火炬，高聲唱著她在德國少女聯盟時期經常唱的歌。貝克爾渾身是血，一身破爛，露出他身上被她射中的彈孔。他手裡拉著一條阿爾薩斯犬，狗脖子上戴著鐵項圈。這群瘋狂的暴徒衝進森林搜尋她，火炬照亮夜空，她踩著自己的影子不斷往前奔跑。

她心臟狂跳，在火光中驚醒。約翰還是她睡著前看見的那樣，好似動也沒動。

「凌晨三點了，」他說，「我們該走了。」

14

車停下時，沃格揉揉疲累的眼睛。他已經好幾年沒這樣熬夜了。需要徹夜工作的任務，通常都是給比較年輕的探員，而不是像他這樣資深的探員做的。但這個案子不一樣。狂烈的復仇之火帶給他充足的動力。他抬頭迎向剛破曉的天色，摩拳擦掌準備拷問那個老頭。睡覺的事暫時擱到一旁。他們整夜在各條道路搜尋芙蘭卡．戈柏的蹤跡，清晨六點多，發現她的車棄置在布紹村附近一條雜木叢生的小徑上。現在他帶著武裝衛隊進入布紹村。駐紮本地的陸軍部隊提供了七十五名士兵，若是以前，他們應該至少出動幾百人。陸軍軍官和蓋世太保之間的關係向來不睦，他們既然在最後一刻宣稱只能挪出七十五人，沃格也只好接受。如果加上警察和蓋世太保，他們應該有足夠的人力在樹林裡搜尋一個小女人。

沃格親自敲門，迫不及待想看見老頭來應門時的表情。沃格先行個禮，自我介紹，接著，不理會滿臉疑惑的老頭，逕自帶著五名士兵走進屋裡。他在餐桌旁坐下，老頭原本坐在對面的座位喝咖啡，此時馬克杯還冒著煙。他想給沃格一杯，但沃格拒絕，要他坐下。時間寶貴。

「有什麼可以效勞的嗎，沃格先生？」

「我聽說昨天有人來看你。」

「我的鄰居凱洛琳差不多每天都來，她幫我——」

「別糊弄我，老頭子，」沃格說，每一個字都是明顯的威脅。「我在找芙蘭卡・戈柏。我聽說她昨天來過。她殺了我的一個同事，一個有妻小的好人。你那個姪孫女冷血地開槍打死他。」

「我不知道你在說什麼。我已經好幾年沒見到芙蘭卡了。」

「別浪費我的時間，戈柏。我們知道她來過。你再假裝也騙不了我。她說了什麼？她有沒有告訴你說她要去哪裡？她是自己一個人嗎？」沃格抓起咖啡杯一砸，杯子在磁磚地板上摔個粉碎。

「你以為我怕你？」

「我覺得你應該要怕，這裡沒有人可以幫你。」他轉頭看看站在他後面的那五個士兵，個個全副軍裝，來福槍緊貼胸前。「我大可以把你拉出房子，當街射殺你，全國沒有任何一個法庭會判我有罪。我也可以把你關進大牢，活活餓死你，或為了開心，好好折磨你一番。現在，我再問一遍，你那個賤貨姪孫女告訴你說她要去哪裡？」

「你留點口德！我還記得我們曾經是個多麼偉大的國家，是工業藝術大國，那個年代啊，像你這樣的小流氓都只配躲在陰暗的角落裡。現在看看你，戴著臂章和胸章，你以為這就讓你擁有權力了？」

沃格掏出手槍，瞄準赫曼。

老人毫不畏懼，不為所動。

「我很多年沒有殺人了，別逼我今天動手。告訴我，芙蘭卡在哪裡。我已經說過了，她殺了我的同事。她是自己一個人，還是有人和她一起？」

「我也告訴你了，我好幾年沒見到她了。」

沃格手指扣在扳機上，對準赫曼的額頭。

「我是個老人了，沃格。死神遲早會找上我的。我並不怕死神，當然也不怕你。所以動手吧，殺了我，因為我寧可死，也絕對不會把自己的血脈親人出賣給像你這種雞犬升天的納粹傀儡。」

「那就如你所願吧。」沃格扣下扳機。

冷得像冰的寒氣讓身體的痠痛變得麻木。芙蘭卡如今擔心的是凍瘡。在雪地裡跋涉幾個鐘頭，她的腳沉重得像水泥塊，很難保持平衡。停下來吃早餐的時候，她大大鬆了一口氣。當然沒生火。他們壓低嗓音交談。

「要是他們找到我們，怎麼辦，約翰？」

「我們要確保這樣的事情不會發生。」

他鋪開一條毯子，讓他們可以坐下，然後遞給她一瓶水。但她渴望的是現在享受不起的睡眠。

「我們要注意，別脫水。」約翰說，「在冰天雪地的環境裡，擔心脫水好像很奇怪。」

芙蘭卡接過他遞來的麵包和乳酪。麵包已不再新鮮，但她大嚼三口就吞下。約翰掏出瑞士邊境的詳盡地圖。芙蘭卡不知道這地圖有多精確，但他們的性命繫於這張地圖之上。

「我們離邊界可能只有五哩。你還好嗎？」

「我很好。我覺得我們好像馬上就會到瑞士了。你還好嗎？」

「也很好。」

芙蘭卡往後靠在一棵樹上，仰頭看著往上生長三十多呎、高聳入雲的樹幹。清晨的樹林瀰漫著松樹與土壤、冰雪的香味，非常濃郁的味道。這熟悉的味道讓她覺得安心。這裡是她的疆土，蓋世太保才是侵略的人。低垂的雲宛如片片略染髒污的棉花，南方吹來的一陣輕風在他們身邊盤旋，林木枝葉隨之搖曳。約翰從腰帶裡抽出小刀，切開僅餘的乳酪，遞一片給芙蘭卡。

「如果不是戰爭爆發，你會做什麼？」她問。

「我不知道。我想就算沒有戰爭，我也不會去接家族企業。我肯定會找另一個目標去奮鬥。說不定那樣我就不會離婚了。天曉得。那你呢？」

「我的情況不像你那麼單純。就算沒有戰爭，我們也還是有納粹，國內還是同樣動亂不安。」

「要是納粹沒執政呢？」

「我不知道。他們從我十幾歲的時候就掌權了。」

「只要他們不下台，你就不會再生活在這裡。」

「我準備好了。我舊日的生活老早就消逝了。」她把乳酪塞進嘴巴裡。「我準備好了，」她又說一遍，接著沉默了半晌。「我在這裡已經一無所有。我沒有國，沒有家。只有孤身一人。」

如果他們活著越過邊界，她就可以做出自己的決定。如果。他的腿已經痛了一整夜，所以不時用手按摩，希望能減緩疼痛。他的身體渴望睡眠，但他知道如果現在躺在毯子上，他馬上就會睡著，然後他們就會找到他，他們兩個就會沒命。該走了。他站起來。

「你為什麼在雪地裡救了我？」

「什麼？」

「我當時穿德國空軍制服。你知道我所隸屬的政權，摧毀了你的家庭、你的國家，為什麼還要救我？」

「因為你是活生生的人，而我是個護士。所以我做護士該做的事。」

「可是你為了救一個陌生人，不惜冒生命危險，況且當時我的身分還是個德軍飛行員。」

「我需要有活下去的目標。」

「我們都是。」約翰扶她站起來說，「我們快走吧。我們再一兩個鐘頭就到邊界了。」

沃格在餐桌上攤開地圖，小心不讓濺開的血跡弄髒。他們不可能游泳渡過萊茵河，在冰天雪地的一月不可能。他們會到伊茲林根，那裡的德瑞邊界不必跨過結冰的河面。他已經派了五十個人去搜索森林，另外一百個人以此為中心，搜索往外延伸十哩的範圍。那個賤女人馬上就會像掉進陷阱裡的小老鼠，到時候就輪到他慢慢報復了。一定要殺雞儆猴。可不可以效法蓋世太保在外國佔領地的做法，把她的屍體懸掛在市中心示眾？他勢必要和上級爭論一番。他收起地圖，走向他的車子，衛兵跟在他後面。開車到邊界大約四十五分鐘，他希望他到的時候，手下已經逮到她了，好讓他可以看看她臉上的表情。她會明白，在她的世界裡，沒有任何人的權力比他更大。

每一步都是一個小小的勝利。前一天長途跋涉耗費的體力，在他們疲累不堪的身體上造成沉重的負擔。約翰拖著腿踏過雪地，不時利用身旁的樹木支撐身體，靠著他自己做的那根手杖慢慢前進。

「就快到了，」他說，「你很快就會獲得自由，從你少女時代以來再也沒享受過的自由。」說來諷刺，她竟然要在瑞士的居留中心度過她的自由歲月，無法去找工作。但戰爭很快就會結束了，他渴望自己是帶給她自由的那個人。任務已經變得不同了。他想像自己帶著微縮膠捲，親手交給「瘋狂比爾」唐納文，親切握手，國旗飄揚，但是她始終在他心頭縈繞。他所設想到的每一個未來景象，都有她的存在。有她，讓他覺得安心且合理。

他們蹣跚穿過雪地。他確信蓋世太保已經找到貝克爾的屍體了，而且他們的搜尋大隊已經逼近。可以帶他們平安跨過邊界的那條小溪就在不遠處，約再一哩就到了——要是他的地圖正確無誤的話。

他們走到一片空地，有條馬路橫亙前方，如果要按計畫穿過森林，他們就必須先跨過這條馬路。約翰要芙蘭卡等等，他自己一個人從樹林裡探出頭，看看馬路的左右兩邊。整條路靜悄悄的，極目所見，在馬路蜿蜒進山林裡之前，都沒有人車。這條路離他們藏身的樹林只有幾呎，而離另一邊的樹林約兩百碼。要跨越馬路，他們必須曝露在沒有掩蔽的空間裡好幾分鐘。可以帶領他們奔向自由的小溪在半哩之外。附近肯定還有情報站，而且這條路很快就會有車子駛來。

她在他背後。

「我們是靠森林掩護，才能活到現在。要是離開森林，我們就死定了。」約翰指著馬路，和馬路對面的森林。「但我們要找的那條小溪很可能在那片森林裡。我們迅速越過馬路，就可以再次躲進森林裡。我相信他們已經找到貝克爾的屍體，開始搜捕我們了。我們除了繼續往前，沒有別條路可走。他們知道我們不可能在冬天游泳渡河，如果他們往這裡來，應該很快就會到了。但是我們已經接近我們的目標了，我們一定辦得到。」

「你想雪地上這些腳印是什麼人的？」她說。雪地上有好幾組交錯的腳印，踏向馬路對面的森林。

「很難說。已經好幾天沒下雪了，看起來是之前留下的。」

「農夫和他的牲口，也許？」

「或許吧。我不敢保證沒有人在樹林裡等著逮捕我們，如果你的意思是這個的話。」

「這裡似乎很安靜。」

「我們別再浪費時間了。」約翰一面說，一面走出樹林，壓低身體越過馬路。芙蘭卡跟在他後面幾呎，學著他的動作。約翰在馬路旁邊等了等，然後踏進積雪的草地，再過去就是濃密的森林了。他慢慢往前跑，她腳步踉蹌地跟在他後面，背包滑了下來，她把肩帶重新拉好。他動作好快，她已經落後他三十碼了。他才剛跑進森林，就聽見馬路彎處響起轟隆隆的卡車引擎聲。

沃格坐在前座，眼睛忙著張望道路兩旁。這時，突然瞥見一個人影，踉蹌穿過雪地，衝向森林。

「停車！」他大聲嚷著。駕駛用力踩下煞車。「在那裡，去抓她！」他用力捶打卡車後面的防水布，叫醒一車打瞌睡的士兵。

卡車停下來的時候，芙蘭卡轉身，驚恐宛如潮水湧遍全身。她抬起腳，卯足全力想衝過泥濘的雪地。約翰躲進樹後，抽出手槍，懷抱渺茫的希望，以為自己或許可以擊退跳下卡車的德國陸軍士兵。那四名士兵帶足武器，其中一個把來福槍架在肩上，開始射擊。芙蘭卡往前跑，子彈從她身邊飛過。約翰拚死一搏的表情鼓舞著她跑向他，他伸出手。

卡車停在路邊，沃格跟著手下踏進雪地。他們總共六個人，追著跑在他們前方一百碼的人影。他拔出手槍開火，她消失在濃密的森林裡。

約翰抓緊她的手，拉著緊跟在背後的她往前跑。

「快點。我們得拉開和他們的距離。邊界就快到了，你把背包丟了吧。」她丟下背包，想起塞在口袋裡的家人照片。她轉頭瞥一眼追在後面的德軍，一個胖胖的軍官跟在士兵後面，費力穿過雪地。他們似乎慢慢拉開距離了。約翰拉著她的手飛快奔跑，跑上山坡，又跑下坡，周圍盡是重重林木。背後的士兵已經不見人影，山坡和樹林阻斷了他們的視線。

「我們就快到了。」約翰說，她看見視線盡頭亮起了一絲光。樹林只延伸到前方兩百碼，再過去就是一片亮晃晃的白光。這時，芙蘭卡看見了地圖上沒有標示的東西。樹林盡頭，是深達四十呎的岩崖，壁面全是鋸齒狀的岩石，朝左右兩方各延伸約一哩。

約翰咒罵一聲。「不，不！我們可以爬下去。」

「他們就在我們後面。我們往下爬的時候，他們會逮住我們。我們無處可逃，至少我無處可逃。」

「什麼？」

「他們不知道你和我在一起。雪地上有其他人的腳印，所以他們也不會注意到你的腳印。他們從卡車下來的時候，你躲在樹林裡。我看不見你，所以我知道他們也看不見你。你自己走吧。你可以爬下去，在天黑之前溜過邊界。」

「我不會拋下你。」

「沒用的，約翰。我們沒辦法一起成功逃脫。想想你的任務吧。你一定要馬上離開。」

「一定有別的辦法。」

「沒有。我要往回走，引開他們。」

「不，我不會離開你。我不會的。」

「想想你的任務吧，那比我們重要。想想你為什麼到這裡來。拜託，我們就快要沒有時間了。」

她已經聽見士兵穿過林木而來的聲音，差不多只離一百碼吧。

「為了我，快走吧。」她說。

他把她擁在胸前，親吻她。但她馬上就放開他，額頭貼著他的額頭。

「我不能拋下你。」

「你現在就得走。」她說。

「對不起，芙蘭卡。」他說，開始爬下石崖。她低頭看他最後一眼，看見他也正看著她。她轉身走向搜捕她的人，高舉雙手。芙蘭卡聽見士兵大聲叫她趴在地上，雙手貼在腦後。她曾經在溫暖宜人的夏日傍晚，和爸媽在小木屋裡看太陽落下森林，那裡距離這裡只有幾十哩，那個回憶距離此刻只有幾年。

胖胖的軍官走近前來，大聲咆哮。「芙蘭卡．戈柏？我是蓋世太保的沃格少校。你因為謀殺丹尼．貝克爾而被逮捕，請容我提醒你，你的生命已經交到我手裡，任我宰割了。你對我朋友所做的一切，都必須付出代價。看見你淚流滿面，我開心得很，但你的痛苦才剛剛開始。」他把手槍插回槍袋。「你男朋友呢？」

「誰？」

「別想耍我。」他摑她一巴掌。「你去替他弄枴杖。他人呢？」

「他上個星期就離開了。他早就越過邊界了，是他告訴我這條路的，他叫我跟著他的路線走。」

「去周圍搜查一下。」軍官說。他的手下散開來，在附近搜查了幾分鐘。

沃格慢慢搜她的身，手在某些部位停留得格外久，從她的口袋裡抽出皮夾和她父親的手槍。

「沒有人，」士兵搜查回來，報告說。「沒有其他人。到處都有腳印，看不出來究竟有沒有其他人和她在一起。」

她滿腦子想的都是約翰，想到他穿越國界逃向自由。他如果逃脫成功，也是她的勝利。她彷彿看見約翰穿越國界，交出微縮膠捲，接受應得的褒獎。只要這樣就夠了。再多的刑求折磨，只要幾個鐘頭就會結束，而他們的成就會永遠長存。

約翰留在樹林裡，知道他只需要繼續往前走就行了。通往邊界的道路現在應該暢行無阻，自由與完成任務的榮耀在向他招手。微縮膠捲至為關鍵，或許可以一舉扭轉戰局。他想像再次與家人見面，看見父親臉上驕傲的神情。他拚命想把芙蘭卡的臉趕出心頭。只要跨過邊界，他的人生就此一帆風順。

士兵們拖著腳步穿過雪地，回到卡車，享受這勝利的時刻。沃格的手槍始終指著芙蘭卡的頭。誰能阻攔他呢？這是他所掌控的世界，這個賤女人馬上就會明白。他們走了十五分鐘才到卡車旁邊。到了之後，大夥兒抽菸慶祝。沃格逼她跪在馬路旁邊的雪地上，雙手貼在腦後。他則拿出無線電，報告他任務成功。在他的職涯裡，有過許多重大的時刻，但眼前的這一刻，或許是最光輝的一刻。拿起無線電的時候，他想起了貝克爾。遇害的貝克爾即將獲得正義。沃格透過無線電報告好消息，重複宣告了好幾遍。

「我要帶你回本地的蓋世太保總部。」他說，「那會是你這輩子最後看見的地方。」沃格把她趕到卡車後面，用繩子縛起她的手，因為他匆忙之間忘了帶手銬。無所謂，有四個士兵看守她，她哪裡也去不了。士兵坐在她旁邊。沃格、駕駛和另一名士兵坐前座。

「恭喜啦，各位。」車子正準備開動，沃格就高聲嚷著。「等回到總部，你們就可以休假一晚！」

駕駛發動引擎，士兵大聲歡呼，車子上路回城。才開了幾百碼，就看見他們前面的馬路上有個人高聲求救。沃格探頭出去，看見一名德國空軍軍官一跛一跛地走來，手裡揚著身分證件。他的制服髒兮兮的，滿是雪濘和泥土，整個人看起來疲累不堪，甚至像是快死掉了。駕駛放慢車速，停了下來。

「拜託，幫幫我。」那人喊著。

「又怎麼了？」沃格低聲說。

這名空軍軍官站在卡車正前方，高舉雙手。他站得非常之近，沃格連他眼睛的顏色都看得見。

「我在這裡待了一整夜。我的飛機執行飛行訓練任務的時候，在幾哩外的森林失事。我以為我就要死在這裡了。我剛才聽見槍聲，所以跑過來。」

「我們有個犯人要押送，這是很重要的事。從這裡往西兩哩，就有個小鎮。」

「我想我走不到，因為我的腿。拜託，別把我丟在這裡。」

沃格想了幾秒鐘。救了困在樹林裡的空軍軍官，說不定會讓他的功勞再添一筆，甚至可能得個獎章。如果把這個落難的軍官送到那些不可一世的空軍面前，他們肯定要對他刮目相看了。他豎起拇指，指著卡車後面。

「我們可以載你進城。」

那人瘸著腿繞到卡車後面。沃格對車後喊著說，他們要多載一個人，他們得有人幫忙拉他上車。

芙蘭卡起初沒抬頭，但卡車後面的防水布掀起，把她從恍惚的狀態喚醒。一看見穿著德國空軍制服的約翰坐在身邊，她臉上血色盡失。她右手邊是他，左邊是另一名士兵。其餘三名士兵坐在他們對面，來福槍貼在胸前。汽車引擎再次發動，卡車隆隆前進，約翰氣喘吁吁，身體前傾，前臂擱在大腿上，背包擺在腳邊。

「謝謝你們讓我搭便車，你們救了我一命。這女孩是什麼人啊？」

「犯人。」一名士兵說，「她殺了蓋世太保的軍官。」

「所以你們逮捕她？」約翰笑起來，「你這麼漂亮一個女孩，竟然會殺了我們敬愛的蓋世太保軍官？你是不喜歡他的黑色大衣嗎？你知道大家是怎麼說蓋世太保的吧？」

「不知道，是怎麼說的？」離他最近的那名士兵說，臉上浮起笑容。

「說每個蓋世太保都絕頂聰明，誠正老實，但我不同意這個說法。」

還是那名士兵：「為什麼？」

「如果蓋世太保絕頂聰明，那就不可能誠正老實。要是誠正老實，就不可能絕頂聰明。要是他既聰明又老實，就絕對不會是蓋世太保啦。」

四名士兵全都笑起來。

「我知道這樣講八成會惹上麻煩，但這只是玩笑話。」

「沒錯。」有名士兵說。

芙蘭卡嚇得不敢動彈，覺得不可置信，約翰沒給她任何信號。什麼都沒有。

「我還有個笑話，但你們要保證不告訴別人喔。」

「絕對不會。」坐在芙蘭卡身邊的士兵說。

「好吧，這個笑話很好笑。」他說，「基督教和國家社會主義黨有什麼不同？」

「我不知道。」一名士兵說。

約翰頓了幾秒鐘。「基督教呢，是一個人為所有的人而死。而國家社會主義黨呢，是所有的人為一個人而死。」

四名士兵爆出大笑。

約翰突然站起來，從口袋裡抽出手槍。「芙蘭卡！趴下！」他叫嚷著，手槍連續開火，射中對面那排士兵的胸口。僅餘的一名士兵站起來，準備舉起來福槍，但約翰對著他的臉連開兩槍。卡車緊急煞車，他差點站不穩跌倒，但馬上穩住身體，把手槍裡的子彈一口氣射完。槍彈射穿防水布，飛進前座。他伸手拉她。士兵的血濺到她臉上。「你有沒有被打中？受傷了嗎？」

「沒有，我沒事。」

約翰從死去的士兵身上抽出手槍，跳下卡車。芙蘭卡跟著他跳車。卡車前座的門打開，沃格踉蹌倒在馬路上，傷口的血濡濕了他的胸口。他勉強開了兩槍，但約翰撂倒他。他身體扭曲成一團，倒在雪濘裡。約翰上前確認，沃格和前座的人都已斷氣。他靠在卡車旁，芙蘭卡走向他。

「你竟然回來。你早該越過邊界了。」

「我告訴過你，我不會拋下你的。」

她擁抱他，但一放開他，就發現自己貼近他身體的地方有一塊血漬。

「噢，不。」她說，一股寒意竄過她的脊骨。「讓我看看。」

他抬起手臂，露出右胸側邊的槍傷傷口，差不多就在和手肘齊平的位置。

「還好，不算太嚴重。」她騙他。

「我撐得住。我們得快點動身。會有更多士兵過來的。」

「等等，我先拿點東西。」

芙蘭卡跑到卡車的前座，打開車門。士兵身體往前倒，像布娃娃那樣軟趴趴，鮮血噴濺在碎裂的擋風玻璃上。駕駛倒在馬路上，血肉模糊。醫藥箱在車內地板上。她轉身跑回來的時候，約翰已經坐在雪地上了。她剪下一段紗布，裹住他的胸部，希望能止血。他的長褲上方已經浸滿了血。他脫下德軍制服外套，丟在雪地上。

「壓緊，」她交給他一塊厚厚的繃帶。「盡量用力壓。」

約翰點頭，但一張臉像瓷器般慘白。他伸手從背包裡拿出一件便服外套，想辦法把手臂穿進去。不到幾秒鐘，外套也滿是鮮血。

「我們得趕快離開這裡。」她說。

芙蘭卡從他口袋裡掏出地圖。他們離原本要越過邊界的位置已經在好幾哩外了。他們得回到有石崖的那個地方。

「我撐得過去的。」他說，「把屍體丟下車，開車到我們剛才離開的地方。」

芙蘭卡繞到車子另一邊，從駕駛座拉下士兵的身體。她扶約翰站起來，他的手臂搭在她肩上，一步步走向卡車。她設法讓他坐進車裡。引擎還沒熄火，鑰匙還插在點火孔上。她把車子掉頭，加速往回開，刺骨寒風撲上他們的臉，死在約翰槍下的那些屍體躺在馬路上，已經遠遠被拋在後面了。

「你需要看醫生，馬上。」

「帶我越過邊界，其餘的以後再說。你再次救了我一命。你好像不停施展魔法。」

他們開了幾分鐘，到了一處石崖看來比較低矮，樹林感覺也離馬路比較近的地方。他手臂搭在她肩頭，下了車，沒再費事掩藏形跡。邊界。自由。她接過他的背包，把裡面的東西盡量丟掉，減輕重量，然後揹到背上。他們一起往前走，他靠在她身上，背後的雪地一條紅色痕跡。

「我辦得到的。」他說。

一跛一跛穿過積雪深達一呎的樹林，他們終於再次走到石崖前面。崖深二十呎。

「拿出繩子，綁在樹上，然後放我下去。」

芙蘭卡在背包裡找出繩子，綁在一棵結實的樹上。他把繩子另一端纏在手臂上，雙手抓牢，讓她一吋吋地慢慢放他下去。約翰雙腳踏在岩石上，一路往下。她知道他現在有多疲累，但也知道睡著會帶來什麼後果。芙蘭卡跟在他後面下去。爬到崖底的時候，他坐在一塊岩石上，幾乎挺不直身體。她再次撐起他。

「走吧，海陸弟兄！」她講的是英語。他教她的。

她聽見小溪輕輕流淌的聲音，穿過樹林，終於看見了！小溪邊緣結冰，但中間的溪水還流動著。

「到了，」她說，「我們辦得到的。」

「我辦得到。」他說，但聲音非常微弱，每一步彷彿都可能是他的最後一步。他身體又顛了一下，她連忙撐住他。

「快，約翰，我們就快到了。再幾步路就到了。」他們沿著溪岸走，一步，再一步。他的腳開始打結，跌了一跤，讓她也跟著跌到他身上。她想扶他起來，但他呻吟著。她不管，強拉起他的手臂，搭在她肩上。他的手軟弱無力，但他們還是設法往前走。無論如何都要往前走。

「我們就快到了，別放棄。」

他們就這樣艱難地往前走了幾分鐘，但他的手終於放開，整個人倒在地上。海關就在前方，她已經看得見，越過樹林就到了。只差三十碼就到了。

「我們辦到了！」她大叫，「我們在瑞士境內了。我們自由了。」

「你自由了，」他的聲音宛如耳語，「謝謝你，芙蘭卡，謝謝你所做的一切。把膠捲拿去吧。」

「不！」她咆哮說，「我不讓你死，我們都快到了，我不會讓你死的。給我起來！你聽見了嗎？起來。我不會丟下你的。」

她俯身，手臂攬著他，用肩膀撐起他全身的重量。

「我們辦得到的。我們就要辦到了。我不會讓你死的。」她一遍又一遍說著，腳步蹣跚邁向那幢石灰色的海關小屋。黑森林的樹木如此濃密，她看不見天空。

15

瑞士巴塞爾郊區，一九四五年十月

西沉的夕陽在地平線染上紅色、橘黃與紫色。芙蘭卡拄著鋤頭，伸展背部肌肉。遠處，黑森林的山丘與林木模糊不清，只是襯在天空上的幢幢黑影。傍晚時分的溫度一天比一天低，夏日餘溫在秋風裡漸漸消散。一畦畦綠色的馬鈴薯朝四面八方延伸好幾百碼，只偶有幾個農忙歸來的身影打破單調一致的農田畫面。芙蘭卡彎腰拿起籃子，準備回穀倉。籃子裡裝的是她鋤起的雜草。面帶微笑的羅莎・高德斯坦在樹下等她。她們經常在這棵樹下一起吃午餐。

「我不知道你還在，芙蘭卡。我以為你已經回家了。」

「我還在，」芙蘭卡說，「也不知道為什麼，但我回家的行程延後了。今天是我在農場的最後一天。聽起來也許難以置信，但我會很想念這個地方，以及在這裡認識的每一個人。」

「戰爭結束，納粹也垮台了。我們應該回去過自己的生活，不管是什麼樣的生活。」

她倆並肩走，一路有其他人加入她們，回到穀倉時，竟已有二十幾個人。她們都和芙蘭卡道再見，祝她一切順利。

晚餐之前，她在和其他十位如今親似姊妹的女子共用的浴室裡漱洗，想起了漢斯。他的生命雖然短暫，但他的名言將永垂不朽。漢斯、蘇菲、威利，以及為自由目標犧牲生命的每一個人，很快就會被尊崇為英雄，儘管她早就知道他們是英雄了。她回到房間，坐在自己的床上。宿舍裡沒有其他人，大家都在夕陽裡享受喝一杯的樂趣。她從床底下拉出裝著她隨身物品的箱子。內側口袋收著摺起來的傳單。她拿出傳單，就像這段日子以來常做的，讀著標題：

慕尼黑學生宣言

這是白玫瑰的第六張傳單。一位德國律師偷偷帶出境，複印幾十萬份，交由盟軍轟炸機在全德各地空飄。她手上的這張是從烏爾曼來的猶太難民席薇亞・史登給她的。席薇亞跨越邊界時，隨身帶了這張傳單。一九四四年冬季，芙蘭卡初抵營區時，席薇亞為了鼓舞她，就把傳單送她。芙蘭卡從未告訴她，也未告訴任何人，漢斯和他妹妹蘇菲，以及好友威利寫這份傳單時，她人就在現場。她沒告訴席薇亞說她曾經幫忙寄送，更沒說她因此而入獄服刑。這是屬於他們的回憶。他們值得獨自擁有這份榮耀。

她摺好傳單，塞回行李箱，穿過成排的床鋪，走到房間盡頭的窗前。芙蘭卡眺望遠方的黑森林。她究竟要回到什麼樣的地方？納粹被摧毀了，而他們已經聳立千年的祖國德意志也同樣毀了。那裡還有什麼等著她呢？她所愛的每一個人幾乎都死了，如今只剩回憶，不時帶給她寬慰與哀傷，不時讓她沉浸在愛的回憶裡。她到現在還是會和媽媽說話，還會感覺得到爸爸的手臂攬著她，還會在夢裡看見傅萊迪綻放的微笑。只要她活著一天，他們就會與她同在。

她還是會想到約翰。她還是感覺得到他靠在她肩上沉甸甸的重量，他傷口流出的血淌在她身上暖熱的溫度，還有她扛著他衝進海關時，關務人員臉上的表情——不知是同情還是難以置信的表情。那人想要說服她放棄，說約翰已經死了，但她不肯相信。她拿槍威脅他，強迫他載他們到三哩外的醫院。她以為他們會因此而把她關進大牢，結果沒有。美國領事館介入。微縮膠捲偷偷送回美國，原子彈炸毀了廣島和長崎。她永遠也不會知道，那段時日的恐怖行為有多少是因她而來，但戰爭終究是結束了。美國說那兩顆原子彈拯救了幾十萬人的生命。能這樣想最好，否則就太令人心痛了。或許有一天，她可以接受自己為結束這場戰爭而扮演的角色。知道她曾經為此付出了心力，或許也就夠了。

送他進醫院之後，她就住進了這個營區，再也沒見過他，只收到過一封信，說他奇蹟似的活了下來。他寫了幾封信，謝謝她靠著意志力救了他，而且一再重申，他會回來找她。但她還是覺得孤獨無依。她無法相信他，而隨著兩人之間的通信慢慢減少，她心中懷抱的希望也日漸消失。

夜幕低垂，晝光消逝，只剩遠處黑森林上方有道稀微的光。她沒打開牆角的檯燈。房間裡一片漆黑，黑暗包圍著她。既已要離去，還在房間裡亮起一盞燈，似乎很沒必要。時候到了，她再也無法迴避。行李箱擺在她床上。她走上前，收拾最後的一些用品。闔上箱蓋時，箱子才裝了半滿。她拎起箱子，她僅餘的人生，單手就足以拎起。

她聽見臥室門輕輕關上的聲音。「我告訴過你，我會回來找你的。」聲音在她背後響起，是這幾個月來始終縈迴在她夢裡的聲音。她伸手打開牆角的檯燈。金黃色的燈光照亮房間，照亮站在門邊的約翰。全副軍裝，胸前一排閃亮勳章的約翰。他摘下帽子，夾在腋下。「我永遠不會再離開你。」

「我也永遠不會讓你離開。」她回答說。

他走向她，擁她入懷，千言萬語都消失在他們的擁抱裡。

致謝

首先我要感謝內人吉兒（Jill），謝謝她的信任，也謝謝她的萬能。其次，要感謝試讀初稿的諸位，讓書稿能汰蕪存菁，這幾位包括：傑克・雷登（Jack Layden）、翔恩・伍德茲（Shane Woods）、貝西・傅林默（Betsy Frimmer）、凱羅・邁可杜爾（Carol McDuell）、克里斯・曼尼爾（Chris Menier）、潔姬・克斯伯（Jackie Kosbob）、妮可拉・霍根（Nicola Hogan）、麗茲・吉南・哈芬斯（Liz Guinan Havens）、摩根・利夫（Morgan Leafe），當然還有最美麗動人的吉兒・丹普西（Jill Dempsey）。同時也要感謝麗茲・史蘭尼納博士（Dr. Liz Slanina）和德瑞克・多尼根博士（Dr. Derek Donegan）的專業協助。感謝我出色的經紀人拜爾德・利佛（Byrd Leavell）和編輯珍娜・傅利（Jenna Free）、艾林・安納塔西亞（Erin Anastasia），特別是威爾・夏賓（Will Champion），他精采多姿的編輯詞彙總讓我開懷暢笑。感謝雷克出版公司傑出的編輯茱狄・華蕭（Jodi Warshaw）與克里斯・韋納（Chris Werner），以及每一位友善、盡責且親切的工作同仁。

感謝我的手足：布萊安（Brian）讓我永遠真誠，康諾（Conor）讓我愛上歷史，歐拉（Orla）永遠支持我。當然，也要感謝我的父親羅伯・丹普西（Robert Dempsey）與母親安・丹普西（Anne Dempsey），讓我成為今天的我。最後也要謝謝我可愛的兒子羅比（Robbie）與山姆（Sam），你們是一切的關鍵，也是推動著我踏上實現作家夢想旅程的最大動力。

Storytella 106

黑森林的白玫瑰

White Rose, Black Forest

黑森林的白玫瑰/約恩.丹普西作；李靜宜譯. -- 初版. -- 臺北市：
春天出版國際文化有限公司, 2021.02
面； 公分
譯自：White Rose,Black Forest
ISBN 978-957-741-320-8(平裝)

874.57 109021087

ISBN 978-957-741-320-8
Printed in Taiwan

作　者　約恩・丹普西
譯　者　李靜宜
總編輯　莊宜勳
主　編　鍾靈

出版者　春天出版國際文化有限公司
地　址　台北市大安區忠孝東路四段303號4樓之1
電　話　02-7733-4070
傳　眞　02-7733-4069
E－mail　frank.spring@msa.hinet.net
網　址　http://www.bookspring.com.tw
部落格　http://blog.pixnet.net/bookspring
郵政帳號　19705538
戶　名　春天出版國際文化有限公司
法律顧問　蕭顯忠律師事務所
出版日期　二〇二一年二月初版

定　價　340元

總經銷　楨德圖書事業有限公司
地　址　新北市新店區中興路二段196號8樓
電　話　02-8919-3186
傳　眞　02-8914-5524
香港總代理　一代匯集
地　址　九龍旺角塘尾道64號 龍駒企業大廈10 B&D室
電　話　852-2783-8102
傳　眞　852-2396-0050